獵獲美人心

下

文創
風
601

十七月 著

目錄

第三十章 進京尋人……005
第三十一章 暗夜私奔……015
第三十二章 火刑伺候……025
第三十三章 世子殿下……035
第三十四章 兄妹重逢……045
第三十五章 深夜私會……055
第三十六章 寵妹一哥……067
第三十七章 與兄作別……079
第三十八章 遠山歸來……089
第三十九章 來春故友……099
第四十章 行蹤曝光……109
第四十一章 神秘鄰里……123
第四十二章 王府風波……133
第四十三章 胡認爹爹……145
第四十四章 擄回王府……155
第四十五章 再見王妃……167
第四十六章 世子出馬……177
第四十七章 大肆搜索……187
第四十八章 高手過招……197
第四十九章 薄情寡義……207
第五十章 暗藏休書……217
第五十一章 再見楚王……229
第五十二章 毒害風波……239
第五十三章 護女周全……249
第五十四章 緣分天定……259
第五十五章 回歸村里……269
第五十六章 重整生意……281
第五十七章 思故居主……291
第五十八章 親緣難斷……303

第三十章　進京尋人

沈葭點點頭，殷殷叮囑道：「那你一路小心。」

侯遠山應了聲，將荷包掛在束腰上，拎了包袱出門。

沈葭心裡難受，因此未送他去大門口，而是默默關上屋門，一個人靠在門後平靜許久。直到感覺他已經離開，才打開房門看向外面。

今日的天有些陰，烏雲籠罩頂上蒼穹，黑壓壓的一片，似是要下一場大雨。

一場秋雨一場寒，她不由搓了搓臂膀，覺得渾身哆嗦起來，一顆心空落落的。

她這才注意到，院子裡原本開得正豔的花兒竟已不知不覺凋零，在秋風的拍打下，頹敗了滿地。

一時間，整顆心也好似突然缺了大半。

侯遠山的身分一直沒讓村人知道，因此這次離開也只是宣稱他的救命恩人得了重病，須得去探望。村人畢竟多是淳樸良善的，對這樣的解釋自然沒什麼人懷疑。

自從侯遠山去了京城，沈葭整個人也變了許多。雖然她仍時常去袁林氏家找葉子說笑，陪袁琦和袁瑋玩耍，但大家都看得出來，她的眼神中總透著一股憂鬱，似是時時刻刻思念著離家的男人。

之前遠山哥在家時她不覺得，現在不在了，好似失了魂一般，吃飯睡覺都沒勁，就連刺繡都覺得心不在焉。家裡空空蕩蕩的，無論做什麼都是一個人，有種說不清道不明的煩悶。

為此，袁林氏也多次勸她，想要她暫時搬過來和葉子住，晚上有個伴也能相互照應。然而沈葭始終不肯，她既已嫁給遠山哥，自然必須為他守著兩人的家，一心一意等他回來，人才剛走她就搬回乾娘家又算是什麼道理？

何況家裡買了驢，她更得時時刻刻照料著才是。

轉眼到了八月十五中秋佳節，天上的太陽剛剛落下，月兒便已明晃晃地掛在頭頂上。中秋團圓之夜，尋常人家雖比不得王侯之家那般坐在修葺奢美的園子裡賞月吃茶，卻也是全家難得能聚在一塊兒熱鬧的大節日。

沈葭獨自一人在家，自是掛念遠去京城的侯遠山，因此袁林氏早早便讓葉子喚她來家裡。沈葭幫袁林氏一起做了不少好菜，當晚頂著明亮的月光，大家將桌子抬到院子中央，圍在一起吃了頓團圓飯。

說是團圓飯，但袁家人卻誰也沒提「團圓」二字，一則來春尚在京城，二則侯遠山也不在家，自然算不上真正的團圓。

飯桌上，大家說說笑笑雖然快樂，但沈葭總有些心不在焉。袁林氏瞧見了忍不住再次提議。「這麼晚了，待會兒小葭就留下來跟葉子住吧，三更半夜回家住我們也不放心。」

沈葭正吃著一塊月餅，聽了笑道：「乾娘不必擔心我，那裡到底是我和遠山哥的家，也不會有什麼事。再說了，阿琦和阿瑋動不動就哭個沒完，我在這兒怕還沒自個兒家裡舒坦呢。」

聽她這般說，袁林氏又道：「那也罷，讓葉子去跟妳住也是一樣，兩人有個伴，睡不著時說說話也好。」

「哪就那麼矜貴了，乾娘不必這麼顧慮我。我向來乏了躺在炕上一會兒就能睡著，倒是葉子，二嫂帶兩個孩子不方便，她在家還能幫忙跑跑腿。咱們兩家就隔著一道牆，我能有什麼事？」

袁林氏聽罷也不再堅持，只挾了菜讓她多吃些。

葉子嘴裡叼著青菜，黝黑明亮的大眼珠轉了轉，突然道：「小葭姊，妳說遠山哥去京城，那沒準兒還能遇上我二哥呢。」

婉容吃飯的動作停頓一下，隨即道：「聽說京城很大，未必能碰得到吧？」

「說不定就碰到了？」葉子說著不免有些興奮。「若真遇上了，二哥一聽遠山哥說嫂子生了對龍鳳胎，怕是高興得要跟遠山哥一起回來呢。」

婉容神色變了變，心裡倒真的期待起來。若他能夠回來，那就太好了。

沈葭在桌下踢了葉子一腳，示意她別說這些。遠山哥能不能遇上來春不好說，若真遇上，來春願不願意回來看看妻兒更是難說。現在講這些是給了婉容希望，但若來春不回來，婉容殷殷期盼落得一場空，將來心裡也就更難受了。

葉子領會沈葭的心思，大眼睛一轉，訕訕笑道：「不過京城的確挺大的，遠山哥既然去看救命恩人，想必不會在街上閒逛，二哥也要唸書，倒是見不到的可能性大些。」

婉容的神色黯了黯，只默默吃飯，沒再說什麼。

眾人吃完晚飯，沈葭又陪袁琦和袁瑋玩了會兒，才回到家中休息。

今晚的月色很美，月光投在地上，映照出一排排參差不齊的房屋倒影，周圍卻很寂靜。

沈葭立在自家大門口，目光看向京城的方向，呆呆地望了許久。

也不知這時候，遠山哥和木珂兩人走到了何處，他騎快馬，想必走了挺遠的路程。

因為起風，有些涼颼颼的，秋風直接穿透衣裳，侵襲她單薄的身子，沈葭頓時覺得汗毛都豎起來了。她不由搓了搓手臂，轉身門上大門回到屋裡。

原本，沈葭是個極膽小之人，在這樣窮鄉僻壤的山村裡，若是平時怕早就嚇得睡不著覺。但不知怎的，自侯遠山離開後，她好似從不曾覺得害怕過，連一絲胡思亂想都沒有。

她的心裡、腦子裡全是侯遠山騎快馬奔騰的模樣，她默默祈禱他一路平安，能快些回來。

她獨自躺在大炕上，不知翻來覆去多少回，總算漸漸有了些睏意，打個哈欠睡著了。

遠山哥不在，沈葭白天也不喜歡一個人待在家裡，總是拿些絲線去找婉容和葉子，有袁琦和袁瑋這兩個姪兒姪女熱鬧著，日子也過得快些。

轉眼便到了九月初六，袁來生和高浣的大喜之日。

因為這兩日很多事要忙，沈葭住在自己家來來回回的不方便，這才同葉子睡在一起。

九月初五的晚上更是忙得幾乎一夜沒合眼，上次她和遠山哥成親時還不覺得，現在自己幫著籌辦婚事才發覺真是累人。大小事務皆要操心，還要擔心成親那日會不會出紕漏，惹個大笑話。

好在村裡前來幫忙的人多，才使得袁家人稍稍輕鬆些。

實際流程和沈葭成親時是一樣的，待拜完天地入了洞房，袁來生便到外面給鄉親們敬酒。

沈葭和葉子怕高浣餓，便從灶房拿了些點心去新房給高浣吃。

高浣原本坐在屋裡緊張著，待看到兩人進來才放鬆了些。

「早餓壞了吧，先吃些東西墊墊肚，別說妳此時不覺得餓，多少吃一點，才不會傷了胃。」沈葭是過來人，自然知道這個時候新娘子只顧著緊張，怕是沒多少胃口，但若不吃東西，到了半夜，那可真是會餓到胃裡泛酸水，難受極了。

高浣知道沈葭是為了她好，便笑著撚了一塊綠豆糕吃。

葉子今天很開心，一直不停說話，又忍不住感嘆道：「這下可好了，二哥有了妻兒，現在大哥也娶了媳婦，我娘總算不用日夜操心這事。不過，今後怕是又要盼著你們生小孫子了。」

高浣才剛剛嫁過來，聽葉子這麼直接地跟她說這個，頓時紅了臉，剛吃進嘴裡的綠豆糕還未咀嚼便吞下去，她馬上撫著胸口咳幾聲，臉頰脹得通紅。

沈葭無奈地看了葉子一眼，忙倒茶水遞過去。「還好嗎？可是噎著了？快喝口水。」

高浣忙接過水杯喝一口，糕點雖是嚥下去了，人卻已窘得不行，只低垂著頭不說話。

葉子知道自己好似說了什麼不該說的話，一時間有些不好意思，訕訕笑道：「嫂子，妳一定累了吧，要不先在屋裡歇會兒，我和小葭姊出去招待客人。」

她說完也不等高浣回答，便拉了沈葭往外面跑。

出了門，她才鬆開沈葭的手，臉頰有些紅紅的。

沈葭無奈地點點她的額頭道：「妳呀，自己還是未出嫁的姑娘家，怎麼什麼話都說，也不害臊。」

葉子嘻嘻笑了笑，倒也不回話。的確，她跟高浣其實沒有很熟，剛剛說了那些話，她自己也覺得有些難為情。不過還好有小葭姊在，不然恐怕早就找個地洞鑽進去了。

因為這幾日過於忙碌，沈葭只覺得渾身睏乏，再想到明日一早浣姊兒敬茶時她還要過來，索性今夜也不回家了，又在葉子屋裡歇了一晚。

人一勞累便少了胡思亂想，難得安安靜靜睡了個好覺，待第二日醒來時，天已經亮了。起床梳洗過後，見袁林氏正在灶房做飯，她便進去幫忙。

「小葭怎麼這麼早就起了，該多睡會兒的，妳這幾日也累得不輕。今日沒什麼事，多休息休息才好。他們小夫妻第一日，怕是不會起得太早。」

「不礙事，我身子結實著呢。」沈葭說著將袁林氏剛揀好的菜拿去外面的盆子裡，彎著腰洗了洗。剛要起身，就覺得一陣暈眩，手裡剛洗好的菜也都掉回盆裡。

袁林氏在灶房聽到動靜忙跑出來，面色大驚道：「小葭怎麼了？」

沈葭揉揉額頭道：「沒事，就是突然有些頭暈，不過現在已經沒事了。」

「定是這幾日忙壞了，快別在這裡幹活了，去屋裡躺一會兒。」袁林氏的語氣充滿擔心。

沈葭確實覺得身子有些綿軟無力，便不再堅持，轉身回屋休息，心裡卻暗自思索，她的身體向來挺好的，怎麼會忙個幾日就累成這樣？

她無奈地搖搖頭，心想或許再睡一覺就會好些。

近日興許是太過思念侯遠山的緣故，沈葭的胃口愈來愈不好，不管看到什麼都莫名覺得想吐，怎麼強迫自己都吃不下，甚至還有些噁心乾嘔的反應。

袁林氏見她臉色發黃，整個人明顯瘦一圈，便關切地詢問緣由。因為怕乾娘擔心，沈葭也只說是胃口不佳，調養幾日便好。

袁林氏對她的回答不疑有他，也覺得應是過度思念侯遠山所致。為了幫她調養身子，袁林氏特意變著花樣做些東西來給她養胃，沈葭瞧著那些食物本是沒什麼胃口，但又不好拂了乾娘的好意，也只能忍著那股噁心感強迫自己吃下去，但轉頭回到家裡又忍不住吐出大半。

袁林氏接連為沈葭做了不少補品，但她的臉色仍不見好轉，沈葭怕乾娘知道自己將東西都吐出來又要擔心，索性很少出門，每日待在家裡做些刺繡，只盼著遠山哥能快些回來。他不回來，她整顆心都悶悶的，又哪有胃口吃得下飯呢？若再這樣下去，她真擔心自己會垮掉。

這一日，她剛扶著門框在院裡嘔了陣酸水，葉子和高浣拿著繡活走過來。見沈葭站在門口，葉子笑著喚了聲。「小葭姊，天這麼涼，妳怎麼在外面站著？」

沈葭對她笑了笑，道：「總在屋裡太悶了，出來透透氣。」

葉子盯著她的臉色瞧了瞧，道：「小葭姊最近怎麼想起塗胭脂了，不過這胭脂粉粉嫩嫩的，可真好看。」

沈葭抬手拂了拂臉頰，笑道：「遠山哥之前在縣城買的，前幾日從櫃子裡翻出來，一時興起便塗了些，妳若喜歡便拿回去一點。」近日她的臉色愈來愈差，為了不讓乾娘起疑，也只好用脂粉遮掩一下了。

「好啊。」葉子一口應下，又看了眼身旁的高浣道：「我和大嫂看妳這幾日沒到我家去，怕妳一個人待在家裡太悶，所以來找妳一起繡荷包。」

「我也確實是悶壞了，正想去找妳們呢，這下可是巧了。」沈葭笑說著，同二人一起進屋。

如今都是自家人，也不需要茶水、點心之類的招待，三人索性便一起盤腿坐在沈葭的炕上，一邊繡荷包，一邊聊些閒話解悶。

第三十一章　暗夜私奔

「說起來，我一直有件事憋著沒說呢，今日就咱們三人，我實在忍不住了，待會兒妳們知道了可別聲張。」葉子一邊用金線勾勒花紋，一邊神神秘秘地道。

沈葭將繡花針放在鬢間磨兩下，繼續繡著一隻七彩孔雀的尾巴。「妳莫不是又發現什麼了不得的事了？這會兒正無趣呢，解解悶也好。」

葉子坐直上半身，將手裡的繡活放在一邊，又搶下高浣和沈葭手裡的繡物擱在竹籃裡，才道：「昨晚大伯娘家又吵吵鬧鬧的，妳們應該有聽到吧？」

高浣想了想，道：「好像是聽到有人在哭，我當時原想讓妳大哥出去瞧瞧的，他睡得沈不願動彈……」她說到這裡臉紅了紅，其實，昨晚哪是來生睡得沈才不願去看，那會兒她正被他折騰個沒完呢。可這樣的話她哪好說出來，只好隨口編個謊圓過去。

沈葭是過來人，瞧見高浣緋紅的臉色哪會不明白，也只是會心一笑，沒表現出什麼異狀。她轉頭看向葉子道：「他們家三天兩頭就有熱鬧瞧，都是些雞毛蒜皮的事，怎麼值得妳拿來說了？」

葉子見沈葭不以為意，頓時有些急了。「這次和以往可不一樣，是件不得了的大事呢。」

她說完，看沈葭和高浣都沒什麼興趣的樣子，原本還想賣關子的心冷了大半，只好直接切入重點。「三妞懷孕了！」

這下，高浣和沈葭二人頓時都有了反應，兩人對望一眼，又齊齊看向葉子道：「這話可不能亂說。」

看她們異口同聲，葉子又道：「這事非同小可，我自然不會亂說。我昨晚起來去茅房聽到吵鬧聲，便趴在他們家門縫偷聽一陣子，一字一句聽得真切，大伯娘一邊打三妞，一邊問那個野男人是誰呢。」

若在平時，依葉子的個性看袁三妞受委屈，肯定要闖進去大鬧一番的，但昨晚的事情太嚴重，她畢竟是個小姑娘家，也就沒敢怎麼樣，現在想來，昨晚三妞被打得很慘，沒有出手幫她，心裡還是有些過意不去。

「野男人……」沈葭突然想到大年初一她和遠山哥一起去給公婆上香時，在林子裡看到袁三妞和李拐子親熱的事情。

袁三妞莫不是懷了李拐子的孩子？思及此，她的眼眸暗自垂了垂。

未婚先孕，這事若是傳出去，怕會引起不小的風波。若只是打掉孩子那還是罰得輕的，弄不好的話，可是會落得個浸豬籠或被活活燒死的下場。

「這三妞未免也太大膽了。」

「我也沒想到三妞會有這樣的勇氣呢，竟然做出這等事，如今未婚先孕，這輩子可說是毀了。」葉子說著，似又想到什麼，繼續道：「大伯娘本就沒打算給三妞找婆家，其實不管三妞有沒有身孕，這輩子都注定不會有幸福了。」

葉子說的倒是實話，袁三妞遇上袁王氏這樣的娘，這輩子本就沒了幸福，不過誰也沒想到向來唯唯諾諾的袁三妞在感情上如此大膽，讓人刮目相看。

她與外面的男人有染，究竟是為了反叛她娘親，還是真的喜歡那個男人呢？

「王大娘可問出那個男人是誰？」沈葭又問。

葉子搖頭道：「是一直在逼問，但三妞這次也執拗得很，寧死不肯說。後來王大娘氣急之下端了藥給她喝，三妞咬緊牙關，死活不往肚裡吞。不過她一個姑娘家，到底比不得王大娘和袁來旺兩個人的力氣，最後還是被灌下去了。」

說到這裡，沈葭忍不住皺了皺眉頭。畢竟是一條活生生的人命，就因為一碗湯藥，說沒就沒了。

「那三妞人呢？」沈葭問道。出了這種事，以袁王氏的個性，還真不敢確定會不會說出去。袁三妞的行為雖說不對，但生在這樣的人家已是不幸，若最後落得浸豬籠或活活燒死的下場，就更可憐了。

但不管怎樣，袁三妞的一生，因為袁王氏這麼一個偏心的娘，注定是要毀了。

不但不能和自己心愛之人成親，還要一輩子伺候那糟糕的一家子，如今孩子說沒就沒了。或許這種事傳出去，村人會覺得三妞是罪有應得，但沈葭到底沒有這個時代根深蒂固的貞節烈女觀念，對於袁三妞，更多的是心痛和悲哀。

陣陣噁心傳來，她面色微變，忙摀了嘴趴在炕沿乾嘔幾聲。

葉子和高浣兩人頓時嚇得不輕，慌忙過去攙扶她。「小葭姊，妳怎麼了？怎麼好端端的噁心起來了？」

沈葭好不容易緩和些，擺擺手道：「想到三妞以後的命運，突然覺得不太舒服，不礙事的。」

高浣仍有些不放心。「當真無礙嗎，會不會是妳前些日子身子沒調養好？要不要我和葉子一起陪妳找個大夫瞧瞧？」

沈葭笑道：「我自己的身子哪會不清楚，當真無礙，妳瞧我最近不也能吃能喝的嗎？放心吧，我還要平平安安等遠山哥回來，捨不得自己出事。」

聽她這般說了，高浣和葉子才放心幾分，不再追問。

因為見她身體欠佳，兩人便沒再多待，一起拿著繡活回家了。

見二人走了，沈葭緩緩撫上自己的小腹。雖有些後知後覺，但思及自己近日吐得這麼厲害，該不會……有了吧？

她心裡有些忐忑，生怕自己想錯，最後空歡喜一場。方才不告訴葉子和高浣也是因為害怕事情傳開，最後發現不是懷孕，反倒落得尷尬。

她心想自己還是得抽空去鎮上找大夫瞧一瞧，這等事早早確定結果，她也好安心些。

因為胃口欠佳，沈葭也沒用多少晚飯，隨便吃幾口便早早歇了。

迷迷糊糊中，她聽到一陣敲門聲。此時夜已經深沈，又是月初，月兒並不明亮，周圍顯得格外黯淡。

敲門聲聽起來很急切的樣子，沈葭不由心生一絲恐懼。遠山哥不在，只她一個女人家，深更半夜聽到這樣的聲音難免會胡思亂想地嚇唬自己。

見屋裡一直沒動靜，門外傳來說話聲。「小葭姊，妳睡了嗎？」

聽到是葉子的聲音，沈葭這才放心，長吁一口氣，打開屋門往外面走去。她心中還在納悶，葉子這深更半夜的不睡覺，怎麼跑到她家來了。

打開大門，她還未出聲，葉子倒是先開口。「小葭姊，今晚我有件很重要的事要找妳幫忙。」

沈葭的睡意早已被那一陣陣敲門聲驚得一絲不剩，見葉子焦急的模樣，忙拉著她的手擔心地詢問。「怎麼回事，莫不是出了什麼大事？是乾娘、來生哥還是誰？」

葉子見她誤會，忙搖頭道：「不是，他們都沒事，這會兒睡得香呢，小葭姊別擔心。」

她說完看了看四周，拉著沈葭往院子裡走幾步，才壓低聲音道：「是三妞的事，她從昨晚到現在一天一夜都還沒吃飯，又剛墮了胎身子虛弱，我下午偷偷從門縫遞了兩個窩窩頭給她。我走時，她苦求我將一個荷包送給隔壁村的李拐子。」

沈葭心中暗驚，果真還是那個李拐子，三妞懷的是李拐子的孩子。

「然後呢？」沈葭繼續問。

葉子道：「李拐子聽說三妞被大伯娘餵藥，突然就哭了，還說是自己對不起三妞。我見他拿了鐵鍬要找大伯娘算帳，便趕忙攔住，畢竟未婚先孕這種事傳出去還是三妞理虧。後來看他聽不進去，我就……我就答應他把三妞帶出來，讓他倆遠走高飛……」

沈葭不敢相信地看著葉子道：「妳要幫他倆私奔？妳可知道，這若是被抓住可是更大的罪，他們兩個都會沒命！」

「我知道，可他們左右已經沒機會在一起，與其這樣痛苦地活著，倒不如搏一搏呢？若是逃出去，兩人一起找個沒人知道的地方住下來，日子總會比現在要好吧？」

沈葭有些沈默。倒不是她怕事，葉子剛答應李拐子便來找她幫忙，一點心理準備都沒有，這個時候她能想什麼好點子？而且，她也真沒想到，在這事上葉子竟然會站在袁三妞那邊。

見沈葭不說話，葉子心裡有些沒底。「小葭姊，我都答應他們了，若現在跟他們說不行，他倆怕是都要失望。三妞怎麼說也是我堂姊，我總不能眼睜睜看著她因為此事被大伯娘折磨死吧？她做的事是不對，可遇上這樣黑心肝的娘，她也夠可憐的了。」

沈葭嘆息一聲。「不是我不幫妳，可妳來得這般突然，我心裡連個準備都沒有。私奔可是大事，若是他們被抓，咱們也會受到牽連。這事總得從長計議，想個萬全之策。妳現在讓我想法子，我一時半刻哪能想出什麼萬無一失的辦法呢？」

「我原也是這麼說，可李拐子堅持擇日不如撞日，成與不成就看今晚，再拖下去他怕三妞會被大伯娘折磨死。且今日他親眼看到袁來旺去了縣城還未回來，怕是要歇在那裡了，現在正是幫三妞逃出來的好時機啊。」

沈葭聽了，在院裡來來回回踱步，一時半會兒的，她還真有些……

她突然眼睛一亮，看向葉子道：「有了！」

葉子歡喜地拍手跳起來道：「我就知道小葭姊最有辦法了！」

沈葭附耳對她說了幾句，便見葉子笑逐顏開地點點頭道：「這當真是個好辦法，小葭姊，我這就去！」

她說著，急匆匆地轉身跑了。

沈葭站在院子裡愣怔一會兒，感覺剛剛與葉子的對話好像是幻覺一般。她還真沒想到自己有朝一日會幫人私奔，若放在以前她是打死也不敢相信的。

她無奈地搖搖頭，也跟上去。葉子一個人，到底讓她有些不放心。

而這邊，葉子急急忙忙跑出來，偷偷越過袁王氏家的牆頭打開她家的豬圈，悄無聲息地將裡頭睡得正香的豬趕出來。

之後，她又悄悄從裡側打開大門的門閂，讓豬跑出去。

沈葭此時正等在門口，看她俐落地做完這些動作，忍不住壓低聲音問：「妳莫不是曾經做過此事吧？看妳做得挺順手。」

葉子嘿嘿一笑。「只有一次被大伯娘拿掃帚追著打，我氣急了，才做過一回。」

她說完，又對堂屋的方向喊道：「哎呀，豬跑了，誰家的豬！」

屋裡的袁王氏和袁大牛睡得正香，被這聲音一喊，頓時醒過來。袁王氏直接從炕上坐起來，警覺道：「豬，是不是咱家的豬跑了！」

袁大牛正睡得酣甜，索性翻了個身繼續睡。「大門不是鎖著嗎，怎麼可能跑出去？也許是來生他們家的吧，剛剛那不是葉子的聲音嗎？」

袁王氏仍是覺得不對勁，見老伴死豬一樣地不動彈，氣得踹他一腳，自己下了炕出去瞧。這一瞧頓時火大起來，大喊著：「哎呀，是咱們家的，咱們家的豬跑了！袁大牛，你給我起來！」

她說完，正準備出去尋，想了想又急急折回來，跑去柴房開鎖，對屋裡的袁三妞喝道：「妳個懶貨，睡什麼睡，豬跑了也不說，趕快幫忙找去！」

沈葭和葉子兩人早在袁王氏出門時躲在暗處，這會兒聽到大伯娘殺豬般的吼聲，兩人在濃濃的夜色裡互望一眼，都忍不住笑了。

豬跑了，袁王氏一家頓時亂成一團，什麼也顧不上，袁王氏和袁大牛各自披了衣裳朝外面跑去。那可是兩頭養了大半年的豬，肥著呢！

院子裡空了，沈葭和葉子才一起去柴房扶袁三妞起身。沈葭見她身子虛弱得很，不免有些擔心道：「妳身子弱著呢，若長途跋涉會不會傷了身子？」

葉子道：「李拐子說他雇了馬車，不會一直走路的，應該還好。」

沈葭這才安心一些。「那趁現在趕快離開家裡吧，待會兒妳爹娘回來可就走不掉了。」

沈葭和葉子兩人攙扶三妞到了村口，李拐子已經在那兒等著，看見三妞便慌忙上前一把抱住。「對不起，是我的不是，才害妳受了這等委屈，以後我定會加倍補償妳的。」

袁三妞一句話也不說，只趴在李拐子的肩膀上哭著。

過了一會兒，沈葭催促道：「這裡不安全，你們快走吧。今後好好過日子，也算是沒白折騰這一回。」

李拐子鬆開懷裡的三妞，又拉著三妞的手在沈葭和葉子兩人跟前跪下。「妳們的大恩大德，我李金貴永生永世都不會忘，若有來生，定做牛做馬以報妳們的恩情。」

沈葭和葉子趕緊扶二人起來。「我們只是舉手之勞，你們彼此莫要辜負了，才是對我們兩人的報答。」

沈葭說完，葉子又跟著補充道：「我們也只能幫到這裡，今後如何全看你們自己了。最好能走得遠遠的，莫要被人抓回來，否則我倆的辛苦就全白費了。」

李拐子低頭稱是，滿懷感激道：「我自然知道妳們的一番苦心，此次若能和三妞長相廝守，定不會辜負她。若、若不幸被抓回來，我們二人死路一條，也絕不會害了妳們，妳們只當不知這件事就好。」

李拐子說完這話，又對兩人一鞠躬，才拉著三妞轉身離去。

隔著濃濃的夜色，沈葭望著二人漸漸遠去的背影，忍不住嘆息一聲。「只希望今晚的辛苦沒有白費。」

葉子跟著點點頭，道：「李拐子是個好人，三妞跟他在一起，一定會幸福的。」

沈葭笑了笑，道：「但願吧，但願他們一路暢行無阻，不會被人抓回來。」

今晚所做之事過於大膽，沈葭心中感到不是很踏實。她回到家裡躺在炕上，翻來覆去睡不著，更是格外思念起遠山哥來。

距遠山哥離開已經一個多月，算算行程，這會兒應當快要到京城了吧？

第三十二章 火刑伺候

第二日，沈葭早早便從睡夢中醒來。她伸了個懶腰，透過窗戶瞧了瞧外面，竟已是天大亮。

昨晚她睡得並不好，夜裡醒來好多次，直到天漸亮才總算睡下去。

剛起來並沒有什麼胃口，又只有她一個人，便沒急著做早飯，而是收拾前兩日換下來的衣物準備拿到溪邊洗。

端著木盆到了溪邊，一個人影也沒有，沈葭頓時覺得奇怪，平時這兒再不濟也會有兩、三個人洗衣服或洗菜，今天怎麼這麼冷清？

她困惑地蹲下來默默洗衣服，尋思著莫不是村裡出了什麼她不知道的事情。

就在這時，月季也端著盆子走過來，她看到沈葭一陣驚訝。「我以為這會兒我過來洗衣裳該是沒人在的，沒想到妳竟在這兒呢。」

聽了月季的話，沈葭心中越發不解，她疑惑地問道：「怎麼回事，大夥兒都去哪兒了？」

月季在她旁邊蹲下來，一邊取盆裡的衣裳，一邊驚訝地瞧著她道：「妳與袁三妞他們家離得那麼近，總不至於還不如我的消息靈通吧？」

聽到袁三妞的名字，沈葭心裡頓時咯噔一下，暗叫不妙，面上卻仍強自鎮定地問道：「我才剛睡起，什麼都沒做便跑來洗衣裳，哪有工夫聽到什麼風聲，妳方才說袁三妞怎麼了？」

月季見她一副不知的樣子，便和盤說出事情的經過。「昨晚袁三妞和隔壁村的李拐子私奔，半路撞上三更半夜從二狗子家回來的袁來旺，後來不知怎的袁來旺和李拐子便打起來。大吵大鬧間驚動了眾人，鄉親們得知袁三妞未婚先孕皆憤懣不已，覺得給兩個村子丟臉，現在兩村的人集合起來，將這對姦夫淫婦吊綁在火刑架上，說要將他們二人活活燒死。」

沈葭面色白了幾分，手上洗衣的動作也隨之停住。她擔心的事，終究還是發生了。

沈默半晌，她雙唇顫了顫，抬頭看向月季，抖聲問：「這種事，縣太爺都不管的嗎？」

月季搖搖頭，莫可奈何地說：「這可是村裡數百年來的規矩，縣太爺怎麼管得了？何況出了這種事，名聲也臭了，縱使鬧到官府去，那也是浸豬籠的下場。」

「大家現在在哪兒？」

「在隔壁村的岳王廟……」月季剛一說完，沈葭便已匆匆起身朝遠處跑了。月季無奈地對沈葭的身影喊道：「妳又救不了他們，去看那種事做什麼，白白給自己添煩惱。」

月季說了什麼沈葭一句也沒聽到，只一味地往前跑著。她也不知道自己究竟想要做什麼，只是覺得李拐子和三妞若就這麼死了，她怕是要內疚沒完了。

若早知是這樣的下場，她昨晚就不該心軟，答應葉子為他們出這等餿主意，現在反倒害了他們。

岳王廟本就不大，現下早已被村民圍個水泄不通。李拐子和袁三妞被綁在十字架上，身下是擺放整齊的乾柴，周圍站了幾個手舉火把的壯漢。

沈葭不敢想像，若那些火把同時落下去，李拐子和袁三妞兩人會變成什麼樣。

在她看到兩人的同時，李拐子也看到了她。他的眼神很堅定，待看到沈葭臉上的自責與痛苦時，幾不可見地搖搖頭，其意思很明顯，就是教她不要救他們兩人，免得為自己惹禍上身。

沈葭奮力撥開人群擠進去，一眼便看到站在最前面的葉子和袁林氏等人。

袁家出了這樣的事，主持這場刑事的乃是袁家的族長袁石，她們身為袁家人，自然理應往前站。

不過，這並不是什麼光彩的事，因此袁林氏和高浣等人的面色都不太好看。

葉子滿臉自責地看著上面的李拐子和袁三妞，心裡很愧疚。她覺得都是自己的錯，昨晚真不該不聽小葭姊的勸，非要自以為是。

沈葭上前拉住她，用力握了握她的手表達安慰之意。

葉子眼眶紅紅的，用只有兩人聽得見的聲音道：「小葭姊，我們是不是做錯了？」

這個問題，沈葭也不知該如何回答。從昨晚衝動之下答應葉子幫三妞和李拐子私奔開始，她就一直混混沌沌的，根本不知所謂對錯。若非要說誰對誰錯，倒不如說，這都是命。

袁王氏斜眼看著沈葭和葉子交頭接耳說話，不由思及昨晚她家豬跑掉的事。仔細想想，這八成就是葉子從中搞鬼，為的就是幫三妞私奔。

對於私奔這種事，在村子裡，幫凶者與之同罪。加上侯遠山不在，袁王氏想了想，這不正是除掉葉子和沈葭這兩個臭丫頭的大好時機嗎？

她不由轉了轉眼珠，計上心頭。

袁家的族長還在藉著袁三妞和李拐子的事對眾人訓話，袁王氏突然一個箭步上前，指著仍在交頭接耳的沈葭和葉子道：「族長，媳婦知道三妞有了身孕後餵她喝藥，又將她關在柴房，是沈葭和葉子這兩個人把她放出來的！」

袁王氏此話一出，族長袁石頓時神色陰沈地看向對面站著的沈葭和葉子，周圍也一下子安靜下來，將原本放在李拐子和袁三妞身上的目光投在她們二人身上。

突然成為注目焦點，沈葭和葉子兩人面色一驚。沈葭立刻強自鎮定地捏了捏葉子的手，平靜地看向袁王氏道：「王大娘說這話可得講求憑據，莫要因為一些私人恩怨混淆黑白、顛倒是非才是。」

她還真沒想到袁王氏這當娘的如此看熱鬧不嫌事大，自家閨女在上面捆著，她竟然還有閒工夫找她倆麻煩。比起袁來旺，她對袁三妞可真是心都要偏到腦袋後面去了。

「自然是有憑據的。」袁王氏說著上前一步指著葉子道：「昨日夜裡我將大門鎖得好好的，臨睡前也特意檢查過豬圈，誰知到了半夜豬竟然跑了，還是妳提醒了我們，若說那豬不是妳放出去的，打死老娘也不信。何況，以前妳不也幹過這事？」

她說完哼哼鼻子，一張臉抬得極高。刻薄的嘴角微微揚起，帶著一絲得意。

聞言，葉子手心頓時出了汗，抿著唇沒說話。

沈葭笑道：「這便是王大娘說的憑證嗎？妳又不曾親眼看到，怎敢如此斷定？這事葉子可是與我說過的，她是昨晚上茅房時發現妳家豬跑了，才善意地提醒一句，妳現在反倒咬到她的身上來了，王大娘可真是一片好心呢。」後面的話她說得極為嘲諷，唇角也不自覺彎了彎。

見沈葭如此淡定，原本還有些擔心的葉子頓時也有了底氣，瞪著袁王氏道：「是，我就是上茅房的時候看見，我叫了一聲怎麼了，如果不是我喊的那兩句，這會兒妳家的豬早就跑得沒影了。這下可好，不感激我便罷了，倒還幫我安了這樣的罪名。」

說完這些，她又可憐巴巴地看向對面的袁石道：「大爺爺，您可得給我作主啊，總不能讓大伯娘如此冤枉孫女吧。」說到此處，她還特意張大眼睛，硬生生地擠出幾滴眼淚來，看起來越發惹人同情了。

這時人群中不知是誰小聲說了一句。「我昨晚還真瞧見侯家娘子和葉子兩個人從村口那個方向回來，大半夜的，也不知道做什麼去了。」

那人說話的聲音不大，但因為此時周圍一片寂靜，那聲音便格外清晰地傳入眾人耳中。

袁石的臉色當場便拉下來。

「來人，把這二人也給我綁上來！」

袁林氏本就因為袁王氏的一席話心急著，這會兒看到自己的兩個女兒都被綁起來往火刑架上送，頓時嚇得跪在地上，頻頻討饒道：「族長，葉子和沈葭兩個人素來老實，她們絕對不會幹出這種事的，還望族長明察，莫要冤枉兩個無辜的人啊！」

袁王氏得意得下巴都要翹到天上去了，囂張地說：「葉子那丫頭平日什麼事不敢做？現在在這兒喊無辜誰信呢？說不定我家三妞和李拐子的事還是她閒著沒事撮合的呢。」

葉子見她給自己亂扣帽子，氣得大叫。「大伯娘，妳不要血口噴人。」

高浣隨著來生在袁林氏後面跪著，看事情愈鬧愈大，尋思著她爹怎麼還不過來，這事要她爹下命令才能點火，這會兒還不來，該不會已將此事全權交給了袁石？若是如此，那沈葭和葉子怕是也沒活路了。

她想了想，伸手扯著袁來生的衣袖道：「我回去叫我爹。」

袁來生應了一聲。「只有這個辦法了，快去快回，我看這邊能拖多久就拖多久。」有高浣在，里正大人應該不會太苛刻，沈葭和葉子的事並沒有什麼證據，應還有一線生機。

高浣起身走的時候，綁在火刑架上的沈葭也瞧見了，自然知道她是去做什麼，於是轉了轉眼珠，打算想辦法拖延時間。

「袁大爺爺，昨晚媳婦確實和葉子出去過，可那是因為媳婦覺得身子不舒服，夜裡難受得睡不著，我家相公又不在，這才拉著葉子陪我去找大夫，若有人瞧見我們也不足為奇，可這並不能證明李拐子和三妞是我們兩人放走的吧。」

袁石也不是個好糊弄的，他淡淡地望向沈葭道：「既然妳說妳去找大夫，那麼哪家醫鋪可以為證？」

他說完見沈葭閉口不言，又繼續道：「若妳說不出來，那可是撒謊，罪加一等！」

沈葭一顆心顫了顫，力持鎮定、神色如常地與他對視道：「媳婦沒有撒謊，昨晚本是要去的，可因為夜裡太黑，縣城又早關了城門，我們便中途折回來，如此何處尋得到人證？可媳婦近日身子不適，乾娘一家人皆可為證。」

袁王氏撇撇嘴道：「你們是一個窩裡的，自然肯幫妳編瞎話。」

袁石瞥了眼袁王氏，這婆子在村裡什麼名聲他自然知曉，故也不願與她多打交道，只淡淡道：「若想知道妳們二人有無罪責，倒也簡單。」

他說著，轉頭看向一旁被打得奄奄一息的袁三妞問道：「妳說，到底是誰放妳走的？」

袁三妞披頭散髮地抬起頭來，睜大眼睛對著自己的娘親凝視一會兒，虛弱地回道：「不曾有人，是我自己逃出去的，與任何人都無關。」

袁石咬牙切齒地看著她，怒道：「死到臨頭還嘴硬，給我拿鞭子繼續打，狠狠地打，我們袁家絕不姑息此等敗壞家風之事！」

袁石下了命令，便有幾個人拿著鞭子走過來，一下又一下抽打在袁三妞身上。李拐子心疼地大叫：「你們別動她，要打衝我來，你們沒看到她都要被打死了嗎？」

「她如今受的苦，全是因為你！」袁石大喝一聲。「若你肯明媒正娶，便沒有今日這事。別以為你不是我袁家的人，我就不敢動你，里正大人已將你們二人交予我全權處置，你與人私通之罪，我也絕不姑息！」

「哈哈哈……」李拐子仰頭大笑，眼角卻落下淚來。「明媒正娶？若我可以明媒正娶，又何至於有今天？而這一切，全是因為她！」

他說著，惡狠狠地瞪向袁王氏，直看得她心底發寒。「虎毒不食子，妳如此對待自己的女兒，我李金貴做鬼也不會放過妳！」

袁王氏心底顫了顫，背脊一涼，雞皮疙瘩掉了一地。

袁石豎眉呵斥。「連他一起打！」

極有勁道的長鞭一下又一下地揮過來，頓時響徹整個岳王廟上空，周圍也隨之安靜下來，只剩下李拐子和袁三妞二人的痛呼聲。

想到待會兒自己可能也會受此折磨，沈葭被綁住的雙手握了握，手心已全是汗水。

袁三妞身子本就弱，這會兒又吃了幾鞭子，頓時疼得暈厥過去。袁石才讓人收手，轉頭看向沈葭和葉子道：「妳們二人若不想吃這等苦頭，還是老實交代的好，可別想再尋一些不著邊際的話矇混過去。」

沈葭毫不畏懼地望著他，唇角微揚。「袁大爺爺莫非想要屈打成招？你若無憑無據的便處置我，不知我家相公回來時你如何交代。」

袁石冷笑道：「好一個伶牙俐齒的侯家娘子，只可惜……我袁石不吃妳這一套。侯遠山再厲害，也得照著村裡的規矩辦事！」

他說著向一側伸出手，便有人會意地將鞭子遞上去。

他把玩著手裡的鞭繩，一副無所謂的樣子道：「衙門裡用刑逼供這套還是有它的道理，興許給妳吃幾鞭子，妳便會乖乖說實話了？」

此時若說不怕，那是不可能的。沈葭還清楚記得，三歲那年她惹得沈菀不開心，被楚王妃唆使婆子拿鞭子毒打一頓。那次被打得傷勢嚴重，險些一命嗚呼，躺了近三個月才下得了床。

那次的痛苦與折磨，她到今日還記憶猶新。

正因如此，她對鞭子有著深深的畏懼。這會兒瞧著袁石手裡的長鞭，臉色也白了幾分，再也裝不出鎮定的模樣。

袁石對她的表情還算滿意。「看來這鞭子或許對妳有用？」

他說著，將手裡的鞭子在地上狠狠甩了一下，發出極大「啪」的一聲，嚇得沈葭縮了縮肩膀。

他威脅道：「妳若再不說實話，下一鞭可是要落在妳身上了。」

沈葭握了握拳頭，仍堅持道：「我，無話可說。」

袁石氣得咬牙道：「既然如此，那可就怪不得我了。」

他說著，竟真揮了鞭子朝沈葭的身上甩去。沈葭嚇得不輕，只能認命地閉上眼睛。

第三十三章 世子殿下

這一鞭子，卻遲遲未落下來。

感受到周圍的氣氛有些不一樣，沈葭帶著困惑緩緩睜開眼睛，一眼便瞧見那只差一公分便要落在自己臉上的鞭身，此刻竟被一隻修長白皙的手緊緊握著，手背上青筋暴起，似是用了極大的力道。

順著手望過去，只見一年輕男子立在自己身旁，一襲靛青色銀紋勾邊錦繡長袍，腰束月白色玉帶，左側懸了塊晶瑩通透的玉珮。頭戴銀冠、面如冠玉、劍眉星目、儒雅風流，周身散發著一股令人望而生敬的貴氣。

眾人的目光也都聚集到他身上，原本冷寂的氛圍似乎也因他的到來而變得光芒萬丈。

望著那張俊美到不可方物的一張臉，沈葭的鼻子一酸，眼淚簌簌地流下來。

他，怎麼找來了？

袁石沒料到竟然會有人中途截自己的鞭子，一時怒急，正要發作，但對上那男子投射來的犀利目光時卻又忍不住打顫，雙腿也跟著有些發軟。

眼前的男人他縱使不認得，可從那穿戴和氣度來看，身分絕不一般，又豈是他這等平民百姓能招惹的？

「袁石，你好大的膽子，還不趕快將你手裡的鞭子放下！」高里正突然大喝一聲。

眾人這才發現，高里正此時正站在男子身後，上身微微前傾，作唯諾狀。若非他突然開口說話，恐怕大家都不會發現他的存在，只當是眼前這位……「貴人」的隨從。

高里正在薛知縣跟前也不曾是這般姿態，大家看到他的樣子，不由對眼前這名貴氣男子起了大大的好奇。

袁石被這聲大喝嚇得鬆手，不由自主地後退兩步低下頭，一句反抗的話也說不出。男子握著長鞭的手緩緩鬆開，目光略垂，淡淡看著那長鞭掉落在地，在這寂靜的岳王廟發出一聲脆響。

他略微抬眸，面無表情地掃視眾人一眼，自始至終一句話都沒說，兀自轉身，大步上前去為沈葭鬆綁。

「里正大人！」袁石終究還是忍不住喚一聲。他早上向高里正稟報袁三妞和李拐子私奔一事，里正大人明明滿口說這是他的家務事，要他按照村裡的規矩全權負責。現下說放人就放人，豈不是打他的臉？

高里正原本就有些怒氣，現在看他不知天高地厚地還想發難，便喝斥道：「我許你處置李拐子和袁三妞，但何時許你在毫無證據的情況下隨意抓人，還企圖屈打成招？你可知現在被你綁在上面的是誰？待會兒貴人怪罪下來，你們整個袁家都吃不了兜著走！」

袁石被喝斥後又是一顫，怎麼又關他家人的事了？這男人究竟是誰？

「愣著做什麼，還不鬆綁？」高里正又喝了一句。

里正發話，便有人急忙上前去為葉子鬆綁。至於袁三妞和李拐子，他們兩人私奔，證據確鑿，按照村規處置本沒有錯，因而無人過問。

沈葭呆呆地看著為自己溫柔解繩索的男人，眼淚一顆又一顆地掉下來，落在男人修長的手指上也不自知，只一個勁兒地哭著，哭到泣不成聲。

男子伸手擦掉她臉上的淚水，一臉嫌棄地看著她說：「傻丫頭，看到我難道嚇著了妳不成？本就長得醜，這一哭可就更難看了。」

雖是責怪，但話語裡旁若無人的寵溺味道太過明顯，以致周圍越發安靜下來，各懷心思地瞧著那兩人。

沈葭被他的話逗得破涕為笑，嗔怪地瞪他一眼道：「你才醜呢，咱們家就你最醜！」

男子食指微微彎曲，在她光潔的額頭上輕點兩下，無奈地搖搖頭，跟著笑了。那笑容有如春風，又似三月裡的明媚朝陽，燦爛光華。

底下的婦人、丫頭們不時抬起頭偷偷瞄他幾眼，漸漸紅了臉。

這時，廟門外傳來一道聲音。「知縣大人到！」

薛知縣突然來到他們這小村子裡，眾人皆心裡驚詫，自覺地讓開一條路，目光迎上跨過門檻走進來的中年男人。

薛知縣一身整齊俐落的官服，腳下的步子飛快，急匆匆地趕上前，帶著身後的衙役們跪下來。「下官不知世子殿下親臨小縣，未曾接駕，實乃下官失職，望世子殿下降罪。」

薛知縣這番話使得原本還在看熱鬧的眾人神色大變，全都「唰」地一聲跟著跪下去。不管世子殿下是個多大的官，知縣大人都跪了，他們哪能不跟著跪？

一時間站在廟裡的只剩下沈葭和沈津錫兩人。

沈津錫，當今楚王爺故去的原配王妃留下的獨子，也是楚王至今唯一的兒子，沈葭同父異母的兄長。

沈津錫的母親去世後，楚王爺另娶繼室，便是現在的楚王妃。沈津錫和繼母關係不睦，因此自幼便從軍，經年累月不在王府居住。

沈葭在王府的時候，總共也才見沈津錫回家兩次。

第一次，是她六歲那年，沈津錫自軍營回來，恰好見她被沈菀帶著一眾婆子欺負，便上前幫她教訓沈菀，還帶著她在街上買了很多小玩意兒。

沈葭畢竟不是真正的六歲小娃娃，她知道沈津錫在王府的地位不同，因此便刻意討好，努力讓自己成為沈津錫喜歡的樣子。

她記得那時沈津錫曾說，自從母親去世後，他再沒體會過家人的感覺。他覺得跟她在一起後，自己突然像個真正的哥哥了，很想好好保護她這個妹妹。

人心都是肉做的，沈津錫對她真心以待，她也真的把他當成哥哥。

那段日子裡她被沈津錫罩著，小日子和以往相比滋潤了不少。

然而好景不長，半年不到，邊關戰事吃緊，他領了皇命，來不及與她告別，便急匆匆地走了。

此後一別便是八年。

前五年，他們偶有書信往來，再加上沈葭和奶娘住在偏院，沈菀和王妃很少再找她們碴，日子過得平靜許多，因此那段時間並不難熬，不知不覺便過去了。

可從沈津錫離開的第六年開始，他的書信突然就斷了。

她曾日日盼、夜夜盼，甚至想過親自去邊關找他，可後來被奶娘攔下來。

這樣的日子熬了一年，她迫切的心才一點點涼了，不再日夜等他回信，繼續過自己的小日子。她打算把沈津錫這個或許並沒有那麼在意自己的哥哥埋在心底，再也不想了！

誰知到了第八年，當她覺得自己都快要不記得他時，他竟然又回來了，且第一件事便是跑去偏院向她解釋。

原來，三年前突然斷了音訊是因為軍營內部出了問題，他遭人陷害，被騙入沙漠，險些便死了。後來花了兩年時間才又重新回到軍營，並親手殺了那個陷他於危難的副將，整頓了軍營。

聽他說起自己的經歷，沈葭很心疼。縱使當初的親近有刻意討好的成分，但那半年裡他對她的好她一直記得，自然捨不得他有危險。

好在哥哥又回到她身邊，且沒有忘了她。

沈葭覺得自己是個知足的人，她不貪求什麼榮華富貴、錦衣華服，只願和哥哥、奶娘平平安安、快快樂樂地過日子。

只是，老天連她那一丁點的願望都不願意幫她完成。

那一次，她看到哥哥袖裡藏了一支木槿花白玉簪子，只當他是心儀哪位姑娘，一時好奇便爭搶著要瞧，誰知一個不小心，那簪子便落在地上碎成兩半。

沈津錫盛怒之下推了她一把，神色複雜地走了。

第二日，他又回了軍營，一句話也未留下，更是沒了任何書信往來。

而那次，成了他們兄妹倆最後一次見面。

她一直不明白，哥哥口口聲聲說她是最重要的親人，可為什麼她卻比不上一支玉簪。直到後來聽奶娘說，先王妃生前最愛木槿花，她才漸漸懂了些什麼。

沈葭思緒回轉，下面的人仍跪著。沈津錫淡淡掃過眾人，卻未讓他們起身，只緩步走到薛知縣跟前，負手而立，微風吹起他的衣襬，他居高臨下地望著薛知縣，語氣很溫柔地道：「小妹頑劣，想必給貴縣惹了不少麻煩。」

只一句話，薛知縣便知這世子殿下絕非善類。看似溫潤儒雅，對他這個小小縣令也客客氣氣的，可方才那句話若仔細剖析，便如鋒利無比的刀子一般，稍一不慎那刀刃要是落下來，他的小命也就不保了。
這哪是同他寒暄，分明是在問罪有人將不曾惹過麻煩的堂堂王府千金綁在火刑架上！
薛知縣頓時哆嗦一下，唯唯諾諾應道：「下官不敢，是下官有眼無珠，不識姑娘千金貴體、金枝玉葉，是下官怠慢了姑娘，姑娘……並沒有給小縣惹過任何麻煩。」
他此時背後早已濕了大片，額頭也滲出細細密密的汗珠。
薛知縣覺得自己也是可憐，想他在此為官六年有餘，何曾見過什麼京城裡的大人物，今日來了位楚王世子，原是蓬蓽生輝、倍感榮幸之事，誰又料到他竟無端受牽連，惹了世子殿下的親妹妹。
何況，瞧這位世子殿下的脾性也非庸碌之輩，真不知道此次能不能逃過一劫。
若因此丟了烏紗帽，倒也不算冤枉！
只是，總不至於賠上性命吧？他還有一家老小，兒子尚未娶妻，連孫子都還沒抱到，真正的好日子還沒過上呢……
沈葭想到這薛知縣還是木珂未來的公爹，頓時不忍看他在眾人面前顏面盡失。她走上前扯了扯沈津錫的衣袖，好言道：「哥，此事與薛知縣無關，先讓他起來吧。」
「妳乃堂堂王府千金，方才卻被綁在這火刑架上公然示眾，他們還欲對妳用刑，這可是在蔑視我皇家威儀，這件事縱使不是薛知縣的命令，他身為一縣之長也難辭其咎。」

薛知縣原本還因沈葭的求情鬆了一口氣，聽到這話一顆心又懸上來。若這罪責牽扯到皇家威儀，那可就更難處理了。

蔑視皇家的罪名可大可小，若再進一步說，砍頭誅九族都是不為過的。

「下官該死！」薛知縣將腦袋一下又一下地磕著地面，發出沈重的聲響也絲毫不覺疼痛，一看便知是嚇壞了。

「哥！」沈葭又低聲喚一句。她哥哥若再這麼唬弄下去，薛知縣當場嚇出個好歹，她可就沒法跟木珂和薛攀交代了。

沈津錫看了妹妹一眼，才轉頭垂首盯著薛知縣道：「既然小妹為你求情，此事便不追究到你頭上。但今日我王府的妹妹險些被人甩了鞭子，還要被你們施以火刑，這事總要有個交代，想必薛知縣清楚該怎麼做。」

薛知縣頓時感激涕零，叩首道：「下官明白，定不會令世子失望。」

一旁的袁石聽了這話身子顫了顫，這交代……該不會是要拿他開刀吧？這般一想，他不由恨恨地望向袁王氏。都是這該死的婆娘惹的禍！

袁王氏早就嚇傻了，這會兒又被袁石那記眼光盯得趕忙垂下頭，再不敢吭聲，兩條腿忍不住哆嗦起來。

「起吧。」沈津錫終於緩緩開口。

薛知縣道了聲謝，伸手揩了一把額上的汗，哆嗦著站起身。眾人看薛知縣起了，才跟著站起來。

沈葭突然覺得一陣暈眩，她拚命晃了晃腦袋，想讓自己清醒一些，誰知眼前倏地一黑，耳畔嗡嗡作響，頓時沒了知覺，直直朝一邊倒去。

「葭兒！」沈津錫面色陰沈地伸手扶住她，但無論怎麼喚都喚不醒。他眯了眯眼睛，眼神宛若刀子一般直直射向一旁的袁石。

袁石嚇得身子又是一縮，抖著雙腿再次跪下來，求道：「世子明鑑，小人……小人還未對姑娘用刑，這……這與小人無關啊！」

沈津錫瞥他一眼，轉頭拉起沈葭的手腕按上跳動的脈搏，一雙好看的峰眉一點點蹙起，神色複雜難辨。

眾人嚇得大氣不敢出一口，只默默低垂著頭，努力把自己當成空氣。

這時，有人上前在薛知縣耳邊說了一陣，薛知縣點點頭，抬手揮退了那人，又壯著膽子開口。「稟世子，姑娘身子欠安，下官已命人備了最好的客棧，請世子和姑娘移駕，下官再找最好的郎中給姑娘瞧瞧。」

沈津錫看了眼倒在自己身上昏迷不醒的沈葭，猶豫一下便將她整個人打橫抱起來。「不必，小妹現今住在何處，帶我過去。」

「是！」薛知縣說著，往一側退了退，做出請的手勢。

沈津錫未看他一眼，直接抱了沈葭往外走。剛走兩步又被袁石喚住。「世子，那這二人……」

沈津錫步子頓了頓，側目瞥了眼火刑架上的袁三妞和李拐子，神色淡然無波道：「此乃你們村裡的事，無須問我。」

他說完此話，快步走了，獨留岳王廟裡的眾人議論紛紛……

「我就說嘛，這論模樣氣度，怎麼也不該是個丫鬟，卻沒想到還是皇室貴胄，若早知如此，當初可是該好生來往。」

「誰說不是呢？咱們這些人啊，有眼不識泰山，倒是袁家慣會瞧人，當初只是認了個乾女兒，這下可真是撿到寶了。這可是比他家來春中舉還受用呢。」

「你說咱們當初怎麼就沒想到呢，沈本是國姓，沈葭又是那等模樣，怎麼也該想到她身分不俗啊。來生他娘，妳以前定是瞧出來才認她做乾女兒吧？」

幾個人圍在一起酸裡酸氣的，袁林氏聽到也只是些許不自在地笑了笑，沒有吭聲。

第三十四章　兄妹重逢

葉子站在袁林氏旁邊，想到剛剛的事還有些發愣，她開口問道：「娘，小葭姊……真的是那位世子的親妹妹啊？」葉子一想到小葭姊竟是王爺的女兒，一顆心就激動得怦怦直跳。想她一個鄉下小丫頭，這輩子哪有機會見到什麼大人物，如今真瞧著了，她頓時覺得像作夢一樣。

最關鍵的是，她竟然跟王爺的女兒做了姊妹啊！

能和小葭姊做姊妹，想必自己上輩子做了不少好事，不對，是上八輩子都在做好事！

袁林氏也還有些不太適應，只凝神望著沈津錫離開的背影發呆。當初她只是想幫遠山那孩子尋個好媳婦，卻沒料到這般湊巧，竟是認回一個皇親國戚做女兒。

只是，一個堂堂王府千金卻險些凍死在山上，被遠山撿回來，而且又會做菜又會洗衣服，小葭在王府的日子真的好過嗎？

縱使她不知道京城的千金們過的是什麼生活，但只看縣城裡那些員外家的姑娘，都是十指不沾陽春水的，就連浣姊兒也不會做家務。

如此想來，只怕沈葭也是個苦命的孩子吧。

沈葭醒來時天色已經黯淡下來，屋裡點著油燈，雖不亮，但對於習慣夜裡不點燈的沈葭來說已是格外明亮。她在炕上舒舒服服地伸了個懶腰，張嘴打著哈欠。哈欠打到一半，她突然想起白天的事，猛地坐起身環顧四周。

她記得哥哥來尋她了，這會兒該不會又不告而別離開了吧？

她嚇得睡意醒了大半，連鞋子也來不及穿就跑到外間，卻是一個人也沒有。望著空蕩蕩的屋子，白天的一切好像只是夢境，她的心裡突然空落落的，像缺了什麼一般。

這時，沈津錫跨過門檻走進來，手裡端著一碗冬菇干貝雞湯。他見沈葭鞋子都沒穿就跑出來，頓時不悅地蹙眉道：「這是做什麼？還不快把鞋子穿上。如今不在王府，妳倒是連規矩都不懂了。」

沈葭這才想起來，女兒家的腳是不能外露的。她以前在王府，奶娘時刻叮囑她，因而記得牢，到了這裡，平日家中只有她和遠山哥二人，所以很少在乎這些細節，再加上方才她一時心急，這才直接奔出來。

這會兒被沈津錫一斥，沈葭臉色頓時有些紅了。雖說是兄妹，但到底年齡都不小，男女有別，該有的規矩還是要有的，不能如此隨便。

她原本還想問些什麼，此時竟全部忘記，只能急匆匆地回裡間穿鞋子。

沈津錫無奈地搖頭嘆息一聲，將手裡的雞湯擱在八仙桌上。

沈葭穿上鞋子走出來，沈津錫正坐在八仙桌邊為她盛雞湯，見她過來便笑道：「妳昏睡了一天，想必餓壞了，快喝喝看這湯合不合胃口。」

沈葭走過去瞧，這雞一看便知是家裡養的，沒有山間野物的膻味，乳白色的湯汁，鮮嫩肥美的雞肉，上面還撒了蔥花和一圈圈黃澄澄的香油。

沈葭忍不住舔嘴唇，儘管她連日來都沒什麼胃口，此時瞧這雞湯竟覺得有些餓了。

「哥哥哪裡來的雞湯？」她乖乖坐下來，捧著沈津錫擱在自己面前的小碗，詫異地詢問。她和遠山哥的生活在村裡已經算好了，卻也達不到這樣的水準。

「我叫薛知縣準備的，妳身子那麼弱，正需要好好滋補。」

沈津錫說完沒了後話，沈葭也只默默捧著小碗沒再吭聲。

兄妹闊別多年，如今卻在毫無預兆的情況下遇上，沈葭縱使一肚子話想問，卻又不知從何開口。

她還清楚記得當初他撿起地上的木槿花簪子後絕然離去的背影，她原以為他這輩子都不會原諒她了。

想著這些，她的鼻子又酸澀起來。

沈津錫取了帕子遞過去，佯怒道：「妳倒是有臉哭，自己有了身孕還敢在外面惹事，要不是我來得及時，妳和妳肚裡的孩子都保不住了。」

沈葭原本還在傷心，一聽這話心裡的苦澀霎時消散，她激動地抓住沈津錫的手臂問：

「哥，你說我……我懷孕了？」她開口的時候不自覺帶著顫抖，這可是她盼望許久的事情啊。

沈津錫蹙著眉頭道：「我的醫術雖不精，倒也不至於連這個都診斷不出來。」

沈葭歡喜得雞湯也來不及喝，便幸福地撫上自己的小腹。她真的懷孕了，她有了遠山哥的孩子！

看妹妹一個勁兒地高興著，沈津錫卻有些不悅道：「看看妳嫁了個什麼男人，妳為他生兒育女，我到現在可是連他的面都還沒見著呢。」

沈葭神色微怔，想到遠山哥以前的身分，一時不知該怎麼和哥哥說。現在的鐘樓對朝廷來說，可是叛黨……

沈葭想了想才回道：「遠山哥的一個遠方親戚故去，那人曾對他有恩，他理應前去祭拜，因而目前不在家中。」

沈津錫突然冷笑一聲。「遠方親戚，妳倒是會為他圓謊。」

沈葭微愣，不由得抬頭看他，心下暗想：「哥哥說這話，莫不是知道了什麼？」

正思索著，沈津錫又開口道：「朝堂江湖無人不知、無人不曉的鐘樓第一殺手木玦，陰狠毒辣，出手俐落不留餘地，是個殺人不眨眼的大魔頭。原以為三年前他已經死在仇家手上，卻沒想到他躲在此處，還娶了我的妹妹。」

說到這裡，他放在八仙桌上的拳頭陡然握緊。屋裡的油燈輕輕搖曳，在他俊逸的臉龐留下搖擺不定的影子，原本的儒雅不再，取而代之的是怒火熊熊的咬牙切齒。

畢竟是在戰場上金戈鐵馬無數次搏命過的，沈葭一直都知道自家兄長不似表面看來那般溫潤，尤其是火氣上來時，那目光猩紅的模樣似要殺人一般，就連她見了都心裡害怕。

她只覺心臟漏跳半拍，又壯著膽子問：「哥哥怎麼知道的？」

沈津錫似是發覺自己的異狀，拿起桌上的水杯喝一口，神色漸漸恢復如常。他瞥了眼沈葭，淡淡道：「我這次原是要回邊關的，路過縣城時遇上劉勇將軍，聽他談及木玦和他的娘子，聽劉勇的形容，我便猜想那娘子可能是妳，才決定過來瞧瞧。也幸虧我來得及時，否則妳的小命恐怕難保。」

「我若沒了命，對哥哥來說也沒什麼危害，反倒還有些益處，起碼今後再不會有人惹你生氣了。」沈葭想到那日他的不告而別，說起話來帶了些許不悅和埋怨。

他離開的那段時間，對她來說每一天都是煎熬。後來奶娘故去，整個王府只剩她一個人，她自己都覺得了無生趣，不知活著要幹麼了。

想到以前的事，沈津錫也心中內疚。他嘆息一聲，眸中帶著疼惜與自責道：「那日之事是我不對，本不該怪妳。是我自己沖昏了頭，才會把怒火發在妳身上，妳是無辜的。其實我本意並不想丟下妳，那日離開後，不久便發生戰爭，兩年後戰事平定，我從軍營回來，原想跟妳道歉，誰知回了王府才知道妳竟逃婚離開了。從那日起，我便到處託人尋找妳的下落，此次回邊關特意繞遠路也是為了尋妳。幸好老天保佑，總算找到妳了。」

「哥哥會不會也覺得我做得不對？」沈葭猶豫一下，開口問道。她知道自己的行為在這個年代是很大逆不道的，可當時哪會想那麼多，她沒有了奶娘，又沒有了哥哥，孤身一人自然天不怕地不怕，拚了命也想一搏。

如今仔細想想，違抗聖旨，那可是滅門之罪。雖說楚王是先帝的兄弟，倒不至於滅門，但光憑先帝的狠戾無情，想借機除掉楚王卻是易如反掌。

好在後來殷王戰勝燕國，沈國士氣大振，齊國有了忌諱，竟主動送公主來和親，再加上楚王向來只是個無權無勢的閒散王爺，故先帝並未追究此事，楚王府也因此逃過一劫。

提及王府裡的事，沈津錫瞇了瞇眼睛，道：「父王和王妃對妳不仁，妳又何須講求義理與孝道？哥哥只恨自己沒有早點趕回去，把妳帶走。」

說到這裡，他神色認真地看著她道：「葭兒，哥哥好不容易找到妳了，跟我走吧，咱們一起去邊關，有哥哥在，今後定不會再讓妳受委屈。」

沈葭驚詫了一下，毫不猶豫地搖頭道：「我哪兒也不去，我已經嫁人，夫婿在哪兒，哪裡就是我的家。我相信，遠山哥也一定捨不得讓我受委屈，更何況……」

她撫了撫自己的小腹，一臉的幸福與滿足。「我還有了遠山哥的骨肉，我們將來會很幸福很幸福的。」

「可他是鐘樓的殺手，是魔頭！」

「他不是！」沈葭反駁道：「哥哥這麼說是因為你還沒有見過他，以前的事非他所願，他只是被他師父蒙蔽了。遠山哥很善良的，他的骨子裡和這村裡的人一樣淳樸，他才不是魔頭！」

雖然早知哥哥會是如此態度，可親耳聽到哥哥這麼說，沈葭還是覺得很生氣。

「若說是從前的鐘樓，妳這般告訴我，或許我還會相信。那個時候，他們嫉惡如仇、扶困救貧，從不濫殺無辜。可現在的鐘樓是個什麼樣的地方？那是個屠屍場，是地獄！為了金錢，樓主高繼無視祖上百年來的規矩，殺人無數、堆屍成山，多少無辜家庭被他們拆散？這樣的人，妳覺得他的內心會是乾淨的嗎？葭兒，不要被眼前的幻象所蒙蔽，若他只是為了利用妳，妳遲早會被他害的。」

「事情不是你想的那樣。是高繼分派任務時編造謊言，讓徒兒們都以為自己殺的是壞人。哥哥應該知道，鐘樓的規矩是下面的人只聽命令，不會打探事情原委，高繼鑽了漏洞，隱瞞了所有人。何況，後來大家得知真相時，不是有不少鐘樓弟子紛紛反叛他嗎？難道哥哥仍覺得那些人都是陰毒之輩，是殺人不眨眼的大魔頭嗎？」

「這是木玦告訴妳的？」沈津錫冷寂的目光打量著沈葭。見她不答，又繼續道：「妳被他迷惑了，才會相信他這些謊言，妳還年輕，許多人和事還看不明白。」

「不，我已經很明白了。」縱然是自己的哥哥，沈葭也容不得他誣衊遠山哥。遠山哥到底是好人還是壞人，她自己有眼有心，看得到也體會得到。

「若說殺人，哥哥在戰場上殺的人同樣可以堆成一座城，屍橫遍野、血流成河，不是嗎？若說遠山哥是魔頭，那哥哥呢？同樣是殺人，哪有好壞之分？」

「妳……咳咳……」沈津錫沒想到素來在他面前乖巧聽話的妹妹竟然為了一個外人與他爭吵，頓時氣得劇烈咳嗽兩聲，捂住自己的胸口，努力喘氣。

沈葭見他臉頰脹得通紅，急忙起身倒杯茶水給他，抱歉地說：「哥，你怎麼樣？快喝口水。」她怎麼忘了，哥哥早年受過傷，一動怒便容易氣血不暢，嚴重時甚至還會昏厥過去。她內疚地看著他，眼眶微紅道：「哥，是我不好，我不該跟你吵的……」

沈津錫喝了水，氣色恢復不少，他看她一臉自責，也不忍心多加責怪。到底兄妹二人許久不見，他怎會與她置氣呢？

「罷了，妳身子虛弱，需要好生調養，左右木玦此時不在家中，咱們便先不提他，莫要與我爭執動了胎氣，先喝湯吧。」

沈葭也知道一時半會兒想說服哥哥是不可能的，便也不再執著，默默低頭喝著雞湯，一勺一勺地仔細品味。

吵歸吵，能和哥哥再見面，她心裡還是開心多一些。

一天沒吃東西，沈葭只喝了一小碗雞湯便再也喝不下。沈津錫知道她胃口不佳，若突然吃多反而不好，也不逼她。

沈葭拿帕子擦嘴，才看著外面的天色道：「哥哥今晚住在何處？」她昏迷前記得薛知縣說已經準備上好的客棧，想必哥哥要去那裡住吧。

沈津錫卻道：「妳一個人在家，又住這麼大的院子，我既然在這裡，自然要陪妳幾日，今晚便住在此處吧。我剛看隔壁還有間空屋子，待會兒收拾收拾就成。咱們兄妹倆住得近些，妳身子有什麼不適也好照應。」

「可是，這樣會不會不太好？」隔壁原是間雜貨屋，院子南邊搭了棚後，侯遠山便將屋裡的雜物移到棚裡，現在裡面只放他打獵用的弓箭，除此之外再沒什麼，顯得空蕩蕩的。

他們夫妻原是打算等有了孩子，便將雜貨屋改成臥房給孩子住。

不過，那地方現在還沒收拾，若是給哥哥住，恐怕太過簡陋，自然比不得薛知縣安排的舒服。

沈津錫卻不以為意地說：「我長年在外駐守邊關，什麼樣的日子沒過過？妳該不會以為哥哥這些年都在軍營裡享福吧？我可沒有京城那些紈袴子弟們一身的少爺病。」

被沈津錫這麼一說，沈葭不由笑了，她倒是忘了這事。

可這也不能怪她，她這哥哥雖說長年在外，免不了風吹日曬，本該是皮膚黝黑之人，可奇得很，只要回京調養一、兩個月，就能變回溫潤如玉的謙謙公子模樣。以至於很多人乍一見他，都以為是個書生，想到的便是嬌弱……

看著現在的哥哥，沈葭都想不起他剛從軍營回來時是什麼模樣，又哪裡想得到軍營裡過的會是什麼日子？

沈津錫要住在這裡，沈葭原本打算從嫁妝裡翻兩條新的床褥出來，誰知自己還未有所動作，薛知縣已風風火火地命人送來不少東西。大到床褥幔帳，小到巾帕梳子等日常用具，沈葭能想到的、沒想到的，薛知縣都準備得樣樣齊全。

這陣仗，縱使兒子成親，只怕薛知縣也辦不到如此細心體貼。

第三十五章　深夜私會

一切收拾妥當，天色已經很晚了，兄妹二人沒再閒聊，同哥哥問了安，沈葭便打算回自己房中休息。

剛從沈津錫的屋裡出來，沈葭瞥了眼大門口，卻見一個黑影正一動不動地站在那裡。乍看之下她嚇了一跳，待發現是葉子時才長吁一口氣，疾步上前打開門閂，拉著她問道：「妳這是做什麼？深更半夜的，可是要把我嚇死。」

葉子的眼眶紅紅的，沈葭在濃濃的夜色下看不到，卻仍察覺出不對勁，她的面色跟著凝重幾分，又問道：「到底怎麼回事？」

葉子抽噎道：「小葭姊，三妞和李拐子他們……」

「他們怎麼了？」見她這般，沈葭越發著急。「先別哭啊，他們倆到底怎麼了？」

「死了……」

沈葭整個身子僵住，原本拉著葉子的手陡然鬆開，踉蹌著後退幾步倚在門框上，一顆心劇烈地跳動著，她蒼白著臉說：「妳、妳說什麼？」哥哥明明救了她和葉子，為什麼沒有救三妞和李拐子？只要他發話，村裡有誰敢傷害他們？

「他們下午的時候被火燒死了，為什麼大家要這樣？沒有一個人為他們難過、為他們求情，三妞那麼可憐，她連孩子都沒了，村裡的人為什麼還不放過她？」

葉子嗚嗚地哭著，將自己用雙臂環繞起來。她的心很痛，私奔的主意是她出的，現在他們倆死了，她就像自己殺人一樣難受。

沈葭也怔怔地說不出話來，過了好半晌，她才轉身回家，直接推門進入沈津錫的屋子。

沈津錫外袍剛褪下一半，一聽見聲響馬上又穿回去。他的臉上帶著慍怒道：「這些年在外面，妳真是一點規矩都不懂了。」

沈葭顧不得與他理論這些，只紅了眼眶盯著他，心痛地說：「哥哥可以救我，為什麼不能救三妞他們？」

不久前薛知縣命人送來一組嶄新的梨花木三彎腿桌椅，此時已妥妥地安放在屋子裡。沈津錫走上前，在其中一把椅子上坐下，順手為沈葭斟了茶水。他的面色淡然無波道：「怎麼救？她不守婦德、未婚先孕，又與外男私通，企圖遠走高飛，這件事縱使鬧到官府去，那也是死罪。」

沈葭無視他遞過來的茶水，連椅子都不想坐，只目光緊緊地盯著他道：「可律法不該是無情無義的，若非袁王氏苛待她，她原本可以清清白白、光明正大地嫁給自己心愛之人。為什麼事情弄成這樣，袁王氏那個毒婦什麼事都沒有，可三妞卻要死？」

沈津錫將舉在半空的茶杯收回來，重新擱在桌上。他抬眸對上她倔強的目光，嘆了口氣說：「妳錯了，律法本就是無情的！」

他說著逕自站起身，單手揹在身後，鎖在沈葭臉上的目光卻沒有動。「若治理天下也如妳這般感情用事，那江山還不亂了套？若天下人都能做出袁三妞和李拐子這等姦淫之事來，那道德本分又該從何談起？古往今來，男婚女嫁本就是父母之命、媒妁之言，豈能自己作主？袁王氏雖有不對之處，但袁三妞和李拐子的罪責更大。」

沈葭突然笑了，黑白分明的一雙眼眸染了層薄霧，似有淚光閃閃。「所以我逃婚也是不守婦德、不忠不孝。我是庶女，就活該任憑楚王妃和沈菀搓磨；我是庶女，就活該去和親、被人踐踏、任人蹂躪。如果我拒絕，便為天下所恥，受千萬人唾罵，對嗎？」

沈津錫這才驚覺自己言重了，他上前一步想要拉住她。「葭兒，哥哥沒有說妳的意思，妳和她不一樣……」

「有什麼不一樣？」沈葭後退一步，避開他伸來的手。「我和她不是很像嗎？一樣是命不由人。若說不同，便是我逃跑成功，而她卻失敗了。哥哥覺得不一樣，只因為我是你的妹妹，可事實上，我抗旨拒婚，比她的罪責更大！

「哥哥還記得我以前跟你說的那個世界嗎？那個追求平等，不會把女人當奴僕一樣對待的地方。那時哥哥總說我生病，滿口胡言亂語，我所說的全是一些不切實際的幻想。我想，或許我真的是生病了吧……」

她說完，再不想爭論什麼，默默地轉身，打算回去靜一靜。

望著妹妹單薄的背影，沈津錫心上一痛，輕聲道了一句：「他們沒死！」

沈葭腳步一滯，以為自己聽錯，慌忙回頭問道：「你說什麼？」

沈津錫嘆息一聲走上前來。「他們沒死。我叫薛知縣暗中用牢裡的死囚掉包，他們二人這會兒想必已經出城。妳若不信，此物可以為證。」

他說著，從袖裡取出一塊灰白色的麻布。沈葭慌忙奪過來，一眼便認出是李拐子身上的料子。

「他們二人沒什麼可以留下的，便割下這塊布作為證明，讓妳放心。如今，妳可是信了？」

沈葭對那料子凝視片刻，隨即抬頭看他，不解地問道：「為什麼？」聽哥哥剛剛那說話的口氣，怎麼可能會救他們呢？

沈津錫道：「我本無意插手村裡的事，但轉念一想，妳既不顧性命地幫他們，我又怎忍心讓妳難過？我救他們一命，就當是為自己當初不告而別所做的一點補償。何況，妳有身孕在身，若因為此事與我鬧起來，傷了身子，心疼的還是我這個做哥哥的。」

「那你剛才……」既然人沒事，幹麼非要惹得她跟他起爭執。他們倆才見一天，這都是他們見面後第二次吵架了。

「雖然他倆是死裡逃生，但我希望妳能記住哥哥的話，一個人處於什麼樣的地位，才能做什麼樣的事，有些事不是妳該做的，莽撞行事只會造成不可挽回的後果。方才讓妳嘗嘗痛苦自責的滋味，也算是吃個教訓。」沈津錫板著一張臉，一本正經地說教。

三妞和李拐子沒事，沈葭自然任憑哥哥教訓，只一個勁兒地點頭道：「我以後再也不會這樣了。」

沈津錫無奈地揉揉妹妹的頭髮，突然感慨道：「其實有時候想想，妳所說的世界未必不好。一生一世，攜一人終老，終究是無憾了。」

見哥哥說這話時目光溫柔許多，沈葭頓時笑了。「哦？我說呢，原來哥哥是有了意中人，看來我過不了多久便要有嫂嫂了，只不知是哪家姑娘，竟能讓我挑剔的哥哥瞧上眼？某人曾經同我說三妻四妾是人之常理呢，這會兒反倒說起一生一世來了。」

沈津錫被她說得有些臉熱，故作鎮定道：「時間不早了，快去睡吧。」

有了如此的好消息，沈葭哪裡還睡得著，她鐵了心要問出個究竟，便直接在桌前坐下來，撒嬌道：「哥哥說說嘛，話只說一半可真讓人心裡癢癢的。」

「八字還沒一撇，妳倒是先急起來了。」沈津錫說著在她對面坐下來。

沈葭嘻嘻笑著，托著腮幫子看他。「哥哥快說說嘛，是哪家的姑娘？」

「一個孤兒，是我一次打仗途中撿回來的。她……是個啞巴，但心思通透，跟她在一起的感覺很安心……」想到仍在邊關等他的姑娘，沈津錫的目光越發柔和。

沈葭瞧得心裡直樂，真沒想到能有人制伏得了她哥哥。畢竟除了她以外，她從沒見哥哥同哪位姑娘親近過。哥哥見到別人的時候，總是一身的戾氣，就連沈菀都很怕他。曾經，她還一度以為哥哥這個樣子，可能要孤獨終生了呢。

沈葭想著想著，對那位未曾謀面的姑娘更是越發好奇起來。如果有機會，她一定要認識一下。

看妹妹發呆，沈津錫叩了叩桌面，佯裝不悅道：「妳想知道的也知道了，還不睡？」哥哥下了逐客令，沈葭只能撇撇嘴，乖乖關門出去了。

站在院中，她抬頭看了看黯淡的夜色，口中呢喃一句：「不知道遠山哥這會兒到了沒有……」

鎬京

三更的鐘聲敲響，沈寂的夜色逐漸安靜下來。

侯遠山站立在楚王府南面一處毫不顯眼的小門前，駐足靜立，凝神沈思。

今日到了鎬京，他最想看的便是這裡——小葭生活了十幾年的地方。

王府的結構和布局小葭時常說與他聽，再加上他對地形很敏銳，因而早就在心裡畫了一幅地圖。

他知道，這便是沈葭平日出入王府的地方，不過一人那麼高，十分狹窄，兩個人同時進出便會顯得擁擠，竟連他們家的屋門都比不上。

——「自從和奶娘住進偏院，楚王妃不許我們到正院去，便讓人在離偏院不遠處打通一扇小門。那地方很偏僻，幾乎沒什麼人知道，便也無人看守，我平時出去買米糧或將針線活拿出去賣，都是走那裡的。」

沈葭的話又在耳畔回響，侯遠山揹在身後的手漸漸緊握成拳，想到她以前的生活不由得心疼起來。他抬頭看了眼面前那高高的圍牆，突然縱身一躍跳進去。

入了王府，侯遠山憑著記憶中沈葭的話來到那處早已破敗的院子。

現正是秋冬交替時節，樹上的葉子早已落個乾淨，一片片雜亂地鋪在地上，腳踩上去發出沙沙的聲響。偶有涼風吹拂，使得那堆積在地上的樹葉舞出淒涼又詭異的婆娑之姿。

憑著隱隱的月色，侯遠山一點點走近。那是一處不大的院子，正對著大門的是坐東朝西的兩間屋子，左右兩側各有一間耳房，因為久無人居住，窗子已被風雨拍打得破了洞，有的甚至搖搖晃晃似要掉下來。

南面是一小片已經荒廢的菜地，此時也已被枯葉覆蓋，有些瞧不出原來的樣子。

任憑侯遠山已經做好心理準備，卻怎麼也沒想到，那表面看上去奢華富貴的楚王府邸，竟有這麼一處宛若廢墟的院子。

小葭住在這樣的地方，日子又哪會好過？

他正想得認真，靈敏的耳朵突然動了動。他神色微凜，朝門口方向瞥一眼，便縱身一躍跳上房頂。這時，一陣腳步聲由遠及近，緊接著便聽到原本緊閉的院門「吱呀」一聲被人推開，隨之從外面走進來兩個人，看身形似是一男一女。

侯遠山雙手環抱立在屋頂，饒有興味地看著。

男子似是第一次來到這裡，很驚訝地環顧四周，隨即看向身旁的女子問道：「沒想到王府中竟有這樣一處破敗的院子，不知先前所住何人？」

女子道：「能是什麼人，自然是無關緊要之人。一個賤婢生的孽障罷了，去年為了逃婚離家，再沒音訊。不過想她一個女孩子流落在外，就算還活著，也落不到什麼好下場。」

女子說完握了握拳頭，神色憤懣道：「說起這個，我沈菀落得如此不幸也拜她所賜。當初母親為了讓我躲避遠嫁齊國和親，匆匆為我指了婚事，便是兵部侍郎的獨子左臨棋。可誰又想到，我才剛過門，左臨棋便抬了青梅竹馬的表妹進門。我堂堂郡主身分，若非父王無權無勢，他左臨棋憑什麼敢這麼對我？他們日夜纏綿、雙宿雙棲，我卻只能獨守空閨，黯然神傷。後來好不容易有了身孕，又被那賤人害得小產，我自己也得了失心瘋……」

沈菀頓了頓，回頭看向一旁衣袂翩翩的男子，轉眼又變得溫柔起來。「若非你治好我的病，我都不知道這輩子還能不能擁有幸福。」

男子握上沈菀纖細的柔荑，低頭吻了吻她的手心，憐惜道：「郡主身分尊貴，又端莊秀美，是左臨棋不知惜福。你們既然已經和離，又何須將那些不快記在心上，還是早早忘掉的好。何況，新帝登基，對妳父王也日漸重視起來，左臨棋此時追悔莫及也說不定。」

沈菀嬌羞地笑了，心裡漾起一絲甜蜜。「你慣愛拿這樣的話來哄我高興。」

男子手上突然用力，沈菀一個站不穩便落入他的懷中。他單手扣著她的腰肢，另一隻手摸索著托起她的臀，夜色下目光溫潤如水，笑道：「佳人一笑，千金難求。」

他說著俯首便要去吻她的唇，沈菀面上一紅側過臉去，男子卻也不強迫，順勢噙上她的耳垂。

沈菀身子一軟，嬌弱無力地倚在他的懷裡，雙手不自覺地環上他的脖子。男子勾了勾唇，突然彎腰將她騰空抱起，逕自去了前面的屋裡。

不一會兒，滿室的曖昧與嬌吟飄蕩出來，伴隨著門框的吱呀聲。侯遠山聽得耳根一熱，不由勾了勾唇，堂堂王府郡主竟然夜半與人私會，也當真是膽大至極。虧得他的小葭沒有養在楚王妃身邊，才有了這活潑善良的個性。

他對屋裡傳來的聲音並不感興趣，故也不願多待，只望著前方的院牆看了一眼，打算施展輕功離開。

誰知他正要動作，裡面的談話又引起他的注意。

「咱們總這樣終歸不好，郡主該早早讓妳父王求聖上賜婚才是。我一個先帝欽點的探花郎，難道還配不上郡主？」

「你這又說的哪裡話，你著急，我自然如你一般。前些日子我已讓母親對父王提過，只是聖上剛剛登基，朝中局勢未穩，哪裡顧得了這個？咱們再等等吧。」

「我倒是沒什麼，只怕郡主千金之軀跑來這種地方與我相會，委屈了。」

「你若當真怕我委屈，日後咱們成了親好生待我便是。說起這個，有些話雖然以前問過，今日我仍要再確定一遍。」

沈菀說著自喉間發出一聲呻吟，繼續道：「你之前同我說自己在家中並無妻室可是真的？你須明白，縱然我是和離再嫁，但到底也是王府千金，萬不肯與人做小的。」

男子低吼一聲，腹中熱流倏然傾灑而出，他直起身將自己的褻褲提上去。

見他不答，沈菀一邊穿著褲子一邊看著他，微怒道：「你不答話，莫非是在騙我不成？袁來春，你可知道欺騙本郡主會是什麼下場？」

「自然不是！」袁來春上前將她一把抱住，低頭抵著她的額頭，柔聲哄著：「我對妳怎樣妳還能不清楚，今兒個怎麼就懷疑起我來了？」

沈菀靠在他的懷裡，低聲道：「不是不信你，是因為太在乎。」

屋裡的人仍在你儂我儂，侯遠山的臉色卻已陰沈下來。

袁來春，探花郎。這世上當真有這麼巧的事嗎？

原來，所謂的科舉落榜只是他留在京城攀權附貴的一個藉口罷了！

想到婉容為了給他生孩子險些喪命，想到袁家人對他所有的期盼，侯遠山握緊拳頭，手指的關節喀喀作響。他怎麼也想不到，袁來春竟是如此薄情寡義、貪圖富貴的勢利小人！

他的眸中閃現一抹殺機，緩緩握住左側懸著的劍柄。

然而，劍還未出鞘，院子外面似乎有了動靜。他隱隱覺得是木珂和薛攀尋上來，原本緊握劍柄的手趕緊鬆開。

今日不能除掉他們，但也不會讓他們好過。他抬腳踢掉屋頂一塊疏鬆的瓦片，青瓦落地有聲，摔了個粉碎。

他勾了勾唇，縱身沒入黑暗中。

青瓦破碎的聲音驚了屋裡二人，沈菀嚇得往袁來春懷中一縮，臉色白了幾分。

第三十六章　寵妹一哥

袁來春神色凝重，透過門縫向外面瞧了瞧，見許久沒動靜，方才暗吁一口氣道：「許是哪裡來的夜貓吧？這種地方會有老鼠也說不定。」

沈菀驚疑未定地從他懷中起身。「此地不宜久留，咱們先回去吧。」

袁來春點點頭道：「是該走了，再晚些妳的丫鬟該要起疑了。」他說著又在她唇上啄兩下，一臉依依不捨。

沈菀也是初嘗被一個男人寵愛的滋味，此時比他還要留戀幾分。她突然挽上他的窄腰，臉頰貼著他的胸膛道：「我會再催催我父王的。」

「嗯，快回去吧。」袁來春撫著她的頭髮，又吻了吻她的額頭。

看著沈菀在依依不捨中離開，袁來春站在院中望著天上稀疏的星子，不由想起了遠在老家的妻子。

他離家時婉容已懷孕，算算日子這會兒孩子怕是都好幾個月了，卻不知是男孩還是女孩？他突然有些想他們了。

等他有朝一日得勢，再不畏懼沈菀的地位時，他還是要將他們母子接過來享福的。左右男人三妻四妾實乃正常，他不會委屈了她。

一夜夫妻百日恩，他不是個忘恩負義之徒。

何況，當初答應娶她，也是真心喜歡她的。他自認多情，卻不薄情。

遠山哥已經離開快兩個月，時間愈久，心底的思念就越發濃烈，如酒似火。

這段日子，能夠支撐沈葭的只剩下回憶，那些印在她腦海中揮之不去的點點滴滴。

哥哥被薛知縣請去了縣衙，沈葭自從知道自己有了身孕便格外謹慎，也不再往外面跑，多半坐在門前刺繡。

繡得累了，她抬頭看了看自家院落。此時已經快要入冬，灶房後面的那片花圃早已凋零，只有幾株零星的金菊耐得住嚴寒，開得格外鮮亮，金燦燦的，給這原本有些淒涼的深秋平添幾分熱鬧景象。

看著那些金菊，沈葭不由想到那漫山遍野的野菊花來，一樣的金黃燦燦，一樣的……令人回味。

沈葭用手撫著自己的肚皮，一張嬌俏可人的臉竟跟著微紅起來，跳動的心有如暖風輕拂，漾起點點波瀾……

沈葭的院子後面是一片樹林，穿過樹林再往前走則是一座小山。因為不高，又離村子近，故鮮少有野獸出沒。

相傳多年前那山上曾有位世外高人隱居，山上花團錦簇，鍾靈毓秀，乃真正的世外桃源。

那時才剛入秋，中午的陽光仍有些毒辣。到了晌午，家家戶戶都在午睡，整個村子靜悄悄的。

沈葭早上起得晚，並沒有什麼睡意，又聽侯遠山講了那樣一處地方，因而撒嬌要他帶她去看。侯遠山拗不過，便當真帶她去了。

山上久無人走動，早已蕭條破敗，莫說是花兒，便是小草也沒見著幾株。

走不到一半的路途，沈葭已經累得氣喘吁吁，抱怨起來。「不行，我走不動了，咱們還是回去吧，果然傳言都是信不得的，說好的花團錦簇呢？」

侯遠山捏捏她因運動而紅撲撲的臉蛋，不由笑她道：「這傳聞已是許久之前的事，沒準兒隔了好幾代，現在哪還剩下什麼？不過，這山上有一處地方很美卻是真的。」

沈葭一聽又提起精神來，興奮地環顧四周道：「真的嗎，怎麼我沒有看到？」

侯遠山指了指前方說：「就要到了，誰承想妳到這裡突然要打退堂鼓了。」

「那是因為你沒早說，要不我早就跑過去了。」沈葭一副自己有理的架勢，拉著侯遠山繼續往前走，瞧著像是又來了力氣一般。

侯遠山見狀，無奈地笑著搖頭，跟上她的腳步。

走了沒多遠，就在沈葭累得氣喘吁吁，眼看就要放棄時，眼前的景象卻突然令她呆住了。

只見前方一處寬廣的山坡上，開滿金燦燦的野菊花。金黃的花瓣似一根根飄帶，微風乍起，龍翔鳳舞，一簇簇堆在一起，迎風招展著。陣陣菊花的清香伴著秋風吹拂，沈葭貪婪地呼吸著，整個人都覺得舒爽起來。

雖沒有想像中那樣的花團錦簇、百花競豔，但眼前的景象已格外讓人嚮往。

「遠山哥怎會知道這樣一處地方？」沈葭望向侯遠山時眸光瀲灩，帶著一絲興奮。這漫山遍野的金黃，當真是說不出的……浪漫！

侯遠山寵溺地攬過她的肩膀道：「前些日子打獵路過這裡時看到的，一直想找機會帶妳來。這地方與咱們村隔了一片林子，想來大家都不知道此處。」

沈葭聽罷越發開心了。「那就不讓他們知道，這是咱們倆的秘密。」人對自己珍惜的東西總有一種莫名的佔有慾。

太陽漸漸落下西山，橘紅色的雲霞染了半個天際，將整座山映得金光閃閃、如夢似幻。

兩人躺在花的周圍，沈葭幸福地窩在侯遠山懷裡，唇角洋溢的笑容久久不散。

「這地方真好，我都想睡在這裡了。」

侯遠山單手支頭，側躺著看她，道：「好啊，那咱們今晚便不走了。」

沈葭笑著拍打他的胸膛。「那怎麼成？這裡晚上濕氣重，很冷的，何況這荒郊野外的，晚上萬一有狼怎麼辦？」她至今還記得剛來村子那時險些被狼叼走。

侯遠山想了想，道：「似乎也有幾分道理，只是如此良辰美景，咱們是不是不該辜負了？嗯？」

沈葭眨巴眨巴眼睛，待領會他話中之意，忙雙手環抱護住自己，一雙杏眼欲怒還羞地瞪著他道：「這可是在外面，不准亂來！」

「這地方偏僻……不會有人的。」侯遠山好言好語地勸著，手已經不規矩起來。

「可萬一呢……」沈葭原想拒絕，奈何一張櫻唇被他噙在嘴裡，竟是連話都不讓她說了。她一時羞惱，伸了胳膊用力推他，一雙眼睛瞪得老大。

於是，好好的親吻卻生生變成兩人雙唇相碰，大眼瞪小眼……

侯遠山被她瞪得無奈，索性伸出一隻手幫她合上眼，含糊不清地說了一句：「閉上眼睛。」而另一隻手，已經摸索著來到她的衣帶前。

一隻大掌擋了視線，沈葭什麼也看不到，又被他摸得心兒亂顫。猶豫片刻，她心下一橫，索性也不再瞻前顧後，當真閉上眼去迎合。

侯遠山勾唇笑了笑，抱著她往花叢深處滾兩圈，將人兒徹底壓在下面……

天邊的夕陽似是羞於瞧見眼前的景象，整張臉越發紅豔起來，悄悄躲在雲霞後面。

花叢中的兩人仍在繼續，一件件衣物從裡面扔出來，一聲聲醉人心魂的淺淺嬌吟輕柔地傳出，隨著山風飄向遠處。

天山的雲霞越發絢麗，山間的風變得溫柔，金子般璀璨的菊花迎風而舞，歡呼雀躍，纏綿交織的身影半遮半掩著……

旖旎，浪漫；定格，成畫。

「傻笑什麼呢？再笑嘴角都要彎到鬢髮上去了。」一聲熟悉的調侃傳入耳畔，沈葭的意識漸漸拉回，不由得耳根一熱，強笑著從木墩上站起來道：「哥哥怎麼回來得這麼早？還以為薛知縣要留你用晚膳呢。」

「哥哥過幾日就要走了，自然要多陪陪自己的妹妹，縱使用晚膳，也當是陪著妳。」

沈葭神色變了變，有些不捨地說：「哥哥要走？」

「軍中還有事情要處理，妳執意不肯隨我離開，我自當依著妳，但我又哪能在此久住？」

這話放在以前沈葭自然相信，但這會兒她卻撇嘴道：「藉口再多，哪及得上『思念佳人』更適合哥哥的心境？所謂一日不見如隔三秋，想必便是如此了。」

沈津錫伸出食指，點點她的額頭道：「還想拿我取笑，我看妳剛剛那樣子是在想著誰才是真的。」

沈葭被他說得頓時一窘，垂了頭不看他。「哥，既然你回來了就做飯吧，我去炕上躺一會兒，好睏啊。」

她說著伸手打了個哈欠，疾步轉身進了屋。

沈津錫對著空蕩蕩的門口喊了一句。「這會兒妳睡什麼覺啊，不是剛起床嗎？我叫薛知縣待會兒找人送些飯菜過來，咱們就不必做了。」

沈葭忍不住打開窗子探出腦袋，滿含鄙夷地道：「一頓飯而已，你還差使人家從縣城送到咱們家來，哥還是讓薛知縣再送兩個丫頭來餵你吧。」

沈津錫無奈地聳肩道：「妳哥哥我不會燒火做飯，妳又有著身孕，自然要麻煩他了。何況，這不是他分內之事？」

沈葭撇嘴道：「伺候你衣食住行、吃穿用度，這是老媽子的分內之事吧？」

她想想都覺得薛知縣遇上她哥，真是倒了八輩子楣。

再怎麼說人家也是一縣之長，自從她哥哥來了之後，只顧著陪他各種應酬、酒肉隨行。待吃飽喝足，她哥回來討清閒，說不定人家縣衙還有爛攤子要收拾呢。

這薛知縣，也是可憐巴巴的。

唉！

這日清早，沈葭梳洗過後正要去灶房做飯，院裡練拳腳的沈津錫瞧見了，攔住她道：「今日別做了，待會兒我帶妳去縣城。」

沈葭微微詫異道：「怎麼還去縣城，總不會今兒個薛知縣還陪你吃飯吧？」就算不想做飯，這蹭飯蹭得也太勤快了些。

沈津錫無奈道：「我是打算帶妳去城裡的酒樓吃，順便，妳前兩日不是跟我說打算開鋪子嗎？我昨日已經幫妳辦好，今日直接帶妳過去瞧瞧是否滿意。」

「辦好了？」沈葭整個人吃了一驚。「你怎麼也沒跟我商量一下啊，店鋪這種事還得尋個熱鬧繁華的地段才好，你可別給我弄了個旮旯拐角的地方。」

沈津錫睇她一眼道：「妳當妳哥哥傻啊？自然是最熱鬧繁華、生意最興隆之地。放心吧，絕對讓妳滿意。」

「到底會是哪兒啊？」沈葭心想他對縣城又不熟悉，哪裡來的自信啊？

沈津錫看她一臉不信的樣子，無奈道：「錦繡閣，是整個縣城生意最好的鋪子，裡面什麼都有，妳直接接手便成。掌櫃、夥計什麼的，妳開心就繼續用，想換也隨時可以換，怎麼樣？」這可是他問了薛知縣後才決定買下來的鋪子，沈津錫有自信他妹妹一定會滿意的。

何止是滿意，沈葭幾乎是目瞪口呆了。

錦繡閣啊！她平日做的刺繡可不都是在錦繡閣賣出去的嗎？那店鋪的東家她一次也沒見過，縱使打算開鋪子，但錦繡閣那樣的地方她可是想都不敢想的。人家那是老牌坊了，據說在鄰近的縣城都很有名氣，哪是說賣就能賣的？

「人家東家未必肯賣吧，哥哥怎麼買來的？」該不會是用武力解決的吧？

沈津錫得意地捋了捋背後的墨髮，一副自信滿滿的樣子。「這天下，自然沒有銀子辦不成的事，假使銀子辦不了，不還有金子嗎？」

金子？沈葭翻了翻白眼，氣得快要吐血。她哥是不是傻啊，花金子買一個鋪子，那還圖什麼啊？

她和遠山哥開鋪子原本就是為了賺錢，讓生活更好一些。如果她哥直接給她金子，讓她和遠山哥一輩子吃喝不愁，那還費工夫瞎忙那些做什麼？

不過話又說回來，若真有了錢，跟豬一樣吃吃喝喝、大事不幹，好像又顯得很沒志氣。果然，還是要自己動手換取豐衣足食才來得舒心。

贈人以魚不如贈人以漁，也的確是這個道理。

沈葭隨沈津錫去了錦繡閣，掌櫃比以往顯得更加熱情，點頭哈腰道：「娘子來了，若哪裡有不滿意的，儘管提出來，我們定會重新規整，令娘子滿意。」

掌櫃感嘆，當初他第一次瞧見這位姑娘便覺得與旁人不同，該是個貴人，卻沒想到還真被他言中，王府裡的千金小姐，那可當真不得了呢！

想到今後沈葭是自己的東家，掌櫃還是格外開心。畢竟相交這麼久，他一直客客氣氣，從未失過本分，沈葭待人也素來謙和。

何況，鋪子裡有個懂得刺繡的東家，沒準兒想些什麼點子出來，便能得不少利潤，他的分紅便跟著多些，如此這般自然是皆大歡喜。

對於她成了錦繡閣東家這件事，沈葭一時還有些不大習慣，腦子嗡嗡作響，像作夢一般，哪能給得了什麼好意見，便笑道：「這個我還要好生想想，掌櫃只先按著以前的做法便是。」

說話間，掌櫃的已讓小廝抱了厚厚一疊帳冊出來，笑道：「這是鋪子裡近三年的帳冊，娘子既然接手，自該對鋪子有所了解。」

這是自然，沈葭便也沒推辭，直接接過來扔給一旁站著的沈津錫。他既然來了，總得做點苦力才行。

沈津錫卻臉色一黑，不甚樂意。他的身分全縣城的人都知道，卻當眾給他妹妹做苦力，這讓他面子掛哪兒去？這幾日隨薛知縣視察民情的時候，他可不是這個樣子的。

這下子，他在百姓心中樹立的形象怕是頃刻間土崩瓦解了。

眼尖的掌櫃忙笑道：「這帳冊如此厚重，娘子是打算在鋪子裡瞧還是拿回家去？要不我讓小廝打包好了給妳送去。」

沈葭知道自家哥哥是什麼性情，待她雖是好歸好，但面子這種事還是極重視的。人家花重金幫自己買了鋪子，她這做妹妹的哪能如此不貼心，見掌櫃這麼說，便笑著應下來。

她又隨掌櫃了解一些情況後，已是晌午了。

村裡的人沒有吃午飯的習慣，但沈津錫這種長年習武之人早就餓了，便帶著沈葭去酒樓吃飯。

有人請客，她自然放開了點菜，且專揀那貴的。沈津錫見了不由笑她道：「妳這是怕我走了沒處壓榨？」

沈葭呵呵一笑，一臉無辜道：「哥哥想多了，我是怕價格太低的不合哥哥胃口。何況哥哥難得來一回，總得讓人家這些小商小販們賺上一筆。」

沈津錫無奈地虛指她幾下。這丫頭，他剛來的時候還有些不自在，這幾日一熟悉，之前的本性便都暴露出來了。

「我有個軍師名叫吳盾，此次與我一同從軍營出來，現下在薛知縣那兒住著。他以前曾為人做過幾年帳房先生，妳看帳本時，若有不懂可隨時問他，不要讓自己過於勞累，身子要緊，當心動了胎氣。」沈津錫關心地叮囑道。

沈葭乖乖點頭道：「我知道了，謝謝哥。」不管怎麼樣，哥哥為她做的她還是很感動。有哥哥的感覺，真好。

說話間，店小二已經將菜擺滿桌子，悄悄退出雅間。

沈津錫笑著挾一大塊黃燜排骨給她。「快吃吧，妳點了這麼多，吃不完可不成。」

沈葭最近害喜的症狀有所消減，胃口也大增，自然毫不客氣地開吃。「哥哥可別忘了，我這是兩個人在吃，哪有吃不完的？」

沈津錫寵溺地望著她，但笑不語。

第三十七章　與兄作別

入了十月，天氣變得寒冷，沈津錫在此地已待了些時日，也到了要離開的時候。

縣城外，沈葭依依不捨地挽著哥哥的手臂，眸中閃著淚花問道：「哥哥還會來看我嗎？」

見自己最疼愛的妹妹楚楚可憐的模樣，沈津錫一顆心都要化了，他溫柔地捏捏她的臉蛋說：「會的，等下次回京，哥哥一定來看妳。」

「那到時候一定要帶著未來的嫂子一起過來，哥哥娶媳婦總得讓妹妹把把關吧？」沈葭俏皮地說著，企圖緩解那離別的傷感。

「好，到時候妳若不滿意，哥哥聽妳的。」沈津錫笑著輕撫她的頭髮。

這話沈葭可不信，若真是他瞧上眼的，哪還有她說話的餘地，想必只是哄哄她罷了。不過，縱然是哄她的，能說出這種話沈葭也知足了。好在她不是多事之人，哥哥瞧得上的，她自然也說好。

「城北的蘇先生與吳盾是舊識，管帳也很有自己的一套方法，哥哥已交代過他，生意上有不懂的便去問他。這幾日吳盾雖然教妳不少，但畢竟時間有限。他是哥哥的軍師，可不能留下來給妳。」

見他又一本正經地叮囑，沈葭忍不住「噗哧」笑出聲。「這話哥哥從早上說到現在，我記著呢，快別絮叨了。」

沈津錫彈彈她的額頭道：「妳呀，我是怕妳不懂還非要鑽牛角尖，最後傷了身子。」

沈葭瞪他一眼道：「我才不會呢。」這可是她和遠山哥的第一個孩子，她比誰都愛惜。

「好了，哥哥真的要走了。」

沈葭神色黯淡幾分，低頭沈默一會兒，抬頭努力扯出一抹笑意。「哥哥保重，一路小心。」

沈津錫翻身上馬，望了眼後面的薛知縣道：「小妹不喜特殊待遇，薛知縣不必刻意相待，只容她自由自在便可。」

薛知縣趕忙上前低垂著頭道：「下官遵旨。」他暗吁口氣，這幾日照顧這位世子爺已是累得夠嗆，正愁今後是不是要一直過這樣的生活，如今世子一發話，他倒是放下心來。果然，他這樣的性子也就只能做個縣令。京城那些趨炎附勢的作風他學不來，凡事只講求個誠心，好在這位世子爺也算是好相與的。

如今人總算要走了，他也可以好好歇上一陣子。待兒子薛攀隨木珂探親回來，他得趕快為他們安排婚事，成了親早早讓他抱上孫子，這才是正經要過的日子。

縣裡一派祥和，他自己一家子也和和樂樂的，偶爾處理些衙門的瑣事，薛知縣想想就覺得這日子過得舒坦至極。看來待會兒回去得讓老伴把花園後面埋了許久的好酒取出來喝上兩口，慶祝慶祝。

這日子，是愈來愈舒心了。

自沈津錫走後，沈葭的生活又回到正軌，每日在家裡刺繡。與往日不同的是，以前刺繡是為了換銀子，現在則是為了打發時間。

有時候乏了，便去隔壁陪袁琦和袁瑋玩耍，或去高耀家找月季聊天，日子就這樣一天天過著。

說是回到正軌，但因為先前的事，沈葭在村裡的待遇自然與往日不同。

鄉親們三不五時就會送來各種吃食，臘肉、乾菜什麼的，總之每日變著花樣送東西過來。時間久了，沈葭家中堆得像小山一樣，根本吃不完，一時間也是格外鬱悶。

鄉親們給的東西全是揀好的拿，她無論怎麼拒絕都沒有用，可這麼多食物擱在家裡又怕壞掉，後來索性一股腦兒地給隔壁乾娘家送過去，畢竟乾娘家日子拮据，來喜還在唸書，來春也不知靠不靠得住，這些東西能接濟他們好久呢。

雖說眼下這是個好主意，但村人畢竟都不富裕，沈葭也不願他們在自己身上耗費太多，畢竟旁人不知，她卻知道自己這毫不受寵的庶女身分定是幫不了他們什麼大忙。

禮尚往來，若將來他們有求於自己，她又做不到，倒弄得兩邊都不好看了。

後來實在沒法子，她只好向薛知縣求助。薛知縣這人做事還挺雷厲風行的，她不過跑了衙門一趟，接下來大半個月鄉親們都沒再送什麼東西來了。不過見了沈葭仍是大老遠地打招呼，一副和她很熟稔的樣子。

人以和為貴，莫說他們心裡親不親切，表面功夫做足了到底也不尷尬，沈葭索性也由著他們，左右不貪圖鄉親們的好就是了。

轉眼到了年尾，錦繡閣的何掌櫃親自送來這一季的帳本，又聽沈葭詢問一些鋪子裡的事，方才回了。

關於帳目，沈葭每有不懂便去城北找蘇先生請教，現在對於看帳本已是駕輕就熟。她坐在炕上看了一會兒，摸摸已經六個月的大肚子，整個人迷迷糊糊地有些犯睏，索性便躺下小憩片刻。

正夢到遠山哥回來，就被隔壁葉子和來喜的歡呼聲驚醒。

「下雪了、下雪了！」

待聽清葉子的話，她隨即下炕，披件衣裳走出屋門。只見灰濛濛的天空中果真飄著雪花，一片一片的，大而密。

起初許是因為地面溫度較高的緣故，雪花落地便化作水。後來雪下得更大了，地上才慢慢染上一層白霜。

轉眼間，遠山哥已經離開五個月，原本說好元宵節之前一定趕回來，眼看離元宵節不到一個月的時間，也不知到那時他能否回得來。

「哎呀，下雪了怎麼站在外面？當心地上滑，妳這身子要是摔了可不得了。」剛從隔壁端飯菜過來的袁林氏瞧見沈葭，忙快走幾步，騰出一隻手扶住她道：「快進屋吧。」

沈葭笑了笑說：「方才聽到葉子嚷嚷著下雪，我不過出來透透氣罷了，別擔心。」

袁林氏對沈葭的態度一如既往，並沒有因為她王府千金的身分而有所改變，這讓沈葭感到十分安慰。她就喜歡袁家人真誠的態度，讓她安心，真的跟娘家人一樣。

袁林氏將飯菜擱在八仙桌上，又扶她坐下來。「妳呀，肚子這麼大了，還非要一個人住在這裡，總讓我不放心。夜裡若是磕著碰著了，喊人都喊不到怎麼辦？」

沈葭笑道：「乾娘放心吧，我向來行事小心，哪會讓自己磕著碰著？我自己的孩子，自己可寶貝著呢。」

袁林氏拍拍她的手背，轉頭看著外面的雪花道：「這一年馬上就要過完了，遠山怎麼還不回來，也不知是否尋到了故親，怎會連個音訊都沒有？」

說到這個，沈葭臉上的笑意淡了淡，望著院子的目光有些悠遠。「說是元宵節之前趕回來，想必快了吧。」說這話的時候，連她自己都有些不太確定。

袁林氏瞧見了笑道：「先不說這個了，快吃飯吧，野菜蛋花湯，還有摻了白麵的芝麻雞蛋餅，乾娘特意為妳做的。妳有身孕，得吃得好些才行。」

冬日裡沒什麼菜，杏花村的小戶人家更是難得吃上幾口新綠，因此能挖到野菜也是極不容易的。

聽袁林氏說這是特意為她做的，沈葭心裡頓時暖暖的，捧著野菜蛋花湯對袁林氏笑道：「謝謝乾娘。」

袁林氏愛憐地拍拍她的肩膀說：「快喝吧，待會兒若是涼了不好，這大冷天的，要喝熱湯才暖胃。」

到了晚上，外面的雪下得更大，堆積在地面上厚厚的一層。袁林氏怕沈葭夜裡起來時摔倒，便要葉子過來陪她。這麼冷的天，兩個人擠在一處多少暖和些，還能有個說話的人，省得她胡思亂想。

沈葭知道乾娘為自己好，總拒絕也不是個辦法，便應了下來。

兩人泡了腳雙雙上了炕，沈葭在裡葉子在外，並肩躺下來。

看著沈葭那圓鼓鼓的肚子，葉子忍不住伸手摸道：「小葭姊的肚子愈來愈大了，是不是再過幾個月就要生了啊？」

沈葭想了想，說：「如果沒算錯，應該是七月懷上的，現在已經六個月了，還有三、四個月就要出生。」想到自己馬上就要做母親，沈葭一臉滿足。

葉子也很興奮地道：「真好，等小葭姊有了孩子，還能和阿琦、阿瑋作伴。對了，小葭姊覺得女兒好還是兒子好呢？」

「這個……還真沒仔細想過，都是自己身上掉下來的肉，男孩女孩都好，我都喜歡，想必遠山哥也是這樣想。」

看沈葭一臉甜蜜，葉子捂嘴竊笑兩聲道：「小葭姊其實也挺快的，三月成親，七月便懷上了。看來，妳和遠山哥還真努力，也是遠山哥夠厲害，只怕夜裡很賣力呢！」

沈葭被她說得臉上一紅，卻不免詫異地看著她，問道：「妳從哪兒學來的葷話？」

一個小姑娘，又未曾許人家，沈葭心想婉容和乾娘必不會同她說這些，浣姊兒那樣的性子更不必說。她實在想不明白，葉子哪裡能聽到這種事情，還不知羞地放在嘴邊。

這話若放在現代或許沒什麼，可在這樣的年代，葉子也就太大膽了些。

葉子說這話本沒經過腦子，這會兒見沈葭神色認真，再想到前幾日看到的畫冊，竟也跟著紅了臉。

「什……什麼葷話，我隨口說說的。」她說完整個人往被窩裡縮了縮。「小葭姊，妳有身孕不能熬夜，趕快睡吧。」

沈葭卻不覺得這是小事，這種話今日對她說倒也罷了，哪日若是在外人面前脫口而出，一傳十、十傳百，姑娘家的聲譽豈不毀了？

「這會兒妳才想起要睡了，先說清楚再睡，跟我說說這是哪兒學來的？妳可知道這種話若是傳出去，說不定沒人敢跟妳說婆家了。」

「我也沒說什麼啊，有那麼嚴重嗎？」葉子將頭埋在被子裡不清不楚地嘟囔一句。

「當然嚴重，這等話若擱在以前，只怕妳絕對說不出來。」她還記得和遠山哥成親，次日回門的時候，這丫頭還抱怨著一成親只顧陪著遠山哥，都不找她了呢。

「好了，我、我以後再不說這樣的話就是了。」沈葭愈追問，葉子腦海裡的畫面就愈清晰，她頓時羞得渾身發熱，心裡升起異樣的感覺。

沈葭無奈地嘆道：「那妳且說說這到底是哪裡學來的？」

葉子悶在被子裡快要憋壞，只得微微探出鼻子和嘴巴來呼吸，眼睛卻仍用被子蓋著不敢看沈葭。「也沒、沒什麼，就是有一日去我大哥屋裡拿東西，不、不小心在枕頭底下瞧見的。我一時好奇就……看了那麼一點點……」

沈葭：「……」

來生哥和浣姊兒也真是的，這種東西也不藏得隱密一些，葉子和來喜都還是個孩子，若被翻著了豈不尷尬？看來，這事她得找浣姊兒提點一下。

沈葭想著這些，又轉頭看向葉子道：「那東西等妳嫁人，乾娘自會教妳，現在還是少看為妙，免得半懂不懂的，時不時又說漏嘴，到最後吃虧的可是自己。妳可記住了？」

葉子也知道自己說錯話，再加上那日原就是偷偷看的，現在哪還敢說個不字，只能忙不迭點頭道：「小葭姊，我以後再也不看了。妳、妳可別跟我娘和嫂子說啊。」

沈葭點點她的額頭道：「知道了，只要妳以後乖乖聽話，我左右不告訴她們就是了。」村裡對女兒家的三從四德甚為嚴苛，她自然不會直接將這事說與旁人聽。

葉子這才鬆口氣，嘿嘿一笑，往她那兒蹭了蹭，道：「小葭姊真好。」

沈葭嫌棄地推推她，道：「睡覺睡覺！」

翌日，沈葭起身後推開屋門，整個世界彷彿都變了樣。

院子裡一片白茫茫，就連院子南面搭起的大棚上也是厚厚一層雪，乍一瞧白得刺目。透過院牆看那門前的樹杈，也被大雪裝飾成冰條，銀裝素裹，整個世界除了一望無際的白，好似再看不到其他顏色。

幸好沈葭提前將花圃裡的金菊包了起來，否則這會兒只怕要活不成。

葉子站在屋門前打了個哈欠，伸伸懶腰，驚訝地瞧著外面的積雪道：「昨兒個是不是下了一夜？瞧這雪厚的，都及腳踝了。」

「是啊，難得見這麼大的雪。」沈葭也感嘆。她說著正要跨步出去，葉子忙拉住她。「小葭姊先別動，我去拿掃帚掃一下，妳現在走路不穩，當心摔著。」

沈葭心想也是，便沒推託，讓葉子扶著進了屋。

「我去打熱水，小葭姊先洗洗。」葉子說完去灶房端水進來，再去南面的大棚裡取了掃帚掃雪。

沈葭剛梳洗完，一手撐著後腰，一手端了木盆打算倒洗臉水，才剛到門口便聽見大門外的葉子突然喊了一聲。「小葭姊，遠山哥回來了！」

「砰」的一聲，沈葭手裡的木盆落地，冒著熱氣的洗臉水順勢濺灑出來，地上掃過後剩下的雪沫被那熱水一澆灌，很快地融化，登時成為深灰色。

她顧不得那跌落在地、盆口朝下的物品，跨過門檻就要出去相迎。

誰知還沒走兩步，那高大魁梧的男人已經立在她眼前。

他瘦了！這是沈葭看到侯遠山時腦海中蹦出的第一句話。是的，他瘦了！

本就不寬的腰被那身墨色長袍襯托得越發窄了，俊逸的臉上如今稜角分明，連下巴都尖了不少。

沈葭不免覺得有些心酸，也不知他在外面怎麼過的，才幾個月工夫，整個人竟瘦成這樣，怎麼也不好好照顧自己呢？

相對於沈葭的心疼，侯遠山則是震驚與難以自持的欣喜。他的目光一直緊緊盯著自家娘子那隆起的肚子，一顆心快速跳動著。他才一回來，竟就給了他這樣大的驚喜。

但轉念想想，這麼久沒有陪在她身邊，他又覺得分外內疚與自責。她一個人守在家裡，又有了身孕，想必是極為不便的吧？再看沈葭的氣色也不是很好，這些日子肯定是吃了不少苦頭。

侯遠山愈想愈覺得心疼，他大步走上前握住她的手，眼中閃著淚光道：「小葭，我回來了！」他一回來便發現娘子有了身孕，那種感覺當真是無法用言語來形容的。

第三十八章　遠山歸來

沈葭也鼻子酸酸的，水汪汪的眼眸一眨便有兩滴晶瑩剔透的淚珠滑落。她突然笑著將他的手放在自己的肚子上。「怎麼樣，驚喜吧？我們的孩子都六個月了，還好你回來了，否則可是連孩子出生都要錯過了呢。」

沈葭故作輕鬆地說著，可到了後面那一句還是沒忍住，又落了兩滴淚。最近她總盼著他能快些回來，生怕他在京城出個什麼意外，到時候連生孩子都是她一個人默默承受。

她還想到當初婉容生孩子時，疼得口口聲聲喚著二郎，那辛酸與無助的感覺，她似乎都能感同身受。

不過還好，遠山哥回來了，還不算太晚。他們可以一起等著孩子出世，陪他成長。

侯遠山伸出手，想要抱住她，可看著她突然大起來的肚子，又有些害怕傷了孩子。他的手在半空中停住片刻，轉而去摸她的臉。「對不起，讓妳受委屈了。」

這次去鎬京無功而返，木瑤師姊下落不明，他和木珂、薛攀快將鎬京城翻了個底朝天，也沒遇到半個鐘樓的人。若當初知道小葭有了身孕，他萬萬不會撇下她離開的。

沈葭的情緒已經好了許多，聽了這話只笑著搖頭道：「不委屈，咱們的孩子可乖了，平日很少鬧騰我呢。哎喲！」

她突然眉頭一皺，捂著肚子叫了一聲。

侯遠山頓時嚇得不輕，又對這個不是很在行，只能一臉關切地扶住她。「怎麼了，可是動了胎氣？」

見他急得臉都白了，沈葭忍不住笑他道：「沒事，許是知道爹爹回來了，他方才踢了我一腳。」

「當真沒事嗎？」侯遠山還是有些不放心，他害怕沈葭是為了寬慰他，畢竟這種事馬虎不得。「要不要找個郎中來瞧瞧？」

沈葭越發樂了。「真的沒事，你看我這樣子哪裡像有事？早知道你這麼大驚小怪，我方才就不嚇唬你了。」

她說著主動挽上他的臂膀，撒嬌道：「在外面站著好累啊，咱們去屋裡說吧。」

侯遠山這才想起如今沈葭肚子這麼大，站久了肯定腿痠，便不由分說地將人抱起來，目光溫柔地道：「還是我抱妳進去吧。」

沈葭迎著他的目光，甜甜地笑了，一臉的嬌羞。

葉子得了袁林氏的吩咐，為兩人送早飯來，剛到門口便瞧見這一幕，不由得臉頰發燙，紅著臉躲到牆角，心中暗忖。「我還是等等再來送飯吧，左右他們倆這會兒也想不起餓這回事。」

她自言自語一番，又拎著飯盒默默回到自個兒家。

冬日嚴寒，侯遠山和沈葭索性直接坐在炕上，中間擺著張紅漆木的四方小炕桌，桌上是剛燒好的一壺開水，還有一碟剝好的花生米。

目前沈葭有孕行動不便，都是乾娘那兒做好飯菜送過來，因此家裡除了這碟花生米，還真沒有其他能墊墊肚子的東西了。

不過侯遠山哪顧得上餓，只含情脈脈地盯著沈葭瞧，水汪汪的大眼、櫻桃般的紅唇、白嫩嫩的肌膚，他怎麼瞧都瞧不夠。

沈葭被他看得不好意思，撇過臉道：「遠山哥總盯著我做什麼，怪不好意思的。」

侯遠山依舊凝視著她，視線不曾離開半分。「就想這麼看著妳，怎麼都看不夠。」他在外面沒有一天不想她，日日想、夜夜想，因為怕她待在家裡擔心，他不眠不休了幾個日日夜夜，才在年前趕回來。

如果這個年只留她一人在家裡過，他怕她會不開心。

許久不見，沈葭因為這樣的話羞了去，一雙耳朵紅得通透，好像被初昇的朝陽照耀一般，讓侯遠山瞧見了喉頭一緊，恨不能抱上去，狠狠地親上幾口。

他端起炕桌上的青瓷茶盅喝一口，茶水溫熱，一入腹便覺得五臟六腑都熱起來，就連某個地方也格外不安分。

這時再看沈葭那圓圓的大肚子，侯遠山突然有些遺憾，好不容易趕回來，娘子卻懷孕，有些事便也只能想想了。

許久沒見，本是有一肚子話要說的，但一時之間卻不知道從何說起才好。兩人靜默一會兒，沈葭笨拙地從炕上挪下來道：「遠山哥定然還未吃早飯吧，今兒個先請乾娘多做一份，待晌午咱們再自己做。」

她說完下了炕要走，侯遠山卻從後面抱住她，臉頰埋在她的頸間，貪婪地汲取她身上熟悉的馨香，粗重地喘息著，聲音略顯嘶啞。「先不急，我還不餓，讓我抱一會兒，一會兒就好。」

依他的反應，若是沈葭還猜不到他想要什麼，也就白做了這麼久的夫妻，只是如今她有孕在身，當真不太能如他所願。

沈葭猶豫一下，索性便不動了，只任由他抱著自己，不言不語也覺得心裡暖暖的。

過了一會兒，許是怕沈葭站不住，他才依依不捨地鬆開她。「我帶了鎬京城的特產給妳，就在門外的馬背上，我去取來。」

沈葭聽了眸光微亮，笑著點頭。

侯遠山很快取過來，看那包裝便知是芙蓉居的點心。

芙蓉居的糕點是整個鎬京城最有名氣的，也是達官顯貴的最愛。以前每每楚王妃讓人買回去，總是趕緊叫沈菀吃，沈菀不吃了，便賞給下面得寵的丫鬟們，從來沒有沈葭的分兒。後來奶娘生病，味覺有些失靈，她才去芙蓉居買了一盒糕點，但奶娘捨不得，說自己已半截身子入土，吃這個浪費，便逼著她吃。沈葭拗不過，才將那買來的糕點吃了大半。酥軟香脆、甜糯可口。那糕點，當真是她吃過最好吃的點心了。

不過那東西也真貴著呢，王府裡剋扣她的月例，她又捨不得將自己辛辛苦苦掙來的錢花在這上頭，因此除了那一次，她再沒吃過。

如今瞧著那兩包點心，沈葭不由鼻子泛酸。

以前沒人疼沒人愛的，現在有人時時刻刻想著她，出個遠門也把她記掛在心上，她哪還會強求別的？

見她紅了眼眶，侯遠山頓時有些急了。「好端端的，怎麼就哭起來了？可是嫌我亂花銀子？我是想自己難得出去一次，見到好的東西自該帶些回來給妳。咱們有手有腳的，回頭再賺就是了，不必為那些銀錢心疼。」

侯遠山只當她心疼銀子，忙勸慰著，慌亂之下一雙手不知道該放哪裡才好。

沈葭自然不是因為這個，何況哥哥把錦繡閣買給她，她哪裡還缺這些銀兩？這會兒聽他想偏，不由笑他道：「我在你眼裡就是這等小氣之人嗎？」花個銀子罷了，還是為了她，她才不會因這個傷心或生氣。

「那妳又為何這般？」他不過是買了幾塊糕點而已，實在想不通他的小葭為何傷心成這樣，眼眶都泛紅了。

「沒什麼，不過是想到以前的事罷了。」她說著指了指其中一包。「把這包送給乾娘吧，來喜和葉子都會喜歡的，讓他們也嚐個新鮮。」

侯遠山原也是這麼想的，聽沈葭這麼說便點頭應下。「那妳先吃，我把這包送過去。」

侯遠山說著走了，沈葭拿了糕點在炕桌上鋪開，自己也坐上去。

打開一層又一層的油紙，裡面的香味漸漸變得濃郁。

一包裡面有六塊點心，每塊都是不一樣的材料和顏色。粉色的荷花藕粉糕、綠色的抹茶酥脆餅、燒得又黃又脆的金菊佛手酥，還有那鬆軟香甜的雪白色糯米糕、褐色的金絲卷、紅色的傲雪紅梅豆沙卷……

每一樣都雕琢得精緻細膩，且都是花的形狀，蓮花、鳶尾、木蘭、金菊、海棠、蝴蝶蘭等，各有特色，只這麼瞧著便讓人饞得流口水。

侯遠山回來時手裡提著食盒，見沈葭盯著不吃，不由困惑道：「怎麼不吃呢，可是不合胃口？」

沈葭笑著抬頭望他一眼，道：「是太難得了，有些捨不得。」其實她也喜歡做糕點，以前在王府時和奶娘一起做過，但都比不上人家的那個味道。

如今再想以前的事，倒覺得像上輩子一樣了。

侯遠山見她盯著糕點不忍動手的樣子，便笑著將手裡的食盒推過去。「既然如此，那先吃早飯吧，這裡是乾娘做的米粥和蘿蔔燉豆腐。」

自從沈葭成為錦繡閣的東家，便時不時讓小廝買些食材送到袁家。以前乾娘堅決不肯要，後來她便賭氣說今後再也不要吃她煮的飯了，即使挺著大肚子也要自己做。袁林氏被她這無賴性子搞得沒法子，這才應下來，但每每做了好東西，也總要沈葭先吃。不過好歹一家子的生活改善不少，沈葭也就不多說什麼了。

兩人吃完早飯，侯遠山趕路趕得有些疲乏，便撤了炕桌躺著休息。由於他不肯讓沈葭離開半分，沈葭沒法子，只好躺在他旁邊陪著。

見他瞪大眼睛瞧著自己也不睡覺，沈葭很不解地問道：「遠山哥不睏嗎？」她瞧他黑眼圈挺深的，眼裡都有血絲了呢。

侯遠山撫著她的額頭道：「瞧見妳便不覺得睏了，咱們說說話，晚點再睡。」

沈葭點點頭，想到他是自個兒一人回來的，便問：「找到木瑤師姊了嗎？是不是去了木珂那裡？」

侯遠山神色凝重幾分，搖搖頭道：「沒找到，想必是故意躲著我們，倒是在城外的小坡上尋到了師父的墳塚，應是木瑤師姊立的，也不知她孤身一人會去哪裡。」

「對了，妳在家可曾發生什麼大事？」侯遠山問她。

沈葭一臉糾結，她在家發生的事還真不小，差一點就被袁石給燒了呢……

不過這種事也隱瞞不了，村人都知道她哥哥救了她，還不如自己說出來。何況，還有錦繡閣的事要告訴他呢。

聽沈葭講了這幾個月的經歷，侯遠山的臉色頓時陰沈下來。

沒想到他才剛離開，小葭便出了那樣的事，幸虧那個素未謀面的大舅子來得及時，否則他這一回來，可是連妻兒的面都見不到了。

自爹娘相繼離開後，侯遠山生活便鮮少如意過，後來入了鐘樓，更是被人利用成為殺人工具，若非遇上沈葭，他這輩子怕是想也想不到原來日子可以這樣過。

於他來說，小葭是他後半生所有的依靠。他壓根兒不敢去想，若她出了事，他以後的生活會變成什麼樣子……

「對不起……」侯遠山說得格外認真。都是因為他不在，才讓小葭受了這等委屈，他若在，必是拚了命也會保護她的。

見他一臉自責的樣子，沈葭一顆心都要化了。她伸出雙手捧著他的臉道：「這怎能怪你呢？更何況我不還好好地躺在這兒嗎？倒是袁石和來旺他娘遭了不少罪，被薛知縣在衙門裡各打了五十大板，又在牢裡關了半個月。你都不知道，現在來旺他娘一看到我就躲呢。」

沈葭提起這個便有些開心，畢竟袁王氏這種人太容易挑起事端，這會兒一次讓她受夠教訓，諒她再不敢找自己麻煩，往後也就舒心許多。

她說完見侯遠山一直陰沈著臉不說話，便主動拉他的手笑道：「好了，不要因為這件事自責，咱們的孩子都要抗議了。你快摸摸，他在動呢。」沈葭每每提到腹中的孩子，眼角眉梢就洋溢著初為人母的喜悅與幸福。

提起孩子，侯遠山倒是真被她轉移注意力。他目光溫柔地瞧著她隆起的肚皮，手心貼合在她的肚子上，似有氣流湧動一般。他們的孩子，這是他們的孩子！

侯遠山之前一直都想要孩子，他是侯家的獨苗，傳宗接代的事自然落在他一人肩上。後來娶了小葭，他覺得人生圓滿了，對孩子的期盼倒是少了許多。不過，如今既然有了，便是錦上添花，他自然還是十分開心的。

「小葭，我聽聽可以嗎？」侯遠山目光中帶著期盼，好奇的表情像個孩子。

沈葭溫柔地笑了，輕輕點頭。

「他動了，他真的在動啊！」侯遠山耳朵貼在她的肚皮上，眸中閃著璀璨的光亮，一臉激動與幸福。

沈葭瞧見了，也跟著笑。孕育一個新的生命，真的是很神奇又很美妙的過程。

「對了，遠山哥覺得他會是兒子還是女兒呢？」沈葭想到葉子之前的問題，狀似無意地問。這裡的人大都重男輕女，若遠山哥比較想要兒子，生出來卻是女兒該怎麼辦？

侯遠山臉上的笑意頓了一下，這個問題他還沒想到呢。

沈默了一會兒，他又重新躺下將沈葭攬在懷裡。「都好，男孩像我，女孩像妳，如果是個男孩，我就教他武藝、教他打獵；若是個女孩，妳就教她刺繡、教她打絡子。」

沈葭甜甜地笑道：「那咱們多生幾個好了，有兒子還有女兒，他們還能有個伴，你說多好？」

她似乎已經看到自己期待已久的畫面：春風吹起時，花圃裡的花開了，奼紫嫣紅；門前的枝條發了嫩芽，綠意盎然。她坐在門前被一群女兒圍著，教她們刺繡；遠山哥則在院子裡和兒子練拳腳。

到了晚上，兒女們圍成一圈，聽他們講以前的故事。頭頂上是明晃晃的月亮，銀光揮灑著，映著家裡的房屋，在地面落下參差不齊的影子。

這是多麼溫馨的畫面啊！

侯遠山看她一臉憧憬，不由得笑了。「妳倒是著急，如今這一個還沒生下來，妳就迫不及待想再生幾個。這若是給咱們的孩子聽到，怕是要覺得妳不喜歡他呢。」

沈葭嘟著嘴反駁道：「才不會呢，他想到今後會有弟弟妹妹，肯定跟我一樣開心。」

第三十九章　來春故友

侯遠山親親她的額頭，含情脈脈的目光中好似陡然竄起火焰一般，熊熊燃燒著。望著她嬌滴滴的一張臉，他只覺得喉頭一陣乾澀，某處也開始躁動不安。

凝視了許久，他才嘶啞著開口。「小葭，我……」他已經忍了好久。

沈葭被他盯得一時間紅了臉，耳根子也跟著發熱。這麼久沒見，她知道他怕是想了……可是，她還懷著身孕呢，若是傷著寶寶可就不好了。

侯遠山似是也想到了，因此才未將話說完。他見沈葭一臉糾結，只得嘆息一聲，揉揉她的腦袋道：「別擔心，我不碰妳就是了，咱們的孩子要緊。」

知道他關心孩子，沈葭卻有些捨不得。兩人一別好幾個月，她都不知道遠山哥是怎麼熬過來的，現在好不容易回家，她又……

「或許，你輕一點是可以的……」她以前在網路上看過，懷孕中期是最穩定的時候，兩人都小心些，不會有什麼大礙，她都六個月了，想來應不會有危險吧？

侯遠山卻未同意，只將她攬在懷裡，聲音有些隱忍。「沒關係，我忍忍就好。」

他至今還記得月季和婉容生產時嚇人的樣子，他寧願自己受點苦，也不希望他的小葭有危險。生孩子本就是個大坎，他怎可只顧自己享樂，卻不管她的安危呢？

侯遠山的體貼讓沈葭心裡暖暖的，因此更見不得他如此隱忍。她猶豫了一下，伸手解開他的衣帶，用手摸索著覆上去。

侯遠山被她的動作驚得身子僵直一下，待明白她的意圖時才緩緩鬆懈下來，並未動彈，那處卻是越發灼燙了。

久久未曾碰過那物，又是這般燙手，沈葭少女一般地紅了臉頰，纖細的脖子羞得似要滴出血來，她下意識地想縮回手。

侯遠山發現後立刻伸手箝住她的手腕，使她動彈不得。「妳主動招惹我的，這會兒又想打退堂鼓？」

「我……」沈葭的臉更紅了，她抿著唇說不出話，模樣卻是越發嬌羞撩人起來。

侯遠山側首咬了咬她的耳垂，語帶催促。「快幫我……」說著，他又改去吻她的唇，舌尖輕掃她的唇瓣，帶來絲絲顫慄。

於是，沈葭被趕鴨子上架地當真動起手來……

待完事，沈葭伸著濕漉漉的手僵在半空中，故作嫌棄地皺皺鼻子說：「有味道，不好聞！」

侯遠山被她的樣子逗笑。「妳現在倒是嫌棄它了，沒懷孕那會兒不知誰巴巴地盼著它呢。」

沈葭瞪他一眼，哼哼鼻子道：「你還說！就是不好聞。」誰巴巴地盼著了？才沒有呢！

「好好好，不好聞就不聞了，妳等著，我去弄熱毛巾來給妳擦擦手。」他說著甚是無奈地繫上衣帶，匆匆下炕往灶房去。

沈葭像偷了腥的貓一般躺在炕上傻笑。她小心翼翼地將手往鼻子稍微靠近了些，隨即趕緊縮回去。「就是不好聞嘛，熏著了寶寶可怎麼好？」

侯遠山端木盆走進屋，聽到沈葭一人在裡間嘰嘰咕咕地自言自語。他將木盆放在門後的洗臉架上，拿毛巾浸了浸，擰乾了往裡屋走，邊問著：「大寶寶還是小寶寶？」

沈葭聽得一愣，待想到他是在接自己剛才的話，不由笑了。「大寶寶和小寶寶。」邊說著，已將手舉了過去。「你給我擦擦。」

處理乾淨了，侯遠山便躺回炕上抱著她。

沈葭知道他該是睏極了，因而沒再鬧他，只默默陪著他睡覺。後來她也染上睡意，不知何時竟跟著閉上眼睛睡著了。

兩人這一睡，便直接睡到午後。

沈葭醒來時，侯遠山正撐著頭凝視著她。她剛睡醒還有些木然，伸手揉了揉惺忪的睡眼，問道：「不睏嗎，怎麼這會兒就醒了？」她竟然睡得比遠山哥還久。

見他仍舊盯著自己看個沒完，卻一句話也不說，她急得捂住臉。「你老盯著我做什麼，又沒長東西。」

「許久不見，自然是看不夠。不過，即便天天見，也是瞧不夠的。」侯遠山一邊說著，一邊將她捣住臉的手拉下來，目光溫柔。

遠山哥愈來愈會拿這種情話來哄她，但不得不說，她很吃這一套，只覺得心裡甜滋滋的。

「肚子餓了吧，想吃什麼我去做給妳吃。如今我的娘子有了身孕，便是咱家的大功臣，可要小心伺候著。」侯遠山親著她的手背說道。

沈葭一聽，倒真覺得有些餓了，她摸了摸自己圓滾滾的肚皮道：「我現在真是愈來愈能吃能睡，初懷孕那會兒胃口不佳，每每吃了東西總想吐出來，如今倒是餓得快了不少。」

她突然覺得，女人一旦懷孕，還真是像頭豬一樣地養著，吃吃睡睡曬曬太陽，隨便走動幾下又累了。

侯遠山玩弄著她的一縷青絲道：「那可想好了要吃什麼？」

沈葭轉動水靈靈的一雙大眼睛，仔細想了想，道：「我想吃辣子雞，不要野雞，要家養的，又肥又嫩的那種。辣椒要放最辣的紅椒，那樣才夠味。」

沈葭說著說著，竟已感到唾液在口中蔓延開來，竟恨不能現在就吃上一碗。

侯遠山看她那副饞貓樣，忍不住捏捏她水嫩的臉頰，寵溺道：「早些吃燉豆腐時，妳恨不得把家裡所有的醋都倒進去，現在又嚷嚷著要吃辣，這酸兒辣女可是被妳全占了。」

沈葭拍掉他的手道：「沒準兒跟婉容一樣是龍鳳胎呢，這樣他們一生下來就有伴，肯定不會孤單了。」她說著竟有幾分期待。

「不要龍鳳胎。」侯遠山突然斂了笑意，認真地瞧著她。「生男生女都好，咱一次只生一個。」龍鳳胎可是拚力氣的活兒，他的小葭有多少體力他清楚，一個便夠他這段日子提心弔膽了。

沈葭撇撇嘴道：「說得好像是不是龍鳳胎你能作主一般。你看婉容，誰想得到肚子裡是兩個？這樣的事也不是人人都能碰上的。」

侯遠山揉揉她的頭髮，並未反駁。說起婉容，他不由想到那日去王府別院時見到的情景，一時神色凝重起來。

袁來春高中探花，卻謊稱自己落榜，留在京城只是為了另娶沈葭的嫡姊沈菀。這個消息對袁家來說無疑會是晴天霹靂，對於豁出性命為他生下一兒一女的婉容來說，更是天大的不公。

只恨當時京中正大肆搜索鐘樓餘黨，自那次後他再沒機會去王府，否則定要將那廝提回來任憑他們處置。

可如今他一時半會兒的卻不知如何開口才好。袁來春是袁家人所有的期盼，若是希望落空，他們會是怎樣的傷心絕望？

「遠山哥怎麼了？」沈葭見他心事重重的樣子，不免有些擔心地扯著他的衣襟問。

侯遠山回過神來，拍拍她的手背溫柔地笑道：「沒事，妳不是想吃辣子雞嗎？我在想家裡沒有養，得去縣城幫妳買，剛好我騎回了一匹馬，想必很快就能買回來，這樣妳就不會等太久了。」

「雪天路滑，你要小心些。」沈葭有些不放心。

侯遠山吻了吻她的額頭道：「放心吧，我能騎著回來，自然能騎著去縣城。妳自己乖乖在家待著，莫要磕著碰著了，我很快回來。」

沈葭乖巧地點頭。「好。」

侯遠山起身穿了件外袍出了屋子，自棚裡牽出馬往縣城出發。沈葭也從炕上坐起來，想著方才遠山哥凝眉思索的樣子，不免多想了些。

這次遠山哥去京城會不會還發生了別的事情呢？她已經好久都沒見他這個樣子過了。

但隨即她又搖搖頭，否定了自己的猜測。鐘樓已經散了，只要遠山哥在京城沒有被抓到，今後想必也是無礙。

至於有沒有其他的事隱瞞著沒說，左右遠山哥做事情自有他的道理，只要他待自己是真心真意的，她也就不必多加猜疑。

想通了，她便舒心了。走出屋門見外面雪已經停下，此時正白茫茫一片，她突然很想出去透透氣。

她索性回屋披了件氅子，便去隔壁袁林氏家。

剛一到門口便聽見袁琦的哭聲，沈葭無奈地笑笑，往婉容屋裡去。「哎喲，是誰欺負咱們，少不得要打上一頓來出出氣。」

說話間，她已掀開簾子走進去，只見葉子正抱著袁琦在那兒哄著，婉容則在餵袁瑋吃奶。

葉子看她進來，不由笑看著懷裡的袁琦道：「快看看誰來了，妳要再哭，小葭姑姑肚子裡的小弟弟都要笑話妳了。」

沈葭被她這話逗笑，不由瞋她一眼道：「就妳的一張嘴不閒著。」

葉子嘿嘿笑著，忙騰出一隻手扶她在炕桌前坐下來。「我這說的可不就是實話嘛，妳瞧我們小阿琦一看到妳就不哭了。」

話音剛落，她懷裡的袁琦又張嘴哭起來。

「哎喲，這是餓了吧，瞧把咱們阿琦給急的。」沈葭說著用手指戳了戳袁琦的臉蛋。她的手指一放到小丫頭嘴角，小丫頭便急急側著頭尋找著要吃奶，沈葭見了不免心酸，卻不好說什麼。

婉容正坐在對面的炕桌前餵袁瑋吃奶。她嘆息一聲，望著哇哇大哭的女兒面露心疼道：「奶水愈來愈少了，兩個孩子根本不夠吃。娘在灶房熬粥呢，待會兒餵給她喝。」

沈葭沒說什麼，只在心裡感嘆。「這裡的人多重男輕女，阿瑋是個男丁，有奶也是他先吃，倒是可憐這小姑娘了。最可悲的是所有人都不覺得如此對待一個女娃娃不公平，就連婉容也不過是心疼一下，到底偏寵袁瑋居多。古代人根深蒂固的觀念，當真不好改變。」

沈葭不由又想，雖然遠山哥嘴上說男女都好，只怕心裡也是想為侯家傳遞香火的。她心中已有定見，若今後他們有兒有女，定不能偏倚誰，讓女兒感到不公平的對待。旁人她管不了，也沒有那個能力，但自己的卻一定要照顧好。

她正想著，高浣掀了門簾走進來，看到小葭不由笑道：「妳這會兒身子不方便，倒還出來走動。遠山哥不是回來了？怎麼沒在屋裡膩著？」

高浣在袁家待久了，便也跟大家學會了打趣，不過並不常為之。畢竟她這種一直在閨閣中嬌養的姑娘臉皮薄，有時本是拿人家尋開心，結果被人家一句話頂回來反倒先紅了臉。

沈葭知道她的性子，也不逗她，見她手裡端著一個小青瓷碗，便笑道：「我來自然是想要討碗粥喝的，不過我看只有這一小碗，便也不跟咱們阿琦爭了。」

袁琦似是能聽懂大人的話一般，突然止了哭聲，小腦袋不停地搖晃著，好似在找哪裡有吃食。

小丫頭當真是餓極了，高浣也不敢耽擱，忙去葉子跟前坐下來，一口一口地舀了餵她喝。說是米粥，米卻沒有幾粒，好在裡面加了白麵，倒也吃得飽。

袁琦吃了一些，肚子沒那麼餓了，便漸漸歡躍起來，葉子在一旁陪她玩時也會停下來咧嘴笑笑，一雙眼睛彎成了月牙。

沈葭坐在一旁瞧著，愈看愈喜歡，不由幻想著自己的孩子將來大了，必然也是這般討人喜歡的。

大夥兒正在屋裡坐著，突聞外面一陣陌生的說話聲，接著是袁林氏應承的聲音。她們聽得不大真切，但「來春」兩個字卻是聽仔細了。婉容臉色一變，便抱了袁瑋出去，其他人也跟著走出來。

只見院子裡站了一位身材削瘦的年輕男子，頭戴翻簷帽，一身簡單的襖衣襖褲，料子看起來比一般人家好上許多。只是整個人長得獐頭鼠目的，讓人瞧著覺得不大舒服。

那人顯然沒想到一下子從屋裡出來這麼多人，頓時驚詫一下。隨即他的目光鎖在沈葭臉上不住地打量，一時間有些失神。

「這位郎君？」袁林氏喚了他一聲，心裡有些不舒服。看這人的穿著該是個正經人家，怎會如此盯著懷孕的有夫之婦？

男人回過神，對袁林氏作了個揖，又將肩上的包袱遞上去。「這個是袁家二郎差我送回來的東西，說是他在鎬京給人做夥計的一份收入，他想說我回鄉探親會路過你們這兒，便託我送回來。」

聽到二郎，婉容不免急了，忙問道：「那他可曾說過何時會回來？」

「是啊是啊，我二哥什麼時候回來？二嫂拚了命給他生下一雙兒女，他這會兒竟是躲在京城討清閒。」葉子不滿地插嘴。

袁林氏睇了她一眼，伸手接過那人遞來的包袱，見裡面沈甸甸的，面色微露詫異。她笑著對那人道：「郎君既是我兒故友，不妨進屋喝杯茶吧。」

「不了，既然我已將東西送到，便不多留，還得回去看望家人呢。二郎說了，待他三年後考中自會衣錦還鄉，給你們大家一個體面。時候不早，我也該回了。」

那人說著，目光又在沈葭身上停頓片刻，方對眾人拱手告辭。

望著男人離開的背影，沈葭莫名覺得心裡難安，手心竟微微出汗。孕期的女人最敏感，她隱約覺得這個男人並非只是順路送個東西、傳個話那麼簡單。

瞧那人的目光神情，似是有所隱瞞，還有他看自己的眼神，總讓人覺得格外不舒服。

第四十章 行蹤曝光

陳源自袁家出來，心中不免納悶。他這次來袁家表面上是幫袁探花的忙，為他的家人送些補貼，實際上他是楚王妃的心腹，特來打探王府未來女婿家裡的情況。

不說別的，單袁探花既有妻室又有兒女便已讓他大感驚詫，卻沒料到還有更大的收穫——當初為了逃婚而離家的二小姐非但沒死，還同在這村子裡落了腳！且看那肚子又圓又大，必是已經嫁人。

他心想，待回去把這件事好生稟報王妃，鐵定另有一番獎賞。他早年看上王妃身邊的大丫鬟茉莉，這次立了大功，說不定王妃會把茉莉賞給他，畢竟，這些年他可是為王妃做了不少事情。

陳源這般想著，上馬就難免急切了些，誰知他忘了雪天路滑，剛起步馬兒就失蹄，硬生生將他整個人從馬背上甩下來，頓時摔個四腳朝天、屁股開花。

他疼得嗷嗷叫了幾聲，見四下無人，忙慌慌張張地重新上了馬背，然而這次再不敢著急，只小心翼翼地在這冰天雪地裡走著。

侯遠山自縣城買雞回來，大老遠便看到有人摔倒，他正打算去扶，那人又很快自個兒站起來，還一副怕人看到自己出糗的樣子，便也只能裝沒看見，一夾馬腹與他擦肩而過。

沈葭剛從袁林氏家裡出來，看到侯遠山便歡喜地喚了一聲。「遠山哥！」

陳源聽到沈葭的聲音下意識地回頭望，只見侯遠山翻身下馬，伸手摸著沈葭的臉，兩人很親暱的樣子。

他心裡暗想，二小姐該不會是嫁給這個漢子吧？看上去倒是個健壯厲害的角色。

正想著，侯遠山突然一道目光射過來，他頓時嚇得哆嗦一下，又險些從馬上摔下來。也幸好他反應快，迅速拉緊韁繩，否則只怕就要在兩人跟前出糗了。

他訕訕地笑了笑，對著望過來的兩人作揖，然後急急忙忙策馬揚鞭溜走了。

侯遠山顯然對這個莫名其妙的男人很不喜歡，眉頭不自覺地蹙在一起，問道：「這人是誰？」

沈葭想了想說：「說是來春的故交好友，來幫他傳個話，順便送來不少東西。走吧，回家再細細跟你說。」

侯遠山應了聲，扶著沈葭一起回到自己家裡。

進了屋，因為天冷，侯遠山直接扶她入到裡間的炕桌前坐著。

沈葭這才道：「說起來，我正不解呢，來春說他在鎬京給人做夥計，賺了些銀錢，可鎬京那地方的錢縱使再好掙，花費也是比咱們這個小縣城高的，不知他哪裡掙得那麼多銀兩。不說給葉子、婉容做的錦衣華服、珠釵頭飾，單單元寶就有兩錠，每一錠都足足五十兩呢。」

說到這裡，沈葭又嘆息一聲。「乾娘她們何曾見過這麼多銀子，一個個傻了眼，都說來春有出息，可我總覺得這裡面另有隱情。」

她說著，倏地又想起以前在現代看過許多男人發達後拋棄糟糠之妻另娶富家千金的例子，一時間越發擔憂起來。

當初婉容生下袁琦和袁瑋時總是擔心來春會負了她，如今可千萬不要一語成讖，那袁來春當真做了陳世美。

若是如此，袁家這一家子老老小小怎麼辦？來春可是他們全家人的指望啊！

沈葭愈想愈擔心，不由抬頭看向坐在自己對面的侯遠山，道：「遠山哥，你說來春會不會……」

她猶猶豫豫的，有些話真的不想說出來，好似說出來便會不小心成真。侯遠山卻面色越發凝重起來，袁來春這事他到底該如何交代才好？

這件事說出來只怕對大家的打擊都很大，尤其是婉容，他無法想像婉容知道這事會有多麼心痛。

見他凝眉不語，沈葭越發覺得心裡難安，她搖搖他的手臂追問道：「遠山哥，你怎麼了？」

想到他方才買雞前也是這個表情，便隱隱有了不祥的預感。「你該不會……已經見過來春了？」

被沈葭這麼一問，侯遠山神色又凝重幾分，猶豫著是否該將此事全盤托出。他的小葭如今懷有身孕，知道了又能怎樣呢？

他愈是這樣默不作聲，沈葭就愈肯定自己的猜測，不由得有些急了。「遠山哥怎麼不說話，莫非當真被我言中了？」

見他仍是不言不語，沈葭扯著他的衣袖問道：「那袁來春究竟怎麼回事，遠山哥你一定知道的，就告訴我吧。」

見沈葭一臉急切，侯遠山無奈地嘆息一聲，伸手撫了撫她的臉頰說：「妳不是想吃辣子雞嗎，我先去做給妳吃，有什麼話咱們待會兒再說好不好？」

遠山哥都這樣說了，沈葭就是心裡再著急，一時間也不好說什麼，只點點頭道：「好。」左右她也餓了，這種事本就不是一時半會兒能說清楚的。

侯遠山見她應了，便從炕上起身，目光溫柔地看著她道：「那妳先休息一會兒，我很快就好。」

他說完轉身出了裡間，直接往灶房去了。

沈葭此時心裡十分難安，其實她已經幾乎肯定袁來春負了婉容，畢竟若是沒有，遠山哥早就該跟她澄清，哪會是方才那個模樣。遠山哥不擅說謊，他不答話反倒恰巧應了她的猜想。

這般一想，沈葭心裡就更加一團亂。袁來春若負了婉容，那袁琦和袁瑋怎麼辦？婉容又怎麼辦？

袁家人眼巴巴地盼著他出人頭地，如今他若打算拋家棄子、另娶他人，這又讓乾娘他們一家怎麼辦？

想到方才在婉容屋裡看到的兩個小娃娃，都已經七個多月了，至今還未見過親爹的面，若這樣就被拋棄也太可憐了吧？

乾娘一家上上下下都是誠誠懇懇的好人，為何偏偏出了個來春卻是……

她突然有些心疼這些年來生哥為了供他讀書花費的那些銀兩，可別到最後當真養了個白眼狼，給袁家招來禍事。

沈葭心中無奈，不由嘆息一聲，煩悶不已。

侯遠山做好飯進來的時候，見她眉頭緊鎖，不由上前用食指輕掃她的兩道柳眉。「在這裡瞎想什麼呢？快先吃飯吧，難不成妳想餓著咱們的孩子嗎？他若被妳餓出個好歹來，長大了可定是不依妳的。」

沈葭聽了這話不由笑了。「他都還沒出生，哪會知曉我曾餓了他？」她說著坐起身道：「不過我當真是餓了，不墊一墊肚子渾身不舒服。」

侯遠山親親她的額頭，轉身將炕桌收拾一下，再去灶房將做好的飯菜端進來。

沈葭這會兒很想吃辣，一見那鮮豔的紅辣椒伴著一塊塊雞肉，瞬間把其他事情都拋諸腦後，只饞得滿口流著涎水。

侯遠山見此不由笑了。他早聽高耀說過懷孕的人比較嘴饞，以前他想像不出會是什麼樣，這會兒瞧著沈葭倒是真的明白了。

他用竹筷挾了塊鮮嫩肥美的雞肉擱進她碗裡，笑道：「快嚐嚐合不合胃口。」

沈葭點點頭輕咬一口，在嘴裡咀嚼，連眨了幾下眼睛，吸上幾口涼氣，對侯遠山豎起拇指道：「好久沒吃過這麼夠味的菜，太好吃了！」

見她吃得滿意，侯遠山心裡也高興，又挾了一塊給她。「吃完了鍋裡還有，都是為妳做的，妳可以慢慢吃。」

沈葭也挾了一塊給他。「遠山哥做了這麼久，怎能只給我一個人吃呢？你也吃一點，這麼冷的天，吃些辣的暖胃。」

她說著舉起筷子在他眼前晃了晃，侯遠山見狀忙張嘴接住。果真是滿齒留香，帶著嗆鼻的辛辣，美味！

見侯遠山吃了，沈葭才滿意地繼續低頭吃自己的。

待吃飽喝足，她伸手摸著肚皮打了個飽嗝道：「好飽，遠山哥做的飯愈來愈好吃了。」

看她吃得頭上冒汗，侯遠山笑著將帕子遞給她說：「擦一擦吧。」

沈葭擦完將帕子擱在一邊，轉眼換成另一張臉，神色認真地看著侯遠山，問道：「遠山哥，現在你可以跟我說說來春的事了吧？」

「……」侯遠山一時間說不出話來。自從小葭有了身孕，他就愈來愈摸不透她了。剛剛還吃得好好的，他只當她早就把來春的事拋諸腦後，沒想到她記性還挺好，壓根兒沒忘呢！

他無奈地搖搖頭，見她盯得緊，也只好將在鎬京看到的事告訴她。「妳曾跟我說過以前住在王府的別院，我初到鎬京時便想去看看，那日夜裡潛了進去，卻沒想到在那兒遇上來春和妳的嫡姊沈菀私會……」

待聽完事情的經過，沈葭的臉色也越發凝重起來。

無論她怎麼想，也想不到來春竟然瞧上了沈菀。

自殷王登基為帝，楚王漸漸受到重用，只怕那袁來春看上沈菀是假，想藉著王府的地位往上爬才是真的吧。

好一個先帝欽點的探花郎！

「來春如此無情無義，倒讓婉容如何是好？」沈葭都不知道以後該如何面對婉容和那雙兒女了。

侯遠山想了想，道：「來春攀附王府另娶新人的確可惡，但咱們最好先別告訴袁家，萬一事情鬧到楚王和王妃那兒，只處置了來春倒還好，就怕為了自己的女兒，昧著良心要置婉容於死地，那袁家便危險了。」

沈葭點點頭，這也正是她所擔心的。楚王妃是什麼樣的陰狠性子，她再清楚不過。那沈菀根本就是她的命根子，只要她高興，就算袁來春有家室，她也定會想方設法為自己的女兒掃除一切障礙。

只是紙包不住火，來春說三年後再考，到時若再沒個消息，袁家定不會再這般傻等的。再說了，若當作什麼事都沒有發生，難道就任憑他們二人背著婉容雙宿雙棲？那又對婉容何其不公！

「遠山哥，你說如果讓婉容帶著袁琦和袁瑋上京告御狀，會不會有用？」

侯遠山凝眉沈思一會兒，緩緩搖頭道：「我覺得最好還是先等等。這事牽扯到楚王府，楚王如今漸漸被重用，朝中多的是想要巴結他的人，若婉容當真去了，只怕還未見到聖上，便已是九死一生。」

沈葭想想也是，朝堂上官官相護，誰會因為憐憫一個鄉野婦人，不惜與整個王府為敵？可若是不能告御狀，又能有什麼法子呢？她近來腦子不太靈活，當真不知該如何是好。可若是裝作沒事一樣，她又做不到。

袁家人待她那麼好，她不能對這事不聞不問。

侯遠山卻道：「我倒是有個主意，或許會有用。」

沈葭一聽來了興致，抬眸看向侯遠山，催促道：「什麼主意？快告訴我。」

「這件事妳不能出面，但是妳的兄長可以，而他也是唯一一個可能見得到聖上稟明真相之人。」

被侯遠山這麼一說，沈葭頓時眼睛一亮。對了，她怎麼把哥哥給忘記了！

哥哥是王府嫡長子，身分地位與她不同，這件事的確由哥哥出面最合適。

兩人一番商議後，侯遠山取了筆墨紙硯，鋪展在收拾乾淨的炕桌上，讓沈葭寫信。

待她寫完信，吹了吹上面的墨跡，摺好放進信封裡，又滴上蠟淚封口，才遞給侯遠山道：「我哥哥走時把他一個貼身隨從李進留給了我，說有事情可以託李進傳話給他。我把他安排在錦繡閣打雜，遠山哥把這信交給他吧。」

侯遠山接過信，應聲出門去了。

事情想到了解決的辦法，雖不知會不會有用，沈葭還是長吁一口氣，有些疲倦地躺在炕上，默默想著：「只希望哥哥能夠幫得上忙。」

因為下雪，整個村子都靜悄悄的，很安靜。

沈葭躺在炕上，突然聽到隔壁傳來一陣小孩的哭聲。因為兩家離得近，哭聲也格外清晰。

想到此時在京城錦衣華服、佳人在懷的袁來春，沈葭只覺得心裡一陣難受。

兩個孩子還未見過自己的父親便已被拋棄，也是極為可憐的了。

袁來春如此忘恩負義，在得到榮華富貴後便拋棄糟糠妻，待事情真相大白，定要讓他得到教訓，否則，便對不起這些年來婉容為他所受的苦了！

沈葭不由想到自己，她又何嘗不是被父王遺忘，甚至故意拋棄的女兒呢？

不過還好，她已經有遠山哥，又即將擁有自己的孩子，有沒有爹爹還有什麼要緊？

她和遠山哥以後的日子一定會愈來愈好的！

侯遠山一回來，日子就過得比平時快了不少。轉眼間冬去春來，正月已經過了大半。

自沈葭寫信託李進送去邊關，至今還未有回音。沈葭每天看著婉容母子，雖說心裡著急，卻也知道邊關離此地路途遙遠，急也急不得。

因此她只能佯裝什麼事都不知道，每日仍和袁琦、袁瑋兩個逗弄玩笑，嘻嘻哈哈。

沈葭的肚子越發大了，平時已很少出門，只偶爾在家為孩子做些小衣物，或看顧著花圃裡漸漸綻出蓓蕾的花兒。

至於哥哥買給她的錦繡閣，因為本就營運不錯，根本就不需她操什麼心。

侯遠山在鐘樓那幾年為了執行任務，時常需扮演各種角色，因此什麼本事都學過，連看帳本的能力也不比沈葭差，如今有他幫忙，她只管坐著收銀子就好。

正月十五元宵佳節過後，日子便一天天暖了。正午的陽光溫暖而柔和，金燦燦的光線灑下來，將整個院子照得靜謐而安詳。

每當這個時候，沈葭便很喜歡在院子裡擺上一張搖椅，整個人半倚在上面，面朝那奼紫嫣紅的花圃，微風吹拂過，便有淡淡馨香繚繞。

她在旁邊放了一張四四方方的紅漆木小方桌，桌上擱了一盞自己泡的茉莉香茶，茶水呈淡黃色，上面撒著的茉莉花嬌嫩瓷白，被風吹起時隱隱浮動，波光瀲灩。

茶的旁邊還有一碟洗好的紅棗，棗兒又紅又大，上面沾著晶瑩剔透的水珠，宛若剛從冰泉裡撈出來一般。

沈葭就這麼躺在搖椅上，輕輕搖動著，不時拈了一枚紅棗吃，再喝上一口香茶，好不悠閒愜意。

侯遠山在錦繡閣查完帳目回到家裡，看到的便是這一幕。

沈葭本就生得極美，再加上孕期食慾大增，一張臉顯得圓潤通透、白裡透紅，瞧上去竟比往日那纖瘦的模樣更添幾分嬌媚與風情。

此時她嘴裡恰巧含了一枚紅棗，圓潤的棗兒被嫣紅如櫻的朱唇包裹，伴著咀嚼，飽滿的紅唇規律地動著，嬌俏動人，竟讓人看得挪不開眼。

侯遠山下意識地嚥了下口水，下腹微微脹起一團火熱，恨不能立刻將跟前的人兒抱回屋裡，好一番隨心所欲。但看到她那隆起的小腹，又只能兀自壓下來，無奈地嘆息一聲，暗道一句磨人的小妖精。

待沈葭發現侯遠山時，她已經吃下五顆紅棗。將最後一枚棗核吐出來，她轉頭望向門口方向，眉眼彎成月牙狀，表情透著一絲俏皮與嫵媚道：「遠山哥回來了。」

侯遠山不動聲色地走過來，兩隻手扶著搖椅的扶手，將她整個人圈起來，他看了看盤子裡的棗核，話語中透著寵溺。「好吃嗎？」

沈葭幸福地笑了笑，乖巧地點頭道：「好吃。」

他將臉探上前，說道：「那我也要嚐嚐。」

他說著又湊近了些，直接含住她那飽滿櫻紅的唇，舌尖輕掃，勾起那片軟糯的丁香，細細品酌起來。

沈葭剛吃過棗兒，口中還漾著一股淡淡的棗香與甘甜，唇齒摩挲間，那香味好似越發濃烈一般，讓他久久捨不得放下。

不知過了多久，直到沈葭覺得自己快要窒息，才紅著臉推開他，飽滿的櫻唇微微張開，不停地喘氣，俏臉恍若染了一抹燦爛的雲霞。看得侯遠山心裡癢癢，忍不住又狠狠在她粉嫩的臉頰上親了一下。

沈葭羞惱地推開他。「瞧你，大白天在院子裡就沒個正經，大門都沒關呢，若給人看到可是要羞死人了。」

侯遠山撐著扶手直起身子，斜眼看了看大門口的方向，無賴道：「這大中午的，誰會往咱們家來？何況，咱們是最後一戶，自是不怕的。」

沈葭橫他一眼道：「你倒是有自信，我剛剛才聽到咱們院子南面有動靜呢，好像是兩個男人，聽口音不像咱們村子裡的人。我猜想，他們是打算在咱們隔壁搭房子。」

侯遠山對著隔壁望了望，果真又傳來聲音。

「小林子，你別光看不幹活啊，就我一個人什麼時候才能把這屋子弄好？你若再不動手，咱們今晚就睡大街吧！」

「我說小林子，你不能仗著人家老實就欺負人家吧？這麼多活兒呢，憑什麼讓我一個人幹啊！」

「小林……林靖宇，你給老子死過來！再不幹活，老子今晚就在你飯菜裡放笑春風你信不信？」

同樣的聲音不同的語氣連喊了三次，才另有一個聽不出情緒的淡淡男音響起。「早上的賭你輸了。」

緊接著，方才滿口「小林子」的男人又是一陣喧鬧。

侯遠山不由凝眉沈思起來。他們這窮鄉僻壤的小村子，哪個外地人會想在此安家落戶？何況又是兩個有手有腳的大男人，就越發惹人懷疑。

沈葭也是一頭霧水，又聽隔壁那兩人的談話，她不由想歪了些……當然，她沒覺得自己想歪，畢竟兩個男人關係親密的確容易讓人起疑，何況又是躲在他們這小村子裡，怎麼想都覺得是不被世俗認同的情感……

不過沈葭曾經身為現代人，思想上還是比較開放的，雖然不太了解這種情感，但她對旁人的性取向還是表示絕對尊重。

正想著，自家大門口已經立了一名男子，二十歲出頭的年紀，五官精緻、鬢若刀裁，一襲深黑色錦緞袍子，眉如潑墨，一雙桃花眼似笑非笑間透著一股放浪，黑綢一般的頭髮用綸巾束在頭頂，獨留兩縷青絲順著鬢角垂在兩側，被風吹得飄搖。

第四十一章 神秘鄰里

感受到侯遠山和沈葭兩人的目光朝自己投來，男子臭美地捋了捋垂下來的兩縷青絲，似是對自己的相貌很有自信，半晌才緩緩抱拳道：「打擾了，在下蘇拂揚，是二位今後的鄰居。日後大家住附近，可要多多走動、彼此幫忙才好。」

他看向沈葭隆起的肚子道：「哎呀，這位娘子懷著身孕呢，恰巧我是個大夫，而且醫術高明，娘子孕期若是磕著碰著，甚至大出血都不用怕，有我在，定保妳和孩子安然無虞。」

侯遠山和沈葭：「……」

侯遠山臉色黑得難看，垂在兩側的拳頭不由握緊，黑白分明的眼眸暗伏殺機。

沈葭聽得也是直翻白眼。第一天見面，這人就拿大出血這種話咒她，要不是她懷著孩子不方便，定然立刻拿掃帚趕他出去。

這時，只見一個不明物體突然飛過來，直接砸向蘇拂揚的後腦。他哀號一聲，捂住被砸中的地方，一張臉頓時黑下來，衝著隔壁嚷道：「林靖宇，有本事咱倆鬥一場，背後襲擊算什麼好漢？」

隔壁悠悠傳來一聲應答。「不會說話就閉上你的臭嘴。」

看這對夫婦的表情，蘇拂揚也意識到自己好像說錯話了，加上被林靖宇毫不留情地數落一番，頓時面子有些掛不住，卻不好再辯駁什麼，只抱歉地撓撓頭道：「那個，其實我是來借、借鎚子的。」

沈葭再次翻白眼，心想，你早說重點不好嗎？

這時，門口又站了一位玉樹臨風的俊秀男子。那男子同樣二十歲左右年紀，一身月白色繡了竹紋的袍子，身材頎長、皮膚白皙、面如冠玉，氣度溫潤儒雅、倜儻風流，乃是當之無愧的美男子。

「在下林靖宇，我朋友性子素來如此，方才多有冒犯，還望兩位見諒。」他薄唇微啟，望向侯遠山的眼神透著真誠。

待那目光從侯遠山身上轉移至沈葭身上時，裡頭出現了一絲不易察覺的波瀾，他只禮貌地向她點點頭，沒有出聲。

沈葭心想，總算來了位會說話的，這次就算了。

侯遠山夫婦也不是那等記恨之人，自然客客氣氣地將鎚子借予他們。

從侯家出來，蘇拂揚用手肘撞了撞林靖宇道：「喂，方才那位娘子跟你以前畫的一幅畫像眉宇間有些相似，該不會是皇室中人流落至此吧？」

林靖宇乃是當今皇后的義弟、皇帝的小舅子。而他的意中人，則是皇帝的親妹妹明玉公主。

一年前，當今皇帝還只是殷王，和晉王之間的鬥爭正激烈。那時晉王為了打垮殷王，便對其最疼愛的妹妹明玉公主下手，在元宵佳節將她擄走，打算毀她清白。

林靖宇為救明玉公主，被晉王的人圍困，身中劇毒，無藥可解。幸好遇上蘇拂揚的師父廖神醫，便將他帶在身邊為他解毒。半年前廖神醫去世，蘇拂揚受師父臨終所託，繼續為他醫治。

不過林靖宇體內毒性罕見，治起來麻煩，一直都只能用藥拖著一條命，未曾根治。為了尋找解藥，兩人一同跑了不少地方。前段日子蘇拂揚發現杏花村附近的山上有一種罕見的藥材可解林靖宇身上的劇毒，才決定在這杏花村住下來。

提到明玉公主，林靖宇的神色微微變了變。倒是許久不曾聽到這個名字，說起來，他已近一年沒見到她，聽聞她已嫁人。其實他一直都知道，明玉只拿他當兄長看，所以聽到她嫁人的消息，他並沒多大意外。只是，不知道那人對她好不好。

不過說起方才那位娘子，楚王府庶女抗旨逃婚的事他聽說過，這女子眉宇間與明玉公主的確有些神似，或許便是那位因逃婚而在京中出了名的沈葭。不過，想必那對夫婦並不希望這些事為外人所知，索性就當自己不知道好了。

隔壁兩人自從住下來後，倒是一直安安分分，行事低調得很，不但衣服換成了和村人一樣的粗布麻衫，生活方式也大致相似。平時林靖宇上山砍柴再拿到縣城換銀兩，蘇拂揚則是四處蒐集草藥，常見的拿去鋪子裡換錢，稀罕的則製成藥丸帶在身上。

自從家裡經常飄著一股藥味，沈葭終於相信蘇拂揚說自己是大夫並非虛言了。

好在當初奶娘生病期間她常常熬藥給她喝，聞得多也習慣了，否則她非讓遠山哥轟得那人住遠一點不可。

日子一天天過去，那日見面之後，兩家雖住在隔壁，卻並無交集，誰也不曾刻意和誰走得太近。

這期間高里正倒是親自過來詢問過情況，起初村人見這二人相貌英俊，沒少藉著來沈葭家裡送些東西為由看熱鬧，但時間久了，也就各忙各的，不再來探頭探腦了。

這日午後，沈葭睡了一覺醒來，突然嘴饞想吃縣城裡的小餛飩，肚裡的饞蟲一上來怎麼樣都壓不住，由於縣城不遠，侯遠山也捨不得她難受，便騎馬去縣城幫她買。

沈葭原本乖乖在屋裡待著，後來覺得悶了，便想出去透透氣。誰知到了門口，肚子突然一陣疼，竟讓她連及踝的門檻都跨不過去，兩腿一軟便栽了出去。

她如今身量明顯，根本就無法平衡，這一栽便硬生生地跌在地上。縱使她拚盡全力護著肚子，可趴到地上的一剎那，還是有股鑽心的疼痛傳來。

她疼得臉色蒼白，待感覺到一股熱流自下面流出來時，她整個人都嚇傻了。

孩子，她的孩子！

林靖宇自侯遠山家門口經過時，無意識地往裡面看了一眼，結果便看到如此驚險的一幕。他面色微驚，疾步走上前去，只見沈葭一手護著肚子，一手撐著地面，鮮江的血源源不絕地流淌著，很快便在地面留下大片陰影。

林靖宇嚇得不輕，趕忙轉頭朝自己家的方向喊道：「蘇拂揚，你趕快過來！」

他話一說完，望著地上的沈葭猶豫一下，快速將人抱起進了裡屋，放在炕上。

而這邊蘇拂揚也已經來了，他看到門口那一大灘血跡時不由得面色一變，腳下的步子快了幾分，急問道：「怎麼回事，地上怎麼那麼多血？」

沈葭疼得額頭上滲出不少汗珠，雙唇顫抖著發出痛苦的呻吟，連話都快說不清楚了。「我……不小心……絆了一腳，救、救我的孩子……」

「這……」蘇拂揚急得一跺腳，上前抓住沈葭的手腕把了把脈，神色凝重起來。「這跤摔得不輕，只怕要早產了，小林子，快去請穩婆！」

林靖宇自知事情不能耽擱，便急匆匆地出去了。

而侯遠山一回來，看到屋門前的血跡也嚇壞了。他手裡剛買的餛飩掉在地上，臉色蒼白地進屋，急忙喊道：「小葭！」

炕上的沈葭疼得渾身被汗打濕，臉色蒼白，瞧不見血色，直看得侯遠山滿心難受。

到底發生什麼事，怎麼他才出去一趟就成了這副模樣？

蘇拂揚見他回來，忙道：「你回來得正好，你家娘子要生了，小林子已去請穩婆，我回家找找催產的藥去。」

侯遠山應了一聲，快步坐在炕邊握住沈葭的手，眼中因自責而布了一層血絲，他低吼：「小葭，妳要堅持住啊！」

沈葭在炕上疼得就要哭出來。「遠山哥，我會不會死啊？我還不想死呢……」她此時多希望自己是活在現代，這裡的醫療技術落後，萬一胎死腹中、一屍兩命可怎麼辦？她怕死，真的很怕死。她和遠山哥的好日子才剛剛開始，怎能這樣就死了呢？

侯遠山被她問得忍不住流下兩行淚來，他握著她的手，努力壓抑心中的恐懼，安慰道：「不會的，妳不會死，妳和孩子都會沒事的。若閻王爺敢抓妳，我跑遍十八層地獄也定要尋妳回來！」

袁林氏一家人聽到動靜也趕過來，看到這一幕都是一陣驚嚇。

「好端端的，怎麼就成了這模樣，請了穩婆沒有？」袁林氏急急問著。

侯遠山道：「蘇拂揚說要早產，已經去喚秦大娘過來了。」侯遠山心知蘇拂揚和林靖宇二人非等閒之輩，因此對蘇拂揚的醫術還是有幾分信任。

袁林氏一聽，忙對身後的高浣吩咐。「快，妳去灶房燒些熱水來，待會兒秦大娘來了好直接用。」說完又轉頭對葉子道：「去咱家拿高粱稈子來，待會兒也要用。」

高浣和葉子應聲急匆匆地去了，蘇拂揚也已經翻找出各種瓶瓶罐罐跑來。他一進屋就把那些瓶子遞給侯遠山道：「快，這些東西每樣給你家娘子吃一顆，待會兒好生產。」

侯遠山原本還有些信他，可一看那成堆的小瓷瓶直接傻眼，也太多了吧？

見他猶豫，蘇拂揚急道：「快呀！愈晚給你娘子就愈危險，這些藥是我前些日子特意為你家娘子配置的，就是怕她出了什麼意外會來不及救。」

眾人：「……」

雖說蘇拂揚是一片好心，可這話怎麼聽都覺得有些不對勁。

蘇拂揚看著眾人的臉色瞬間明白過來，不好意思地撓撓頭道：「有備無患嘛。」說完又急急催促。「趕快餵她吃下吧，我又打不過你，還敢當著你的面害她不成？」

侯遠山此時也沒法子，又想蘇拂揚人不壞，便定了定心，從那些小瓷瓶裡各取一粒出來餵沈葭吃下。

剛服下藥丸，秦大娘也來了。她瞧這一屋子的人，再看看炕上的沈葭，急忙出聲趕人。「好了，都別在這兒杵著了，趕快出去，你們這一屋子人圍著也幫不上忙。」

她說完便直接轟大家出去，只留自己的兒媳秦嫂子在一旁幫忙。

屋裡沈葭的痛呼聲一陣蓋過一陣，直聽得院子裡的眾人心急如焚。侯遠山更是整顆心都揪在一起，焦急地站在窗前，雙拳不自覺地握緊。

林靖宇上前拍拍他的肩膀道：「嫂夫人吉人自有天相，放寬心吧。」

侯遠山看他一眼，此時不想說話，只點點頭，繼續關注屋裡的動靜。

興許是蘇拂揚的藥起了作用，沈葭並沒有疼多久便覺腹中一空，接著便是一陣嬰兒的啼哭聲穿過房頂劃破天際，聽得外面的眾人頓時鬆了口氣。

待秦大娘幫嬰兒清洗後裹上毯子打開門時，見大家一個個翹首盼望，不由笑了。「母女平安，是個小丫頭！」

袁林氏怦怦跳動的心總算落地，喜道：「丫頭好，生男生女都好，關鍵是平平安安的。」

侯遠山大步上前，看著秦大娘懷裡連眼睛都還沒睜開的小嬰兒，萬千滋味縈繞心頭。他的女兒，這是他和小葭的女兒！

他小心翼翼地從秦大娘手裡接過孩子，急匆匆地進了裡間。此刻，他更關心剛在鬼門關走了一遭，為他沒少受折磨的嬌妻。

他們此刻該說些私房話的，眾人也就識趣地沒有進去，只四下散了。

沈葭正虛弱地躺在炕上，見侯遠山進來，臉上微微一笑，強自伸出手道：「遠山哥……」

侯遠山將女兒放在她的懷裡，眼中因欣喜而泛著淚光。「小葭，謝謝妳。」

沈葭笑看著懷中的女兒，下巴在她的小臉上蹭了蹭，想到方才驚險的一幕，不由落下兩滴淚來。

生個孩子，真是太不容易了！

不過還好，她和女兒都平平安安的。

她突然抬頭看向侯遠山道：「不是兒子，遠山哥會不會有些失望？」

侯遠山寵溺地拂過她鬢角那沾了汗水的髮絲。「傻瓜，女兒多好，將來乖乖巧巧的，惹人憐愛。」

聽他這麼一說，沈葭才放下心來。女兒好，她也覺得女兒好，是爹娘的貼心小棉襖。這孩子早產，少不得要被他們兩人捧在手心呢。

「對了，咱們要給孩子取名字，之前不是選了幾個字嗎，哪個好呢？」沈葭凝眉思索著。

侯遠山想了想，道：「這丫頭早產，必然比旁人家的孩子柔弱些，咱們便取個『寧』字吧，希望她一生平平安安的。」

「侯寧……」沈葭唸了兩遍，隨即點頭道：「那再取個小名，叫『安安』好了，合起來便是『安寧』。」

侯遠山對這個提議很滿意，於是小丫頭的名字便被夫妻二人歡歡喜喜地定下來了。

「侯寧，安安……」沈葭喜孜孜地唸了幾遍，有些睏倦地打了個哈欠。

侯遠山知道她此時定是累壞了，也不忍心打擾她，便柔聲道：「既然睏了，便睡一會兒吧，我在這兒看著妳們兩個。」

沈葭甜甜地笑了笑，滿足地閉上眼睛休息。旁邊是自己的丈夫和女兒，她覺得整個人生都圓滿了。

第四十二章　王府風波

翌日，得了消息的月季也抱著高興一起來看望，瞅見沈葭懷裡的小嬰兒，連連笑著點頭道：「真不錯，好在有驚無險、母女平安。」

沈葭嘆息一聲道：「是啊，總算是挺過來了。」

「原本昨日便該過來看妳，但實在害喜得厲害，沒法出門，今日好些了才趕緊過來，妳可別怨我。」

沈葭一聽挑了挑眉，目光落在她的肚子上，道：「妳這是……又有了？」

月季笑著撫上自己的肚子說：「是啊，如果這回能是個丫頭就好了。」

沈葭卻不關心這個，只一味地盯著她瞧，滿含深意地笑道：「看來你們家高耀倒是挺下功夫的，高興才剛滿周歲，妳就又懷上了。」

月季瞋她一眼道：「妳這會兒倒是有空嘲我，待過些時日妳再懷上一個，看妳怎麼說。妳這十月懷胎，只怕遠山哥都要憋壞了。」

月季比自己還口無遮攔，沈葭頓時無法接話，只笑望著她懷裡的高興道：「小興兒看到妹妹開不開心啊？」

高興還不會說話，只在月季懷裡掙扎著要往地上站，月季拗不過他，只好放他下來。

「去瞧瞧妹妹漂不漂亮。」

高興聽了果真趴在炕頭上，睜著一雙亮晶晶的大眼睛望著侯寧，很開心的樣子，偶爾拍著手咿呀兩句大人們聽不清的話。

月季摸著兒子的頭感慨道：「這下好了，妳也有了一個，我們高興不愁沒伴了。」

兩人正說著話，聽到外面傳來侯遠山和蘇拂揚的說話聲。

「這藥是我剛配好的，熬好了給嫂夫人下奶。」

「多謝了。」侯遠山客氣地應著，心裡卻有些不是滋味。當日他一見面就說什麼大出血的話，誰承想才幾日小葭就真的出事，雖說是有驚無險，但這兩件事連在一起總讓人覺得心裡不太舒坦。

不過因為妻子和女兒的命是他救的，侯遠山也不好說什麼，只是面對蘇拂揚有些矛盾罷了。這人心腸不壞，就壞在一張嘴，當真是得罪人。

屋裡的高興聽到聲音便顫巍巍地往外走，月季趕緊跟上去，轉頭又對沈葭道：「得，妳自己先歇著，我這小祖宗剛會走幾步，根本閒不住，我得看著他去。」

沈葭笑著點頭道：「快去吧。」

見月季走了，她低頭吻了吻女兒的額頭，突然也幻想起將來女兒在地上跑來跑去的模樣，當真是美好極了。

因為是第一個孩子，侯寧的洗三禮辦得尤為熱鬧。待客人散盡，沈葭只覺得睏倦，便抱著女兒迷迷糊糊中睡去。

醒來時，見侯遠山正坐在自己身邊，柔情萬千地看著她們母女倆。一旁的女兒瞪著圓溜溜的眼睛，似是對這新奇的世界還未看夠。

沈葭懶懶地打了個哈欠，睡眼惺忪地望著他問：「遠山哥盯著我做什麼？」

侯遠山笑了笑，說：「餓嗎？看妳睡得香，我不忍心叫妳，咱們安安都醒了呢。」他一邊說著，一邊用拇指肚去碰女兒的小爪子。

三日大的嬰兒小手精緻得好似稍一用力就會折斷，侯遠山的手指一放過去，儼然變成了龐然大物。

沈葭怕他的手太粗糙，會傷了女兒嬌嫩的皮膚，便輕輕推他的手，道：「剛起來還不餓，待會兒再吃吧。」

侯遠山應了聲，也和衣在床外側躺下來，單手支頭，含情脈脈地望著母女倆。

這幾天他一直覺得自己像在作夢，不知不覺間他做了爹爹，美得讓人覺得不真實，他都還沒想好該怎麼當個父親呢。

這時，躺在兩人中間的小侯寧嘟了嘟那張小嘴，突然張口哇哇地哭起來。

沈葭見狀一急，只當是餓了，忙褪了半截衣衫餵奶給她吃。可不知怎的，起初她還吃上幾口，後來仍是哇哇哭著。

這下沈葭更急了。「這是怎麼了？好端端地說哭就哭，也不會說個話，真讓我猜不出什麼意思。」

侯遠山也有些不知所措，他還從沒帶過這麼點大的孩子呢，自是半點經驗也沒有。

夫妻倆正急著，突然想起袁琦和袁瑋小時候。沈葭眸子亮了亮，道：「莫不是尿濕了？」

她說著，伸手在女兒墊的尿布下面探了探，「噗哧」便笑了。「果然，小丫頭是嫌這濕漉漉的難受呢。」

侯遠山跟著鬆了一口氣，忙下炕取了乾淨的尿布遞過來。對於換尿布這事，因為幫袁琦和袁瑋做過，沈葭還頗駕輕就熟，一下就處理好了。

待一切收拾妥當，沈葭再餵女兒吃奶時，小丫頭頓時安靜下來，大口大口吃著，再不哭鬧了。

沈葭瞧著不由想笑。果然，照顧小孩子還得順著她的脾氣，也幸好今日猜出來，否則可真要把人急死。

她憐愛地吻了吻女兒的額頭，忍不住嘆息一聲道：「當個娘可真夠累的。」

侯遠山一直盯著侯寧大口大口吃奶的那處，不由嚥了嚥口水道：「當爹，也很累的。」不是累，是委屈才是。平時那地方可是他一個人的，現在都有人跟他搶了。

他這般想著，不由將目光放在另一處未被女兒動過的地方，再次嚥了嚥口水。

沈葭瞧出他的意圖，不由瞋他一眼，伸手護住。「不許胡來，奶水才剛下來，你可不能跟我們安安搶食物。」

侯遠山卻已經翻到床裡側，整個人半趴上來，柔聲哄著：「好娘子，只一口便好。」

從八月離家前往鎬京，至今已過了許久時間，他都還未曾盡興過，現在孩子是生了，可還要坐月子，侯遠山早就有些熬不住，只想著今日能稍稍過過癮也好。

沈葭也知道他的難處，當初因為怕傷了孩子，他一直都小心翼翼的，生怕自己一時衝動會造成不可挽回的後果，因此這段日子少不得要隱忍著。看他這副欲求不滿的樣子，她自然也是有些心疼。

猶豫了一下，她臉頰微紅，低聲道：「那你……就、就一口。」

沈葭鬆了口，侯遠山頓時喜上眉梢，再不顧別的，只滿口應下，俯身趴下去……

沈葭盯著屋頂的梁柱，有些無語問天，竟有種養了兩個孩子的錯覺。果然，有人說男人窩在女人懷裡時就像個半大的孩子，也不是沒有道理的。

四月中旬，沈葭剛坐完月子時，前往邊關向沈津錫送信的李進總算策馬歸來，率先到沈葭這裡稟報。

「小的初到那時，世子正與胡人打仗，因而耽擱不少時日，直到親自將娘子的信交予世子，才急急趕回來稟報。」

沈葭點點頭，輕輕晃動著睡著的侯寧。「我哥哥可說了些什麼？」

李進道：「世子說待邊關戰事一定，他便會回去處理這事。只是現下邊關不穩，他近段日子還抽不開身。」

「自然是國事更為重要。」沈葭體諒地道了一句。

李進看著她懷裡的女兒，不由道：「沒想到娘子已經生了，可惜未曾來得及稟報世子，他若是知道，定然也替娘子高興。」

沈葭笑了笑，將八仙桌上準備好的碎銀子遞過去。「你跑這一趟也辛苦了，這些權當是感謝你的奔波之苦。雖然不多，也算一點心意。」

李進受寵若驚地推拒道：「這萬萬使不得，娘子生活不易，小的豈敢……」

「拿著吧，就當全了我的一番心意。」

聽沈葭這麼說，李進才一臉感激地應下，雙手接過錢袋，見裡頭沈甸甸的，心裡格外高興。

好主子可遇不可求，他以後定會更加盡心盡力。

鎬京城，楚王府。

楚王妃聽完陳源的稟報，一張臉頓時拉下來，眸中閃過一絲陰狠道：「這個袁來春竟敢在我眼皮底下耍滑頭，如今聖上已然賜婚，堂都拜過了，又憑空冒出個鄉下的糟糠妻，這可是欺君的死罪！」

陳源嚇得大氣都不敢出，猶豫了一下，才又壯著膽子繼續稟報。「除了這個，還……還有一事。」

楚王妃早已聽得煩悶不已，伸手揉了揉額頭，才又問道：「還有什麼事？」

陳源道：「小的在姑爺老家看到了二、二小姐。」

楚王妃神色大變，又追問一次。「你可看清楚了？」

「回王妃，看清楚了，的確是二小姐，而且還大著肚子呢，好似在村裡嫁了人，算算日子只怕這會兒已經生了。」

楚王妃冷笑一聲道：「把府裡搞得一團亂，她卻在外面嫁人生子，哪有那麼好的事？」

她說著又看向陳源。「你做得很好，我自會重重賞你。」

陳源頓時喜不自勝，忙跪下去道：「多謝王妃恩典！」

楚王妃點點頭，對他揮揮手道：「先下去吧。」

陳源退下後，楚王妃又派人喚了女兒、女婿過來。

今日恰值朝廷休沐，袁來春和沈菀正在房中親熱，這會兒被人叫來，自然有些掃興，但當著楚王妃的面，誰又敢擺臉色，兩個人也少不得一副歡歡喜喜的樣子走進來。

「母親怎麼這時候喚我們過來，可是有什麼事情？」沈菀說著直接撲進王妃懷裡撒嬌。

袁來春則規規矩矩地行禮道：「小婿見過岳母大人。」

楚王妃淡淡地瞥他一眼，轉而寵溺地推著懷中的女兒道：「妳這丫頭，都嫁了人還不成個體統，妳且好生坐著，母親有話要問問他。」

這時有人搬了繡墩過來，沈菀只好上前坐著，卻忍不住多問一句。「母親有什麼只管問便是，為何搞得這般嚴肅？」

王妃未再看女兒，只目光清冷地上下打量跟前的女婿。一身青褐色繡蝠紋長袍，腰間那條嵌了白玉的黑色腰帶還是女兒親手繡給他的。這男人模樣生得好，身材頎長、面色白皙、眉清目秀，瞧著倒是個玉樹臨風、謙謙君子的模樣，誰又想到知人知面不知心哪！

袁來春被楚王妃盯得脊背一涼，渾身都不自在起來，只規規矩矩地再次拱手施禮道：「不知母親有何事吩咐小婿？」

楚王妃盯著他的目光仍未移開，嘴唇翕動不語。

袁來春求助地看向沈菀，眼見丈夫在母親異樣的目光下站了許久，沈菀心生疼惜，不免開口求情。「是啊，母親，您若有什麼話便直說吧，若是、若是夫君哪裡做得不好，還望您能指點一二。」

楚王妃無奈地睇了一眼仍一門心思撲在丈夫身上的女兒。「妳這會兒還念著他、為他說話，卻不知他待妳又有幾分真假。」

袁來春心上一震，隱隱猜到什麼，正欲開口，卻聽楚王妃突然厲聲喝斥一句：「跪下！」

她這一聲喊得極威嚴，嚇得袁來春馬上跪在地上；沈菀也是臉色慘白，雙唇隱隱顫抖，她已經好久沒見母親生氣成這個樣子了。

楚王妃站起身走過來，居高臨下地望著腳邊的袁來春道：「我今日再給你一次機會，你的家中還有哪些人？」

袁來春心裡咯噔一下，不由抬袖擦了擦額上滲出的汗水，抖聲道：「回、回母親，小婿家中尚有父母在世，還有一位兄長及尚未出嫁的妹妹，仍在私塾唸書的小弟。」

「哦？可還有旁的？」

「沒……」

袁來春話未說完，又聽楚王妃警告道：「這是我給你的最後一次機會，你最好想清楚再答，讓你自己說也算是給足你面子。」

袁來春心上顫了顫，聽楚王妃這口氣，婉容的事她當是知曉了。他才剛讓陳源往老家送了些銀兩，這邊王妃便將他家人摸了個清楚，讓人不得不懷疑，他一直信任的陳源只怕是楚王妃的人。

這個婦人，自始至終未曾信過他，還處處提防著！

「怎麼，剩下的人想不起來了？要不要我來幫你提個醒？」

「不，小婿記、記得。」袁來春說著一咬牙繼續道：「小婿家中尚有一房妻室，小婿趕考之時妻子已懷孕，此時孩子想必快滿周歲了。」

「哐噹」！沈菀剛接過婢女遞來的茶水，還未喝上一口便盡數灑在地上。她雙目含淚，難以置信地望著他道：「你、你說什麼？」

他家中還有一房妻室……那她呢，她算什麼？妾嗎？妾即是奴，她堂堂王府嫡女豈可與他人為妾？

「母親……」沈菀紅著眼眶望向楚王妃，一顆心隱隱揪痛起來。為什麼會是這樣？她的好日子才剛剛開始，為什麼突然讓她知道這些？

沈菀自幼就被楚王妃嬌寵著，如今見女兒這般，楚王妃自然心疼，但也知該藉著此事讓她成長起來，便硬著一張臉斥道：「這會兒妳知道哭哭啼啼了？當初母親怎麼說的？要妳把他家裡人摸仔細了再求聖上賜婚，妳偏要信他一面之詞。如今知道那些都是花言巧語了吧？」

沈菀本就覺得自己委屈，再被母親這麼一訓斥，眼睛頓時紅成了兔子眼，只低低地哭泣起來。

楚王妃無奈地嘆息一聲，轉頭看著地上跪著的袁來春道：「事已至此，你總該給我們交代，否則這事若傳到聖上耳中，你讓我們堂堂皇室之女為妾可是大逆不道！隱瞞有妻室更是欺君的死罪！」

袁來春頓時嚇出一身冷汗，忙將頭垂得更低了些。「母親饒命！孩兒家中是有妻室，可那是父母之命、媒妁之言，小婿心中是不願的。」

沈菀此時已氣得站起來，哭哭啼啼地上前對他踢了一腳。「你這會兒又說這個，當初我問你時你是怎麼答我的？我堂堂王府郡主無端成了你的妾室，你要如何對我交代？你是不是……瞧上了我的身分，想得到父王的提攜才娶我？」

她說著，又是一腳踢過去。袁來春順勢抱住她的腳踝道：「菀兒，妳聽我說，我對妳是真心實意的，縱然我對妳隱瞞是我不對，但妳又怎能冤枉我？妳我初次相見時，我並不知妳的身分啊！」

沈菀想了想，的確，她第一次見袁來春時還未和左臨棋和離，而且那時因為沒了孩子，整日瘋瘋癲癲的，她的瘋病還是袁來春醫好的呢。後來她漸漸發現這男子不僅氣度風雅，學識也是極淵博，才不知不覺動了心。

想到她病好了以後兩人紅袖添香的畫面，沈菀的心也跟著軟下來，掙扎著收回自己的腳，撲進母親懷裡道：「我該怎麼辦？母親，我不要做妾！」

楚王妃拍著女兒的後背，神色陰沈地說：「我堂堂王府嫡女，自然不可與他人為妾，不說旁的，總還要顧忌我們王府的顏面。」

她說著，轉頭看向袁來春道：「我有個想法，你若是從了，這件事我就當什麼都沒發生過，你和菀兒也可依舊琴瑟和鳴，王爺也會待你如初，讓你仕途順利無阻。」

袁來春頓時瞧見一絲希望，忙道：「母親有什麼吩咐，只管說了便是，小婿定當遵從。」

第四十三章 胡認爹爹

楚王妃滿意地點點頭，憐愛地為女兒擦去淚水。「你頗懂醫術，自然知道菀兒自上次落胎後便再沒孕育子嗣的可能。你家中既有妻小，又是龍鳳胎，便將那男嬰養在菀兒膝下，對外說是你們生的，至於那婆娘，就一紙休書打發了吧，念在她一個婦道人家孤苦，女兒便仍留在她身邊，為她養老送終。」

袁來春眸中閃過一絲猶豫。他縱使娶了沈菀，也不願休棄婉容，畢竟那是他真心喜歡的姑娘、是同甘共苦的髮妻，除非迫不得已，他仍希望保有夫妻名分。

他初入鎬京處處碰壁，接近沈菀本就是為了仕途，若真算起來，這個刁鑽任性的千金小姐哪裡及得上婉容的十分之一？糟糠妻不下堂，將來他發達了，還想要和婉容共享榮華富貴呢。

至於沈菀，一個旁人不要的破履罷了，他哪裡願意同這樣的女人過一輩子？娶她，不過是權宜之計。

「怎麼，你不說話可是不同意？」楚王妃的神色越發凌厲。

袁來春心上微顫，垂著頭，眼珠轉了轉方道：「小婿……但憑母親作主。」

楚王妃對他的回答很滿意。「既然如此，你只管回去寫休書一封，至於其他，便全交給我來處置。」

「是。」他順從地回應，藏在袖中的手卻不由得握緊。

遣退了袁來春和沈菀兩人，楚王妃又喚了自己的心腹吳管事進來，附在耳邊一番言語。

吳管事聽得一頭霧水，疑惑道：「二小姐不在府中便不會對郡主有任何影響，讓她就此待在外面豈不更好？若是回來了，怕是要給王妃和郡主添煩。」

楚王妃眸中閃過一絲陰狠道：「讓她待在外面未免便宜了她，我們菀兒受了那麼多委屈，先是流產、後是和離，更甚者連身體都熬壞了，這一切的一切通通要從沈葭身上討回來！」

她說完又吩咐一句：「這件事萬不可讓王爺知道。」

自從楚王受到新帝重用，就愈來愈不把她這個王妃放在眼裡，大小事務處處與她作對也罷了，還背著她四處尋找沈葭的下落，看樣子是對當年的事心存虧欠。此事若讓他知道，她哪還有對付沈葭的機會？

楚王妃的意思，吳管事哪有不明白的，忙點頭應下來。

楚王妃繼續吩咐。「找幾個辦事俐落的，莫讓人發現了。到時候便同姑爺那鄉下婆娘的兒子一同帶回來。」

轉眼又到了農忙時節，村子裡家家戶戶都忙著割麥子，袁林氏家也不例外。因為袁琦和袁瑋還小，需要有人照看，婉容便留在家中。

侯遠山身為乾女婿，理所當然要到袁林氏家的田裡幫忙；侯寧還小，沈葭自然要留在家中照看，因此便同婉容一起待在家裡。

這一日大家都在田裡幹活，侯寧、袁琦、袁瑋三個小孩也都在午睡，沈葭便和婉容兩人在灶房裡做飯，打算待會兒送去田裡給大夥兒吃。

前段日子，袁來春又著人送來些許銀兩，讓袁家的生活改善不少。今日早上婉容特意去屠戶高耀家買了豬骨頭，打算配著冬瓜燉骨頭湯。

沈葭則是和了麵，在一旁烙著雞蛋餅。

兩個人各忙各的，有一搭沒一搭地聊天，不知不覺便聊到袁來春身上。

「二郎走了快兩年，如今兩個孩子都大了，也不知他在京城會不會時時念著。」婉容說著，望著外面的目光悠遠許多。

想到袁來春這會兒可能已經同沈菀成親，沈葭的表情頓時有些不太自然。都已經這麼久了，哥哥那邊仍沒有消息，也不知辦了沒有，抑或是邊關戰事吃緊還抽不開身？她低低嘆了一聲，不免為婉容和兩個孩子叫屈。

她臉上的情緒被婉容敏銳地捕捉到，有些困惑地問道：「小葭怎麼了？好端端的，我看妳不是很開心的樣子。」

沈葭回過神來，輕輕地笑了笑，道：「無礙，只是想起一些往事，也不願再提及。」

「對了，再過些時日不是乾爹的四十五歲大壽嗎？你們可曾想過要如何操辦？」沈葭轉移話題道。

談及這個，婉容想了想說：「前段日子曾同婆婆、大哥他們商議過，今年二郎往家裡送了不少銀兩，這次可以大大操辦一回……」

這邊沈葭和婉容正在灶房裡討論，屋裡的袁琦不知為何突然醒了。

她睜開惺忪的睡眼，伸出小拳頭揉了揉，晶亮的眼珠骨碌碌地望了望周圍，卻不哭也不鬧。

侯寧和袁瑋仍在睡著，她一翻身坐起來，因為炕邊還放著一個繡墩，她便踩著繡墩從炕沿滑下來，一雙腳顫巍巍地落在地上。

袁琦平時走路還不甚穩當，但今日不知怎的，竟順順利利地從炕上摸索著下來了。

此時外面的太陽正毒辣，小丫頭還小，不知冷熱，一下炕便踉踉蹌蹌地朝外面跑去，一邊跑著，一邊不清不楚地喚上一聲「娘」。

她睡前隱隱聽到大家說要去割麥子，這會兒醒來又見身旁沒有娘的影子，似乎覺得娘親應當是去地裡割麥子，便下意識地往大門外面跑去。

村子裡靜悄悄的，一個人也沒有。

袁琦其實還未去過田裡，所以這會兒也不知該往哪兒走，只出了門隨便往個方向跑去。

蘇拂揚拿著前些日子剛採好的藥材去縣城換了些銀兩，才剛回來，被頭頂的太陽一曬，整個人汗涔涔的。

他抬起衣袖擦擦額上的汗水，在心裡暗罵一句：「這個林靖宇，竟然讓我頂著這麼大的太陽去外面換銀子，難道不知道被這麼烈的太陽曬皮膚是很容易受傷的嗎？」

他正抱怨著，忽然一低頭，見到前方一個小丫頭正踉踉蹌蹌地向這邊跑來，她似乎是跑得太快，又被腳下的石子一絆，瞬間趴在地上。

這一跤摔得不輕，疼得小丫頭「哇」的一聲哭出來，眼睛淚汪汪的，金豆子一顆又一顆地滑落，一副委屈巴巴的樣子。

蘇拂揚很喜歡小孩子，他一看到袁琦趴在地上哭，頓時心疼地跑過去。「唉唷，這不是袁嬸子家的小孫女嗎？怎麼一個人跑出來了？」

蘇拂揚只見過袁琦兩次，也只是遠遠地望上兩眼，因此對眼前這個丫頭究竟是不是袁林氏家的不十分確定，只是想著她既從那個方向跑過來，應該就是吧。

袁琦對蘇拂揚一點也不熟悉，但不知怎的，她原是極怕生的性子，今日瞧見蘇拂揚卻眨巴著眼睛不說話，身上的疼痛也忘記了。

過了好一會兒，小丫頭才拍著一雙小手歡快地叫一聲：「爹爹！」

蘇拂揚頓時滿頭黑線……

「呃……我不是妳的爹爹。」他彎腰將袁琦抱起來，隨手拍了拍她衣服上的塵土。

袁琦好似沒聽到他的話一般，仍興高采烈地拍手叫著：「爹爹，爹爹！」

蘇拂揚這下無奈了。

他記得袁林氏家的二兒子上京趕考去了，這孩子是在她爹爹離開後生下的，自是沒見過爹爹的樣子。這下莫名其妙地喚他爹爹，這讓他如何消受得起？

何況他都還未結親呢，竟成了旁人的爹爹了？

想了想，他語重心長地糾正道：「妳應該就是袁琦吧，我不是妳爹爹，我是拂揚哥哥，妳以後要叫我哥哥。」

「爹爹！爹爹！」袁琦好像沒聽懂他的話一般，繼續開心地叫著。

這下蘇拂揚越發無語了，感覺自己是在對牛彈琴。

現在外面天氣太熱，他也不想站在這裡同一個聽不懂多少人話的小丫頭爭論，於是對她道：「走吧，我送妳回家。」

袁琦趴在他的肩頭，繼續一聲又一聲地叫著「爹爹」。小丫頭才剛會說話，只爹爹這兩個字喚得最清楚，比娘叫得都要好，想來是婉容天天在家教導的緣故。

「妳叫什麼名字啊？」蘇拂揚抱著袁琦有一搭沒一搭地說話。但丫頭畢竟還小，並不懂得怎麼與人接話，只睜著圓滾滾的大眼睛看他，嘴裡還喋喋不休地叫著爹爹。

媳婦還未娶，便得了個便宜閨女，蘇拂揚的內心是崩潰的。

但又知道跟這樣的小丫頭理論定是白費工，索性什麼也不說，只加快步子打算趕緊送她回袁家，否則被她這一通亂叫，只怕自己名聲都要毀了。

到了袁家大門口，他才彎腰將袁琦放下來。「好了，妳家到了，趕快回家去吧，不然妳娘可要擔心死了。」

他說完便往自家走去，誰知小丫頭又小跑著跟上來。「爹爹、爹爹……」見爹爹要走，她急得快要哭了，一雙眼睛淚汪汪的煞是惹人憐愛。

蘇拂揚很無奈地說：「我真的不是妳爹爹，妳趕快回家去吧，妳爹爹興許這時候正在家裡等妳呢。」

他說完繼續往前走，袁琦在後面張開胳膊，嗚嗚地哭著。「爹爹，爹爹抱……」

蘇拂揚本就挺喜歡小孩子的，如今又見這丫頭這般，不由得心軟。他嘆息一聲道：「真是服了妳。走吧，我先帶妳到我家去玩一會兒。」

他說著彎腰將小丫頭抱起來，轉頭去了自個兒家裡。

這下小丫頭高興壞了，繼續拍拍小手，甜甜地叫著爹爹。蘇拂揚忍不住在心底暗暗翻白眼。

蘇拂揚家中藥材多，他怕小孩子不知事，不小心誤食，因此不敢讓她亂動，直接將她抱到桌邊的椅子上坐下，叮嚀道：「妳乖乖在這兒坐著，哥哥一會兒就過來找妳，一定不能動，否則哥哥可就不要妳了。」

袁琦好似聽懂一般，瞪著一雙眼睛也不答話，乖乖巧巧的，看得蘇拂揚忍不住在她小臉頰上親了一口，誇獎道：「還真是個乖孩子。」

他誇完，便轉頭去整理院子裡曬乾的藥材。

袁琦起初還規規矩矩地坐著，但等了許久不見「爹爹」過來陪她玩，頓時有些不開心。她調皮地踩著凳子爬到桌上，又沿著桌腳摸索著爬下來。趔趔趄趄地向院子跑去了。

而這邊，沈葭和婉容做好了飯，心想這會兒袁琦和袁瑋也差不多該醒了，婉容便打算喚他們起來先餵上幾口，畢竟孩子小，不禁餓。

誰知進了屋，只見剛睡醒的袁瑋坐在炕上打哈欠，一副睡眼惺忪的模樣。

而他身旁，哪裡還有袁琦的影子？

不過是一頓飯工夫，女兒就不見了蹤影，婉容頓時有些慌了。她身子踉蹌一下，幸好快速扶上門框才不至於跌坐在地。

沈葭正一勺一勺往食盒裡盛著熬好的骨頭湯，看到婉容這般趕忙跑過來，伸手扶住她，問道：「這是怎麼了？發生什麼事了嗎？」

婉容著急地握住沈葭的手道：「阿琦不見了，方才還睡著呢，這會兒不知去哪兒了，這小丫頭才剛學會走路，怎麼一聲不響就跑了，會不會……」她說著不敢再往下想，只覺得一陣慌亂，心口劇烈地跳動著。

沈葭忙道：「別胡思亂想，興許還沒跑多遠，咱們分頭去找找看。再說了，村人大都識得她，若真遇上，保不定就送她回來了。」

婉容心想也是，時間還不算太久，憑小丫頭的速度應該還出不了這個村子。這般一想，她才稍稍放下心，急急跟著沈葭分頭尋找去了。

這邊婉容和沈葭兩個人急匆匆地四處奔波，而蘇拂揚家裡，小丫頭正坐在屋裡的圓木桌前，津津有味地喝著一碗甜甜的綠豆湯。

袁琦一邊喝著，偶爾對蘇拂揚甜甜地笑幾下，露出一排雪瓷般閃亮的小奶牙，倒是一點也不認生。

蘇拂揚托著下巴坐在小袁琦的對面，看她可愛的模樣忍不住勾唇淺笑。小孩子的眼神最純淨不過，讓人瞧了心裡舒坦。

屋子裡正一片祥和，去後山砍柴的林靖宇這時挑了兩擔柴禾回來，看到閒坐在屋裡的蘇拂揚便道：「今日砍的柴多了些，我一個人拿不完，還有兩捆在後面林子裡堆著呢，你跟我一塊兒去拿吧。」

蘇拂揚正看袁琦喝綠豆湯看得起勁，哪肯去外面曬太陽，只擺擺手道：「還是你去吧，我是你的大夫，可不是幫你幹活打雜的，不收你診金都算是不錯了，你這會兒還來差使我，不行不行！何況，我這邊還有個孩子要照顧呢。」

林靖宇這才看到坐在屋裡喝綠豆湯的袁琦，小丫頭似是怕他一般，被他一瞧頓時不敢喝了，可憐巴巴地看著對面的蘇拂揚，小嘴一撇一撇的，張開胳膊道：「爹爹抱……」

蘇拂揚趕緊過去抱住她哄著，又轉而訓斥林靖宇兩句。「自己長得嚇人就別隨便跑出來，都嚇著孩子了。」

林靖宇懶得理他，只回味著小丫頭剛剛那聲「爹爹」，心下困惑，這蘇拂揚是廖神醫的關門弟子，尚未娶妻，何時冒出一個這麼大的女兒來？

他蹙了蹙眉頭道：「這是袁嬸子家的小孫女吧？」他平時與村人不常打交道，對這小丫頭也沒什麼印象，因此並不十分確定。只知道袁林氏家中有個小孫女，該是和這女娃娃差不多年紀，才這般猜測。

蘇拂揚道：「就是那個小丫頭，他們家的人都去田裡割麥子，倒是把她留在家中。方才我去縣城賣藥回來，看到她一個人往外面跑，就順便帶回來了。這麼小的孩子若是跑遠，被人口販子抱去賣了可就不得了。他們家現在忙，我們照顧一會兒也是應當的。」

林靖宇輕輕應了一聲，便沒再提讓蘇拂揚去幫他挑柴的事情。

他默默將乾柴堆在牆角，轉頭又折回去，打算把剩下的乾柴也挑回來。

剛出了家門，便聽得一聲急切的呼喚。「林靖宇！」

第四十四章　擄回王府

林靖宇身形微頓，旋即轉過身來，見來人是沈葭時愣了一下，然後輕輕笑了笑，問道：「嫂子有什麼事嗎？」

沈葭此時滿頭大汗，她問了大半個村子，村民都說不曾見到走失的小丫頭，現也就這麼一家還未尋過，便想著過來瞧一瞧。

她看到林靖宇，急切地問道：「我乾娘家的孫女阿琦不見了，不知你和蘇拂揚可曾看到她？」

林靖宇蹙了蹙眉，隨即道：「我家中倒是有個小丫頭，興許便是妳說的阿琦吧。嫂子可以進去瞅瞅。」

沈葭一聽便趕忙跑進去，只見小阿琦正喝著綠豆湯。小丫頭看到沈葭跑進來，扯了扯嘴角露出兩個淺淺的酒窩，隨即將手裡的綠豆湯放下，張開手臂討抱抱。

沈葭慌忙上前抱住她，在她額頭上親了親。「妳這個小祖宗，可是要把姑姑和妳娘親給急死，整個村子都跑遍了，沒想到妳竟躲在這裡。」說著又忍不住在她的小屁屁上輕輕拍了一下。

這時婉容也趕來了，她看到女兒安然無恙，突然撲過來大哭。「妳這孩子怎麼一聲不響便跑了，存心嚇唬妳娘是不是？」

袁琦畢竟還小，被自己娘親的哭聲一嚇，扯了幾下嘴角，突然哇的一聲也跟著哭了。

她這一哭，可是把婉容給嚇壞，不得已只能柔聲哄著，好不容易才哄得小丫頭止了哭聲。她這才轉頭看向蘇拂揚，尋求一個解釋。

蘇拂揚將遇到袁琦的經過說了一通，婉容聽後是一陣感激，對著蘇拂揚千恩萬謝。幸虧孩子被他抱回來，若真是跑遠了被別人抱走，可就危險了。

當然，蘇拂揚沒說小丫頭一直叫他爹爹的事，畢竟說出來像是自己占了便宜。可天知道，他心裡還覺得虧大了呢，這聲爹爹，讓他覺得自己瞬間老了好多歲。

不過，蘇拂揚見到婉容，終於知道這小丫頭為何長得這般好看了。

經過此事，袁琦和蘇拂揚的關係突然變得親近起來。大人一不注意，小丫頭便邁開小步伐往蘇拂揚家中跑，後來乾脆帶著自己的弟弟一同前往。

一時間，這姊弟倆成了蘇拂揚家中的常客。

對此，蘇拂揚有些欲哭無淚。有了這兩個見什麼都往嘴裡塞的攪事蟲，他那些寶貴的藥材都要捂得發霉了！

即使已吃過多次悶虧，他的寶貝若藏得不夠嚴實，仍會被法力無邊的姊弟倆翻出來，抖落一地。有一次，甚至把他珍藏多年的千年靈芝扔進水盆裡，要不是他早早發現救起來，真是哭都沒有眼淚。

蘇拂揚長這麼大，還是第一次遇上這麼難纏的對手，可偏偏這麼小的孩子，他還打不得、罵不得，更是說不得……

真沒這麼憋屈過呢！

時間一天天地過去，轉眼間又入秋，天氣也日漸涼下來。

這日用過晚飯，侯遠山一家三口便一同上炕休息。

沈葭餵女兒吃了奶，侯遠山也跟著得了些便宜，才滿足地躺在自己的位置上。

望著睡在兩人中間的女兒，他伸出食指點了點她的臉頰，道：「眼看就要入冬了，我想這兩日上山一趟，看看能不能獵到什麼好東西，將來為我們安安做件披風，免得大冬天裡凍著了。」

打獵畢竟危險，沈葭不甚支持，便道：「咱們家現在有錦繡閣的收入，不缺銀子，直接買一件也是一樣，何苦還要自己去打獵呢？錦繡閣都是你一人照看，也夠辛苦了，這會兒還想去打獵，豈不是給自己找麻煩？」

以前是迫不得已才去打獵餬口，可現在根本沒有必要去冒險，一家人平平安安最重要。

侯遠山卻道：「這是咱們第一個孩子，我這個做父親的自然要盡些力，沒準兒還能打個好東西給妳做件氅衣呢。」

「可是……」沈葭有些猶豫，她實在不想他冒險。

侯遠山突然越過女兒將妻子抱在懷裡，他低頭親親她的額頭道：「放心吧，我會小心的，打獵這麼多年不也沒出過什麼意外嗎？再說了，現在有妳和孩子，我自當比以往更加謹慎才是，何況許久未上山，我也想活動活動筋骨。」

聽他這麼說了，沈葭也不好過分阻攔，只又叮囑一句。「那你一定不能往深山裡去，畢竟那地方常有野獸出沒，還是很危險的。」

見她關心自己，侯遠山只覺得心裡一陣舒坦，又吻了吻她的唇，將她抱得更緊了些。「那是自然，我會照顧好自己的，一定不讓妳擔心。」

夫妻二人又說了幾句，緊接著便糾纏在一起，上演一場顛鸞倒鳳的纏綿戲。

第二日，侯遠山早早用罷早飯，便帶著自己的傢伙往山上去。臨走前沈葭又少不得千叮嚀萬囑咐一番，才放他離開。

現在只剩她和女兒在家，沈葭一方面擔心侯遠山的安危，一方面也找不到什麼事情打發時間，索性便帶著女兒去隔壁找袁琦和袁瑋姊弟倆一塊兒玩耍。

袁琦和袁瑋雖然年紀還小，但對侯寧這個小妹妹還是發自內心地喜歡。兩個人圍在侯寧的搖床前面，這個摸摸小手、那個親親小嘴，瞧上去倒是很寶貝的樣子。

沈葭、婉容和高浣在一旁看著，都禁不住有些想笑。

大人們一邊看著孩子，一邊刺繡，順便說些家常瑣事，不經意便聊到高浣身上。

「浣姊兒只怕再過些時日也要有了呢。」沈葭突然調侃道。來生哥在這件事上還挺努力的，不說別的，單從高浣的氣色來看，沈葭便知自己沒有瞧錯。

高浣被她說得一陣臉紅，不由得瞋她一眼，倒也不說話，只默不作聲地做著自己的繡活，當作沒聽見。

婉容在一旁瞧著掩嘴笑了。「妳還有工夫說別人，自己抓緊再生一個讓安安有個伴，這才是正經事呢。」

幾個人說笑一會兒，沈葭見女兒睡了，便抱著她打算回去為遠山哥做飯。

剛推開房門進屋，沈葭便嗅到一股甜香，隨即一陣暈眩，整個人便朝旁邊倒去……

夕陽西下，侯遠山回家的時候，家裡安安靜靜的，憑著他靈敏的直覺，明顯感到這氛圍不太對勁。

他將獵物直接丟在地上，急匆匆地進屋，裡頭空無一人，他的眼角餘光瞄到門邊有根木頭管子和一些細碎粉末，立刻神色大變。這是江湖上下三濫的用毒手段，小葭定然是遭了暗算。

他不過才離家半日，怎麼會變成這樣？

他著急地跑到隔壁袁林氏家想要問個究竟，可喊了幾聲，家裡都無人應答。

又喚了幾聲，才傳來袁二牛的聲音。「遠山嗎？阿瑋不見了，全家都去外頭找他了。」

阿瑋也不見了？侯遠山又是一驚，待看到婉容房間的窗子前也掉落一根同樣的管子時，心裡更是不解。

他的妻女和袁瑋一起失蹤，還是用一樣的手法，這實在太讓人匪夷所思。

若說是偷孩童的販子，不可能袁琦沒事，只把袁瑋、沈葭和安安擄走；可若不是，又有誰會把他們三人一塊兒帶走？

他大腦飛快地轉著，心情複雜地走出袁家，剛好撞見砍柴回來的林靖宇。

侯遠山急忙攔住他，問道：「你有看到我家娘子和安安嗎？」

林靖宇神色一變。「嫂夫人難道不在家中？」

侯遠山道：「我去山上打獵回來時她們兩人已經不見，乾娘家的袁瑋也不見了。我懷疑這是有人故意為之，卻不知是何人使這下作手段。」他說著將那木頭管子遞過去。

林靖宇輕輕嗅了嗅上面殘留的藥粉，神色嚴肅道：「是迷魂香，想來嫂夫人是著了某人的道，會不會……是楚王府的人幹的？」他先前猜測沈葭就是楚王庶女，後來也從村民的談話中得到證實。

侯遠山目光深沈道：「我也這麼想過，可阿瑋和她們一起失蹤，似乎又有些說不過去，若說是袁來春所為，也說不過去……」袁來春若是入贅楚王府，他另有妻室這事定然是瞞著的，又如何敢明目張膽地將兒子帶去京城？

「袁來春？你說袁瑋的父親是袁來春？」林靖宇心中一驚。對於別人的家務事他向來不主動探聽，因此至今還不知道婉容的夫君就是袁來春，這同名同姓的，莫非便是聖上賜婚寶寧郡主沈菀的探花郎？

看林靖宇的表情，侯遠山便知袁來春的事他是知道的，這個人的身分絕不一般，不過此時不是追究這事的時候，便道：「去年的新科探花便是婉容的夫君，袁琦和袁瑋的生身父親。」

林靖宇勾唇冷笑道：「這廝為了榮華富貴拋卻糟糠妻，聖上若是知道了肯定不會放過他，當今聖上最痛恨的便是這種人。」

聖上的母親汐貴妃原是先皇的正室嫡妻，可後來先皇為了得到皇位便將正室貶妻為妾，另娶家世顯赫的萬氏為妻。縱使後來先皇得到帝位，自己的結髮妻子也只是封為貴妃，得到再多寵愛卻仍只能為妾，在宮裡，汐貴妃更是沒少受萬皇后的搓磨，以至最後喪命，聖上也因此失寵，被先皇貶去偏遠之地長達九年。

正因如此，聖上骨子裡最痛恨的便是這樣的男人。袁來春犯了聖上的大忌，有朝一日真相大白，自然有他受的。

林靖宇想了想，又道：「我聽聞寶寧郡主沈菀曾經流產，而且再無生育可能。若袁瑋當真是袁來春的兒子，這事還真可能與他有關，至於嫂夫人……定然也是被王府的人帶走了。」

聞言，侯遠山心中便有了數，若沈菀不能生育，那就難怪他們會將袁瑋帶走了。知道了人的去向，侯遠山便急急忙忙走了。他們才剛不見半日，只希望他快馬加鞭可以追得上。

沈葭醒來時，只覺得自己周圍都在晃動，歪歪斜斜地讓她整個人暈得厲害。她長長的睫毛顫了顫，聽到耳邊一陣陣孩子的哭聲，一聲蓋過一聲，且還不是一個人。她頓時心中詫異，強迫自己睜開眼睛，這一看不由得愣了。

她竟然躺在一間簡單的木製屋子裡，床上除了自己，還有侯寧和袁瑋兩個孩子正哇哇哭著。她忙將侯寧抱在懷裡哄著，又一邊安慰袁瑋。「阿瑋不哭，有姑姑在呢，沒有人敢傷害你的，別怕別怕。」

袁瑋畢竟才一歲多，一覺醒來沒了娘親又身處陌生的地方，哪裡會不怕，只一邊哇哇地哭著，一邊喊著要娘。

沈葭無奈地環顧四周，發現這屋子顛簸得厲害，若說是馬車未免太大了些，瞧上去倒像是……在船上！

她驚詫地迅速下榻，顧不得穿鞋子便跑到門口打算看個究竟，可那屋門是從外面鎖上的，根本就打不開；再去看一旁的窗子，一打開只看到江水汪洋，深不見底。

沈葭的心頓時沈了下去……

她怎麼會被人擄到船上？更讓她不明白的是，為什麼袁瑋也跟她待在一起？莫非是販賣婦女和兒童？

正當她胡思亂想之際，外面突然傳來開鎖的聲音。她聞聲望向門口，只見房門被人打開，隨之走進來一位年近四旬的男人。

那男人看到沈葭施了一禮，卻不見多少尊敬。「二小姐，好久不見了。」

沈葭自那人進屋便已經認出來，整個人懵了一下，才喚了一聲：「吳管事。」

是了，這不就是楚王妃最得力的助手吳管事嗎？她怎麼也想不到自己是栽在他的手裡。

當初費盡千辛萬苦才逃出來，沒想到最後還是被抓回去。

懷裡的侯寧還在哭著，她聳著身子哄了哄，心裡一陣煩躁，也不知道遠山哥能不能猜到她是被楚王妃的人帶走。

這時，又有幾個丫鬟端了飯菜進來，擱在一旁的桌上。

吳管事皮笑肉不笑地說：「二小姐還是吃一些吧，保存好體力才能回家。」

回家？沈葭嗤笑一聲，那地方可還算是她的家？

「不知道我這次回去，會是怎麼樣的下場？」沈葭毫不畏懼地盯著吳管事，眸中卻帶了些憎恨。這個吳管事是楚王妃的人，過去可幫楚王妃為難她不少。她這個人很記仇的，以前逃出去便罷了，如今既然要抓她回去，那就新仇舊恨一起算。

吳管事淡笑道：「二小姐安安分分地在這船上待著，等回了王府自然就知曉。」

「我並不想在這船上待著，可這會兒被吳管事鎖在屋裡，外面是江水滔滔，我還有別的選擇嗎？我只是很好奇，阿瑋為什麼也在這裡？」她說著，目光看向一臉驚恐的袁瑋。

吳管事笑道：「興許二小姐還不知道，這小公子是咱們姑爺的嫡長子，寶寧郡主仁善，想接他去府裡親自撫養，給他一個錦繡前程呢。」

「寶寧郡主……」沈葭扯了扯嘴角。沈菀一朝被聖上賜婚，連郡主的名號都有了。不過人家是王府嫡女，這郡主名號自然擔得起。她只是為這嫡親的姊姊委屈，先是嫁了左臨棋那個薄倖郎，如今又嫁了袁來春這個偽君子。

而這一切，都要感謝她那位好母親呢。嘖嘖……

害人終害己，不知道這位高高在上的王妃可曾後悔過，當年為了讓她代替沈菀和親，顧不得仔細挑選便將女兒嫁人。

至於撫養阿瑋一事，她曾聽哥哥說過，沈菀自從上次落了胎便埋下隱疾，再無孕育子嗣的可能。把袁瑋養在膝下，是逼不得已而為之吧？

種豆得豆，不知道沈菀經歷的這一切算不算報應。

「既然如此，吳管事可得小心伺候這位小主子，怎能跟我這等罪人住在一處？」

吳管事笑道：「小少爺畢竟只同二小姐親近些，想來二小姐也會好生照看的，小的自然不必操心，也相信二小姐會比那些礙手礙腳的下人們要細心得多。」

沈葭氣得橫眉瞪向他道：「許久不見，吳管事越發伶牙俐齒了，我再不濟也是父王的血脈，王府裡的主子。你拿我同下人比較，可是瞧不起我父王？看來你跟著楚王妃長了不少臉面，這腳都要踩到皇親國戚的腦袋上來了。若回了京城有幸見到父王，我想還是可以好好同他聊上一聊的。」

第四十五章　再見王妃

吳管事神色微變，隨即扯了扯嘴角。想見王爺，那也要王妃允了才成。

不過，這話他終究沒敢說，畢竟楚王府就那麼大，若真被王爺發現，憑王爺如今對王妃的反感，他到時候鐵定落不著什麼好下場，何況，王爺也正私底下派人尋找這位二小姐的下落，他可不能把人給得罪透了，總要為自己留條退路才是。

「是小人嘴拙，衝撞了二小姐，二小姐大人大量，莫要與小的計較。這飯菜是廚房特意準備的，二小姐還是吃一些吧，小的就不打擾了。」他說完難得對沈葭規規矩矩行了一禮，便同眾人一起退下去。

見房門再次上鎖，沈葭無力地癱坐在榻上，心亂如麻。出又出不去，而且還是在船上，她真的不知該怎麼辦才好。

侯寧一直在哭，她沒法子，只好先餵她吃奶，待將女兒哄睡了放到床上，才又抱袁瑋過去吃飯。

人是鐵、飯是鋼，保存體力還是很重要的。

起初袁瑋不肯吃，沈葭好說歹說，他總算張嘴吃了些。小傢伙應是餓壞了，摻了蔥花的白米粥喝了小半碗，才搖搖頭不願再吃。

他有吃了些東西沈葭便覺得欣慰，開心地吻了他的臉蛋道：「阿瑋乖，好好吃飯，咱們很快就能見到娘親。現在咱們先睡一覺，你和安安妹妹一起睡，好不好？」她說著抱了袁瑋一起去床上躺著，哼著曲兒哄他睡。

見兩個孩子都睡了，她才鬆了口氣，去桌邊吃飯。

她本沒有什麼胃口，可又怕自己身子撐不住，只好勉強吃了些，只等著到王府再打算。

船兒搖搖晃晃了兩個月，總算到了最繁華熱鬧之地——鎬京城。

因為帶沈葭回來是暗地裡進行，為避免楚王發覺，吳管事帶著眾人走後門，隨後直接將沈葭安置在她以前居住的偏院。

偏院因久無人居住，早已破敗得不成樣子，今年夏天的暴雨一下更是有些坍方，不過似乎沒有人覺得沈葭住在那裡不適合，安置母女兩人後便不再過問。

袁瑋則是被吳管事直接抱走，找楚王妃覆命去了。

沈葭望著這自己住了十幾年的院子，不禁鼻子泛酸，卻又覺得十分可笑。她堂堂王府之女，即使是庶出，難道就合該過這樣的生活嗎？她怎麼也沒想到，自己有一天還會回到這裡。

經過一路顛簸，進入十月，天氣已冷得不成樣子。由於沒有人為她們製備厚衣，沈葭只能無奈地翻找以前的舊衣，慶幸的是那些衣服還在。

她的衣服已經有些小，不過這會兒也只能將就著穿，讓她們母女二人先不受凍再說。這邊剛找了衣服穿上，那邊吳管事就差人來傳話，說楚王妃要見她。

為了不讓楚王發覺，楚王妃並未在自己的屋子裡見沈葭，而是選擇沈菀的踏雪居。

楚王妃疼寵女兒，因而沈菀的踏雪居也佈置得匠心獨具，大到房屋樓閣的整體布局，小至院子裡的一草一木，都可謂是整個王府中最用心的一處院落。

沈葭抱著侯寧走進踏雪居，撲鼻而來的是一陣淡淡的花香。這樣的季節能繁華如春，自然要花費不少精力和心思。她記得踏雪居的花每過一季就要換上一次，只要花兒稍有枯敗的跡象，便會立刻換新，且那些花兒無一不是市場上少有的品種。

能得如此的寵愛與呵護，沈葭其實心裡是羡慕沈菀這個姊姊的。不過各有各的命，上天到底是公平的，如今誰又能說沈菀過得比她好？

她垂首看了看睜著圓溜溜的眼睛、煞是可愛的女兒，唇角不由彎了彎，毫不畏懼地向主屋走去。

沈葭剛到，便有丫鬟撩開繡著芙蓉錦繡花開的門簾讓她進去。走進屋裡，只見裡面的家具擺放都格外花心思，且都是難得的珍品。沈葭一邊感嘆，一邊瞥向右側——楚王妃的位置。

楚王妃坐在一張紫檀木雕鶴戲金蓮花軟椅上，錦衣華服、珠環翠繞、粉面生春，端的是當家主母的矜貴與賢德。她的左側立著沈菀和袁來春夫婦，或者稱之為姦夫淫婦更恰當；右側是抱著袁瑋的乳娘。

袁瑋原本就哭鬧個沒完，一看到沈葭哭得更厲害，張著胳膊非要她抱。

到底是嫡母，沈葭縱使再不情願，還是得規規矩矩地跪下行禮。「給母親問安。」

楚王妃一聲冷笑。「這聲母親我可當不起，二小姐一聲不響說走就走，也虧得我們闔府上下命大，才躲過這抗旨拒婚的罪名。」

楚王妃不說讓她起來，沈葭只好咬牙抱著女兒繼續跪在那裡。

沈菀一臉得意地望著她。兩年不見，沒想到原本容貌絕佳的庶妹竟已成了如此粗鄙不堪的模樣。瞧瞧那身上的衣裳，還是她以前在王府時穿的，再看那張臉，竟是連胭脂水粉都用不起了呢。

人靠衣裝，就她這身行頭若是走在大街上，只怕大家會以為是個乞丐。沈菀想想就覺得心裡舒坦，長得好看有什麼用，還不是被她輕輕鬆鬆踩在腳底下？

自一進屋沈菀便在打量自己，沈葭又豈會不知，卻也只是暗自在心中笑一笑。來見楚王妃之前她刻意換了件最不堪入目的衣裳，又將髮髻撥亂，看來沈菀似是對她這身打扮很滿意。

她打扮得愈粗鄙不堪，她們母女便愈不會把她看在眼裡，說不定心情一好，也懶得為難她這個「可憐人」了。

沈葭斜眸看了眼一旁衣冠楚楚的袁來春，忍不住怒火中燒。就是這個男人，婉容為他受了多少苦、遭了多少罪，為了生孩子差點連命都沒了，他卻想一邊抱得美人，一邊搶了她疼入心的寶貝兒子，坐享齊人之福，真是不怕遭報應！

袁瑋哭得更厲害了，嗓子都有些沙啞，哭上一會兒便難受地不斷咳嗽，眼淚鼻涕流得到處都是。沈菀嫌棄地瞪他一眼道：「果真是鄉下來的，沒有一點教養，乳娘快把他抱下去，聽得我耳朵都要長繭了。」

她這邊抱怨著，卻不知立在一旁的袁來春握緊拳頭，眸中閃過一絲不悅。袁瑋畢竟是他的骨肉，她若在乎自己，好歹也該給他些顏面才是！

沈葭將袁來春的表情看在眼裡，突然勾了勾唇，道：「看來寶寧郡主是瞧不起鄉下人了？」

沈菀瞪她一眼道：「鄉下人全都粗鄙不堪，毫無教養可言，給本郡主提鞋都不配！」她這話明顯是針對沈葭。

袁來春臉色越發陰沈起來，只覺得胸中一股悶氣堵得難受。自從娶了這位千金大小姐，他每日寵著縱著，生怕哪裡做不對，惹了這位祖宗。長此以往，心裡早就憋著股怨氣，今日又聽她滿口鄉下人沒教養，越發覺得肝火旺盛起來。

他咬咬牙，突然道：「阿瑋許是餓了，小婿下去瞧瞧他。」他說完頭也不回地便走上前。

沈菀一聽他要看孩子，氣得趕忙上前拉住他的胳膊道：「不過哭喊兩聲你就心疼了？你瞞著我家裡有妻室的事還沒算清呢，這會兒有了兒子竟不把我放在眼裡了。怎麼，你如今得了聖上賞識，便覺得我沒有利用價值了嗎？袁來春，你若敢負我，父王一句話便能將你趕出朝堂！」

「菀兒！」楚王妃厲聲喝斥一句。這女兒還真是被她驕縱壞了，拿這些去拴住一個男人又如何能夠長久？

沈菀一聽連母親都這般訓斥自己，一時間越發委屈，眼眶漸漸發紅，似是要哭出聲來。

這下楚王妃心軟了。自幼嬌寵的寶貝疙瘩，又哪裡捨得她有一點不順心？於是便把這些帳全算在沈葭頭上。

她突然站起身，看著跪在地上的沈葭厲聲道：「妳當日抗旨逃婚本就是大逆不道的大罪，如今我們王府雖說脫險，但妳曾做過的事卻絕不能輕饒。至於如何罰妳，待我仔細斟酌後再定奪。」

她說著對外面的人吩咐道：「來人，將二小姐幽禁在偏院，派人嚴加看守，她若是逃跑，你們一個個就準備讓家人料理後事吧！」

沈葭又被關進偏院，院門外有楚王妃的人緊緊盯著，她連逃跑的機會都沒有。

天氣本就寒冷，這荒廢許久的偏院到了晚上更是顯得格外陰森荒涼，冷風透過破舊的窗子吹進來，似能將人給凍透。屋子裡不時傳來老鼠的吱吱聲，沈葭嚇得心臟都快跳出來。

她膽子小，又最怕老鼠，在這深不見底的黑夜裡，她絕望地坐在屋門口，再不敢進那屋裡，整個人蜷縮成一團，緊緊抱著好不容易哄睡的女兒，心中苦悶。

她不知道該怎麼樣才能熬過這難捱的夜晚，更不知道她還要在這樣的破地方待上多久。

她想著想著，突然覺得鼻子酸酸的，有些想哭。

「小葭……」

耳邊傳來一聲熟悉的呼喚，沈葭險些以為出現了幻聽，待看到那兩個多月來日思夜想的人兒時，終究沒忍住而落下淚。

她迅速起身跑過去，眼裡噙著淚水喊道：「遠山哥，我、我不是在作夢吧……」

侯遠山疼惜地幫她擦掉眼淚道：「對不起，讓妳和安安受委屈了。」

沈葭搖搖頭。不委屈，她現在一點都不覺得委屈，在她最需要的時候出現，他是她的福星才是。

侯遠山警戒地看了看四周，對沈葭道：「這裡到處都有楚王妃的人把守，咱們還是先離開再說吧。」他說著主動接過沈葭懷裡的女兒。「抱緊我，我帶妳們出去。」

侯遠山和沈葭一起回到客棧，沈葭才知道侯遠山已在鎬京城待了多日，不由覺得詫異。

「我猜想妳可能是被楚王府的人帶走，於是快馬加鞭追趕，連趕了三天三夜都未發現妳和安安的身影，才想到妳們該是走水路，我便仍舊走陸路趕在妳們前面到達京城。這些日子我每晚都去楚王府打探，還好，總算讓我等到了。」

侯遠山說著從床榻裡側取出一件桃粉色繡著纏枝芙蓉堆花的錦繡夾襖，那夾襖做工精細，一看便知是上品。「這是我前些日子在鋪子裡看到時買的，想著等妳和安安過來時天已經很冷，王府裡的人只怕也不會為妳們置備。」

沈葭拿著那夾襖，鼻子有些泛酸，在這個世上會這麼關心她的人，也只有她的遠山哥了。

說話的工夫，店小二已經準備好熱水。沈葭在屏風後面沐浴，侯遠山則一邊躺在榻上哄侯寧睡覺，一邊同沈葭說話。

「我這一出來，明日一早必會被楚王妃發覺，想必到時王府會更嚴加戒備，我們若想把阿瑋也救出來只怕沒那麼容易。」沈葭用葫蘆瓢往自己光潔的肩上倒熱水，眉心閃現一抹愁容。她還記得那孩子哇哇大哭的可憐模樣，王府裡只怕沒人會真的心疼他，就連那缺了心肝的袁來春，也不知究竟是什麼心思。

侯遠山道：「晚點我再過去瞧瞧，興許能把阿瑋也抱出來。」

冷風蕭索，將天上那一大片烏雲吹過來，恰好遮住本就不甚明亮的月牙。此時已到後半夜，萬籟俱寂，一切看起來都那麼祥和，就連看門的守衛也放鬆戒備蹲在青石階旁打盹。

晃的。

楚王府後門的看守更是鬆散，只一個年紀不大的小廝坐在門檻上半睡半醒，腦袋搖搖晃

侯遠山只瞥他一眼，便縱身越過高牆進入王府。他身手矯捷、步履極輕，以至於那小廝竟毫無所覺，依然閉著眼睛酣睡。

侯遠山進了王府，便照沈葭的交代朝沈菀的踏雪居而去。及至一處假山環繞的蓮花池旁，突然聽得一陣整齊的腳步聲，似有七、八個人，他只當是巡邏的侍衛，一個閃身躲到假山後面。

「世子這大半夜的趕回來，理應先去向王爺問安才是，怎麼會先去寶寧郡主的院子？這……畢竟男女有別，只怕多有不便吧。」

「哪那麼多廢話，我們世子爺去什麼地方何時輪到你在這兒指手畫腳？吳管事，你這麼急急忙忙地攔著，莫不是那踏雪居有什麼見不得人的事？」

吳管事被那侍衛喝斥得渾身一陣哆嗦，抽了抽嘴角，待抬眸對上沈津錫寒氣逼人的目光時，頓時嚇得跪在地上。「世子明鑑，踏雪居是咱們寶寧郡主的居所，怎麼會有什麼見不得人的事情呢？小的只是、只是覺得……郡主和姑爺剛成親，此時正濃情密意，世子若是去了……」

「我去了，又如何？」沈津錫面色如霜，因長年居住塞外，渾身帶著懾人的戾氣，嚇得吳管事面色鐵青，再不敢言語。

「沒、沒什麼，世子愛護妹妹自是……再好不過的了。」

「哼！」沈津錫冷哼一聲，逕自往前走。走了兩步又頓住，回頭望向仍跪在地上的吳管事，沈聲道：「對了，吳管事掌管王府內院的大小事宜，又是母親從娘家帶過來的，這會兒倒是可以趕快去給母親通個信。左右我沈津錫是誰都不怕的！」

沈津錫最後一句話說得咬牙切齒，目光盯得吳管事一個瑟縮，竟是不敢再言語。

第四十六章　世子出馬

待一眾人走了，吳管事才擦擦額上的汗珠，勉強直起那跪得麻木的雙腿，一番猶豫過後，仍是跑去找王妃稟報去了。

一名侍衛朝他跑走的方向望了望，又轉回身追上沈津錫稟報道：「將軍，吳管事像是往王妃的住所去了。」同他從戰場上回來的將士都習慣稱呼他為將軍。

沈津錫略微勾唇，俊逸的臉龐在夜色下看不清表情。「就怕他不去。」

侯遠山自假山後走出來，對著一眾人的身影凝視片刻，又緊跟上去。

小葭的哥哥突然回來，且直接要去沈菀的踏雪居，想來是從信中得知袁來春的事才這般憤怒吧。畢竟袁來春的事關乎到王府的顏面，又是聖上賜婚，弄不好便是欺君大罪。

看來，今晚有熱鬧可瞧了。

踏雪居

袁來春和沈菀剛剛入睡，守夜的春桃便急急忙忙拍門喊道：「郡主、郡主。」

今晚夫妻兩人起了爭執，沈菀的心裡正憋股氣，這會兒又聽春桃在外面叫嚷，弄得火氣越發旺盛，二話不說直接便將枕頭丟出去，怒罵道：「好妳個小蹄子，反了妳，若是不想安生，明兒我就差人打發妳回老家去！」

春桃嚇得哆嗦一下，顫巍巍地看向身後那一眾人，一時不知該如何是好。

沈津錫勾勾唇，望著緊閉的房門，端出謙謙君子的語氣道：「數月不見，妹妹的脾性可是又見長了。」

屋裡的沈菀眉心微蹙，抱著被子坐起身來。「沈津錫？」

「正是為兄，我一回來便先趕到踏雪居看妳，妹妹怎麼也該出來相見吧，妹夫這會兒應該也醒了，現在月色正好，咱們兄弟倆倒是可以喝上兩杯。」

沈菀不悅地蹙眉，轉頭看向也已經坐起來的袁來春道：「這大晚上的，他來找我做什麼？」她並不覺得沈津錫會好心來看望她這個妹妹，王府上下誰不知道他最疼的是沈葭那個賤人。

袁來春也知道沈津錫和沈菀這對同父異母的兄妹不甚親近，只斂了斂神色望向窗外道：「只怕來者不善。」

沈菀臉色變了變。「你說他會不會知道沈葭被母親抓來，跑來找我算帳？」

袁來春沈默一會兒，方道：「不管了，先出去再說，待會兒派人悄悄把岳母大人請來，想必沈津錫也不敢放肆。」

見袁來春如此淡定，沈菀也跟著稍稍放心，她對著外面道：「既如此，哥哥且先在偏房等候，我們稍後就來。春桃，進來更衣。」

袁來春和沈菀正磨磨蹭蹭地穿衣服，卻又聽到外面一陣說話聲，兩人不禁心下一陣歡喜。

靠山來了！

「哎喲，津錫怎麼大半夜回來了，也不先來向你父王和母親請安，就跑來你妹妹的踏雪居了？菀兒到底已經嫁人，這又是大晚上的多有不便，津錫還是先隨母親去向你父王問安吧，有什麼話咱們明日再說也一樣。」楚王妃錦衣華服地站在沈津錫跟前，一副賢德主母的模樣。

沈津錫規矩地拱手施禮，俊逸的臉上瞧不出情緒。「孩兒才剛回來就驚動母親，實在是魯莽。孩兒其實沒什麼要事，只是前段日子路過妹夫的老家杏花村，恰巧碰到家裡人，便著我捎上兩句話罷了。」

袁來春和沈菀原本已經穿著妥當準備跨出房門，一聽這話，袁來春正要開門的手不由縮回，一顆心七上八下起來。

沈津錫去了他老家，那婉容的事……袁來春的臉霎時白了幾分。

沈菀是不願這個沒什麼感情的哥哥管她的閒事，但聽到這話不免瞪了袁來春一眼。「都是你幹的好事！若你來京之前就把那婆娘休了，哪來這麼多的麻煩？現在可好，我若被他抓到把柄，還指不定他怎麼在父王跟前埋汰我。這件事若傳入父王耳中，咱們倆都得玩完！」

袁來春面色陰沈，並沒說什麼話。

這時，外面傳來楚王的聲音。「津錫回來了，怎麼也沒人通傳本王？」

楚王妃正對沈津錫恨得牙癢癢的，一聽楚王的聲音忙換了神色，笑臉迎過去道：「王爺怎麼也起來了？」這段日子楚王很少踏足她的居所，每每看到她都是一臉不悅，這讓楚王妃格外心慌，還真怕他有朝一日不顧多年夫妻情分，做出休妻的事情來。

楚王看都不看楚王妃一眼，直接望向緊閉的房門道：「被妳這麼一驚動，本王都趕來了，菀兒和來春怎麼回事，怎麼還不出來？」

袁來春面色鐵青，猶豫著不敢打開房門，這一出去他家中尚有妻室的事情必然暴露，楚王定不會饒他。此時他真恨死沈津錫這個大舅子，早不來晚不來，偏偏在深更半夜來這麼一齣，讓他防不勝防。

這邊夫妻二人正猶豫著，外面的楚王又發話。「菀兒起來沒，妳哥哥難得回來，怎麼磨磨蹭蹭的？」

沈菀嚇得身子顫了顫，忙道：「父王別急，女兒馬上就好了。」

楚王扭頭看向沈津錫道：「若是沒什麼要緊事，先去書房等著吧。」

沈津錫對楚王抱拳道：「回父王，兒臣的事很要緊，事關我們王府的安危和顏面，非要立刻見到菀兒和袁來春不可。」

楚王的神色凝重不少，掃了眼一旁的楚王妃，沈聲問：「到底怎麼回事？」他的聲音不大，卻頗具威嚴，讓人不敢忽視。

楚王妃心下暗驚，曾經遊手好閒、不問世事的丈夫竟有這樣的魄力，當真讓她難以置信。想當初在這王府裡什麼都是她說了算，如今一朝皇權更替，連王府都變了樣。若非親眼所見，她怎麼也想不到那個曾經「草包」的王爺竟然一直都是裝出來的。

當初先皇對他心存芥蒂，他便扮成閒雲野鶴之人躲過一劫，如今新帝登基，他一朝翻身，連她這個髮妻都不放在眼裡了。

不過想來也是，以前的他無權無勢，又是先帝的眼中釘、肉中刺，自然連她娘家那一絲半點的勢力都不敢招惹。這會兒得勢，少不得會在她身上出口惡氣！

楚王妃氣得暗自咬牙，卻不敢發作，只笑盈盈道：「想來是津錫小題大做了吧，菀兒和來春一直謹守本分，能出什麼事呢？」

「是嗎？」楚王冷笑一聲，明顯對楚王妃的話不甚相信。到底夫妻二十載，她是什麼樣的性情他還是知道的。這些年王府在她手上，被她搞得烏煙瘴氣、混亂不堪，他原顧念著夫妻情分，也想睜一隻眼、閉一隻眼不去計較，現在看來竟縱容出天大的禍事。

能使他兒子千里迢迢從邊關趕回來，這事又豈會是兒戲？

楚王的臉色又沈了幾分，再次看向緊閉的房門道：「我知道你們在門口躲著，還不快出來！」

此話一出，嚇得沈菀和袁來春兩人再不敢窩著，忙開門走出來，對楚王和王妃行禮道：「見過父王、母親。」

楚王看了他們兩人一眼，又望向沈津錫。「有什麼話去書房說吧。」他說著剛轉身要走，卻突然聽到一聲孩子的啼哭，頓時停下步子，轉頭望過來。「誰家的孩子？」

沈津錫也沒料到踏雪居竟然還藏了個孩子，不由彎了彎唇角。這事情比他想像的還要熱鬧。

沈菀早就嚇傻，這段日子父王一直暗中尋找沈葭的下落，若今晚順著那野孩子發現沈葭被母親關在偏院，可就不妙了。

楚王妃到底歷練豐富，當下處變不驚，只笑呵呵道：「王爺，那是個孤兒，今日妾身同菀兒去珠寶鋪子挑首飾時在街邊遇上的，也不知是誰家的孩子，可憐兮兮地在街上哭，我瞧著心疼，便讓菀兒抱回來養在身邊。畢竟菀兒和來春兩人也該有個孩子。」

說起這個，楚王嘆息一聲。這個女兒雖說刁鑽任性了些，到底也是自己的骨肉，當初知道她再不能生育，他哪會不心疼？也正因如此，他前段日子沒少找左尚書一家的晦氣。他好好的女兒嫁到他們家，卻成了這副模樣，他們左家總該負些責任。

只是……

「既是撿來的，總要好生追查才好養在身邊，也省得以後孩子的親生父母來尋，又是一番生離死別。」楚王這般說道。

楚王妃見他並未起疑，心下鬆了口氣，隨著眾人一起往楚王的書房去了。

侯遠山從黑暗處走出來。他真沒想到，原來小葭和阿瑋被帶來鎬京的事，楚王竟然不知情。

雖然如此，他仍不打算讓楚王知道小葭的下落。不管楚王對她是否還顧念父女之情，既然她當初是抗旨逃婚離開的，若被抓回來自然免不了懲處。

退一步說，就算楚王為當年之事有悔過之意，願意不計前嫌接納她這個女兒，他和小葭身分懸殊，將來想在一起也免不了多些波折。

如此看來，不管楚王對小葭是什麼樣的態度，為了他們一家人今後的幸福，無論如何都不能將小葭的行蹤暴露。

偏房又傳來袁瑋的哭聲，他環顧四周後順著聲音尋過去。

這會兒沒人，正是把阿瑋帶出去的最佳時機。至於袁來春和沈菀的事，不妨就看楚王和沈津錫父子二人會怎麼處置吧。

侯遠山回到客棧已是寅時，侯寧早就熟睡，沈葭因為心繫侯遠山的安危睡得較淺，一聽到敲門聲便立刻醒了。

她匆匆忙忙披了件外衣打開房門，一見是遠山哥和袁瑋，懸著的心總算放下。她慌忙接過侯遠山懷裡已經睡著的阿瑋哄了哄，將他放在榻上與侯寧躺在一塊兒，才去桌邊倒了茶水給侯遠山喝。「怎麼去了這麼久，可是被人發現了？」

侯遠山將杯中的茶水一飲而盡，才道：「沒有，楚王世子回來了，看樣子是為了袁來春的事。」

沈葭微驚。「我哥回來了？」她見送去的信那麼久都沒有回音，本已經不抱希望，沒想到哥哥竟然在這個時候回來。不過哥哥回來也好，有些事由哥哥出面解決總比她要容易許多。

「既然阿瑋已經救回來，袁來春的事不妨交給哥哥處置，遠山哥也累了一個晚上，快歇會兒吧。這床太小擠不下我們這麼多人，我讓店小二在隔壁開了間臥房，遠山哥去那裡睡吧，阿瑋和安安由我看顧就好。」

侯遠山應了聲，走到沈葭身後，將她整個人圈在懷裡，下巴抵著她的頭，靜靜享受難得的美好。兩個多月了，他已經兩個多月沒有這麼好好抱過她。

沈葭也有些貪戀他的懷抱，但知道他定然累壞了，便仰頭看著他，柔聲道：「快去睡吧，再不睡天都要亮了。」

侯遠山突然將她整個人打橫抱起來，逕自往外走。沈葭嚇得伸手抓住他的衣領，小聲道：「你這是做什麼，兩個孩子都睡著，屋裡沒個大人可怎麼好？」

侯遠山微微蹙了蹙眉頭，他第一次發覺孩子這般礙事。但他仍未將沈葭放下來，只難得退讓一步道：「我儘快解決，這麼久不見，小葭總該給我些補償，嗯？」

他都說到這分上，沈葭還能說什麼，只紅著臉抓著他的衣領不吭聲，卻也是默許的意思。依他以前每晚都要折騰兩回來看，這兩個多月不在他身邊，也是夠難為他了。

這邊，夫妻二人難得溫存，自是蜜裡調油。反觀楚王府，沈菀和袁來春這對夫妻，可就沒那個福分了。

楚王聽沈津錫說了袁來春的事後，氣得肝火旺盛，對袁來春厲聲喝斥：「還不跪下！」

袁來春嚇得雙膝跪地，不住討饒道：「岳父大人明察，小婿家中雖有妻室，可那是父母之命、媒妁之言，小婿也是別無他法啊！可對於菀兒，小婿是真心實意的，會一輩子對她好，還請岳父大人開恩，原諒小婿隱瞞之罪，小婿……小婿這就休了那婆娘，萬不會讓菀兒做妾的！」

袁來春本是咬牙表決心，誰知楚王一聽卻越發憤怒。「糟糠之妻不下堂，如今你為了榮華富貴拋家棄子，也難保將來不會為了更大的好處而棄了菀兒，這樣的女婿我們王府還真消受不起！你隱瞞妻室另娶本王的女兒，令我們王府蒙羞不說，還犯下欺君大罪，如何處置自是聖上說了算！」

袁來春驚出一身冷汗，額頭不停往地上磕著，似乎一點也不覺疼痛。「岳父大人饒命，小婿、小婿真的是無心為之，還望岳父大人開恩啊！」

沈菀原本因為袁來春隱瞞自己的事一直憋著股氣，如今見父王一番教訓自然是滿意至極，卻沒想到父王要將她的夫君送交聖上，頓時嚇得跟著跪下來道：「父王，夫君再怎麼不對，如今也是你的女婿了，你若把他交給聖上，欺君可是死罪啊！」

「妳知道他犯了死罪，為何還護著他？他若真心待妳，怎麼可能隱瞞妳家中之事？」

沈菀卻突然笑了。「難道父王就比他多疼我幾分嗎？若你在乎我這個女兒，當初我要嫁給他時，你又為何不讓人去查探他的底細？說到底，還不是因為我嫁過人，又瘋癲過，在這鎬京城難找到什麼好人家，所以你們才會如此草草了事。如今出事了，卻把所有責任推給我們，難道父王就沒有一點錯嗎？」

「妳！」楚王氣得臉色鐵青，一個巴掌揮過來，卻被楚王妃急急攔下。「王爺手下留情啊，菀兒可是你的親生女兒！」

第四十七章　大肆搜索

沈津錫倚在窗子旁，冷眼旁觀這齣不甚好看的大戲，突然想念起沈葭這個妹妹來。

楚王緩緩收了手，望著跪在地上的女兒和女婿，心中餘怒未消，卻到底沒忍心真的打下去。

不得不承認，沈菀方才一番話的確讓他心有所愧，他這個做父親的還真是沒有盡到為人父的責任。

他揉了揉緊蹙的眉心，疲憊地回到書案前坐下。「你們倆的事暫且不說。津錫，你方才說葭兒也在杏花村，怎麼沒有帶她回來？」

沈津錫道：「父王，孩兒回來的途中路過杏花村，原本想去袁家打探清楚，結果卻聽說袁家的孫子袁瑋不見了，而且葭兒和她的女兒也沒了蹤影。孩兒一直在想，或許王妃知道他們在何處。」他說著略抬眼眸，直逼向一旁剛將女兒扶起來的楚王妃。

楚王妃心中顫了顫，面上卻不動聲色道：「世子這話是何意，難道是我讓人綁了沈葭不成？莫說我根本不知道沈葭在杏花村，縱使真的知曉，我又怎會讓她回到王府？」

府裡上下誰不知道她不樂見沈葭那小蹄子，若真知道那小蹄子的下落，該是恨不得她永遠不要回來才是常理，若說是她派人抓她回來，總要有個證據。方才她已派人去偏院，這會兒沈葭想必已被關至別處，她倒要看看沈津錫沒有證據能拿她怎麼樣？

沈津錫突然勾唇笑道：「母親的行事風格孩兒如何琢磨得透？不過，方才母親所說的那個『撿回來的孤兒』我倒是很好奇，不知可否見一見呢？」

楚王妃神色閃爍，隨即道：「這個自然沒什麼不可以，只是天色已晚，孩子必然已經睡下，怎麼樣也要等到明日吧。」

沈津錫盯著楚王妃的表情打量片刻，才輕輕點頭道：「也好，時候不早了，孩兒也有些睏倦，便先回去歇息了。」他說完捂嘴打了個哈欠，對書案前的楚王施了一禮，轉身走出書房。

面對眼前的一大難題，楚王只覺得一個頭兩個大。袁來春的事，他處置也不是、不處置也不是。

楚王妃好似瞧出他的顧慮，上前道：「王爺不為別的，總該為我們王府的顏面考慮吧。若來春的事交給聖上處置，到時候整個鎬京城都知道咱們女兒成了人家的妾室，這讓王爺今後如何面對那些朝臣？妾身……妾身到時也沒臉出門了。」她說著用繡帕遮了半張臉，嚶嚶啼哭起來。

楚王看得一陣煩躁，突然一拍案桌喝道：「好了！」

楚王妃被他吼得噤了聲，小心翼翼地打量他的表情，卻聽楚王又道：「這件事容我再想個萬全的法子，當下最重要的是儘快找到葭兒的下落。」

楚王說著緩緩站起身，目光緊緊盯著楚王妃。「王妃當真不知道葭兒的去向？」

楚王妃一臉委屈道：「你我夫妻多年，王爺便這般不信任我？我巴不得那丫頭離我遠遠的，怎會讓人把她帶回來？」

楚王面色陰沈並未出聲，依他這位王妃的心思，若她知道沈葭的下落，難保不會把菀兒這些年的磨難全都算在葭兒頭上，若真對葭兒做出些什麼也是有可能的。只是，若葭兒真被帶回來，此時又會關在何處呢？

他打量王妃的表情，見她泰然自若，彷彿一點也不怕被他找到的樣子，不由得陷入沈思……

楚王妃回到自己的居所時，聽到了一個震驚的消息，嚇得她險些站不住腳。

「你說什麼，沈葭不在偏院？小公子也沒了蹤影？」楚王妃臉色大變，沈葭若不在偏院會在何處？還有袁瑋，明明方才還在踏雪居裡哭呢。

莫非……是被沈津錫帶走了？不對，若沈葭在沈津錫手上，他方才一定會無所畏懼地揭發她，而不是什麼也不說，看著她的眼神盡是試探。

可沈葭若不在沈津錫手上，她一個婦人抱著孩子，又是如何避過偏院外的層層守衛？

楚王妃愈想愈覺得大事不妙，這段日子王爺本就對她不滿，她隱瞞來春妻小的事更惹得王爺大怒，若沈葭再不合時宜地出現說王妃派人抓她，到時落得個狠毒嫡母的罪名，足以讓王爺休了自己。

不，她絕不允許這樣的事情發生！她煩躁地坐在貴妃椅上，眉頭蹙成一團。

片刻後，她的眸中閃現一抹狠戾，突然站起身來。「既然妳不安分，可就怨不得我了。」自言自語一句後，她拔高聲調喚道：「吳管事！」

外面的吳管事匆匆趕來。「王妃，老奴在。」

「去我哥哥府上一趟，讓他明日一早派人搜查沈葭的下落，但凡找得到便就地處決，不留活口！」她應該是晚上離開的，夜裡有宵禁，縱使逃出去定然還在這鎬京城，她的兄長是京兆尹，藉著追捕犯人的名義將整個鎬京翻個遍，定能將沈葭那小蹄子搜出來。

想著這些，她不由一陣懊惱。若早知道沈津錫會為此事專程回來，當初便該直接派人殺了那小蹄子，也不至於留下今日的禍端。

不過，希望一切都還來得及。沈葭死了，王爺便什麼也追查不到，無憑無據的，誰又敢動她分毫？

想到此，她勾了勾唇角，眸中閃現一絲得意。

翌日清早，沈葭睡眼惺忪之際，伸手攬了攬床榻裡側，卻意外地撲了個空。她頓時睡意消了大半，睜眼坐起來喊道：「安安！」

此時侯遠山正抱著侯寧推門進來，見她一臉著急的樣子便關上房門道：「安安在這兒呢，方才小丫頭一直哭，我帶她出去透透氣，又見妳睡得香，便沒有打擾妳。」

沈葭又問：「阿瑋呢？」

侯遠山指了指屏風後面。「在那兒呢，我買了幾個木偶給他玩。」

沈葭順著望過去，見他果然認真地玩著木偶，一顆懸著的心才放下來，整個人鬆了口氣。

昨晚被他折騰太久，渾身的骨頭都快散架了，她伸了個懶腰，疲累地從榻上起身。

侯遠山走過去扶住她道：「餓了吧，我剛才去下面點了妳愛吃的皮蛋瘦肉粥和蟹黃包，待會兒就送過來。」

聽侯遠山這麼一說，沈葭真覺得有些餓了，肚子也很給面子地叫了兩聲，直惹得她一陣臉紅。「那我先洗漱一下。」

侯遠山曖昧地看她一眼，見她羞澀便也不逗她，用手指了指門後面。「洗漱的東西都準備好了。」

沈葭洗漱完畢，恰好店小二端了飯菜上來。

侯寧還小，這些飯菜自然吃不得，沈葭便先餵她吃奶，放在榻上自己玩，這才和侯遠山、袁瑋三人一起圍在桌邊吃早飯。

沈葭拿了個蟹黃包遞給袁瑋，笑呵呵道：「阿瑋要多吃些，這樣就能長高了，等以後你娘見到你都要認不得了呢。」

阿瑋接過沈葭遞來的蟹黃包，一小口、一小口地咬著。沈葭見了滿意地笑笑，又用勺子舀了皮蛋瘦肉粥親自餵他吃。

許是因為侯遠山和沈葭都在，阿瑋今日乖巧許多，也不哭喊著要娘親，比之前多吃了不少，這讓沈葭感到很欣慰。什麼都還不懂的小孩子，能好好吃飯就成，否則等婉容見了他，發現瘦了一圈，只怕又要心疼了。

三人正吃著早飯，卻聽到外頭街上一陣鬧騰。「圍起來！你們幾個進去搜，把這家客棧裡裡外外搜查仔細，連一隻螞蟻都不能放過！」

沈葭心上莫名一慌，忙看向對面的侯遠山問道：「會不會是衝著我們來的？」

侯遠山的神色也凝重起來，他頓了頓起身道：「看看再說。」說著便走向窗邊，打開窗子往下看，沈葭也忙跟上去。

只見他們居住的同福客棧門口已圍了不少百姓和官差，看樣子似是出了什麼大事，掌櫃正和為首的官差說話。

「幾位大爺，不知你們這是……」

那官差瞥了掌櫃一眼，極有氣勢地道：「昨晚牢裡的犯人逃走了，我們大人派我等搜查逃犯的去向，如今到了你們客棧，自然也要查個清楚。」

「可是……」掌櫃一臉為難，皺巴巴的臉皮成了苦瓜貌。「店裡很多客人還沒醒，你們這般闖進去只怕多有不妥吧，客人若是怪罪下來，小的這店還怎麼開啊？」

「那是你的事，若妨礙本大爺搜查要犯，信不信老子把你也抓起來與逃犯同罪論處！」

那官差頭子本就長得凶神惡煞，現在這麼一吼，頓時嚇得掌櫃再不敢多言，只能悻悻地退到一旁給眾官差讓道。

官差不屑地扯扯嘴角道：「算你識相！」轉而又吩咐後面的弟兄：「進去搜！」

看著官差們一窩蜂進了客棧，沈葭面露驚慌。「這些應該是京兆尹韓大人的手下，他是楚王妃的兄長，這『逃犯』只怕就是在說我。遠山哥，我們怎麼辦？」她說著順著窗子看了看守在門口的官差，這會兒要逃走也來不及了！

外面傳來官差上樓的聲音以及嚷嚷聲。「你們幾個搜這邊，你們幾個去那邊！」

沈葭越發急了，直接拽著侯遠山的胳膊道：「遠山哥……」她才剛逃出來，這會兒若是驚動官府，她還背負著抗旨拒婚的罪名，坐牢恐怕是免不了了。

侯遠山撫了撫她的臉頰安慰道：「別急，我有辦法，跟我來！」

不過片刻工夫，外面的官差已經撞門進來，待看到屋內景象時卻不由愣住。

只見一男一女正纏綿在榻，被子高高拱起，男人的膀子裸露在外，任誰瞧見了也知道這對男女正在做什麼。

女子似是沒料到會有人闖進來，嚇得尖叫一聲縮進男人懷裡。男人慌忙幫女子裹了裹被子，將她整個人包了個嚴實。又見那幾個官差看得眼睛都直了，他斂去眸中一抹殺機，擺出一副驚恐的模樣道：「幾位官爺，這是……」

一個官差對他壞笑兩下。「你小子，豔福不淺啊，大白天的就搞事情，也不看時候。」

他說著，收了笑臉環顧房中，問道：「昨晚牢房裡的要犯逃走，是一個女人和一個孩子，你可曾見過她們？」那人說著將手裡的畫軸打開，朝向床上的侯遠山。

那畫軸上不是別人，正是沈葭抱著一個嬰兒的畫像，上面的沈葭衣裳破爛、面容污穢，倒像是個乞丐模樣，不過仔細看看，侯遠山還是認得出那是自己的小葭。

他笑道：「沒見過，這人相貌如此粗鄙不堪，若是見過了必然印象深刻，的確是不曾見過。」

縮在被子裡的沈葭一聽這話，氣得伸手揪起他的腰間肉，狠狠捏了幾下，以洩心中不滿。什麼叫相貌粗鄙不堪，她有那麼醜嗎？

小丫頭沒什麼力道，對於皮糙肉厚的侯遠山來說自然沒多痛，便也只是不著痕跡地瞥她一眼。

官差聽侯遠山方才說的話有些道理，只是隨意在屋裡搜尋一下，便打算和兄弟們出去。到了門口，其中一名官差突然止住腳步，轉過身道：「你下面那個女的，把臉轉過來給我看看。」

沈葭剛鬆口氣，這會兒一顆心又懸起來，下意識地攥緊侯遠山的胳膊。

侯遠山不動聲色地笑道：「官爺這話說的，莫非以為我家娘子會是畫中之人不成？」

「哪那麼多廢話。妳，把臉轉過來！」官差惡狠狠地對沈葭道。

沈葭自知躲不過，心下一橫緩緩轉過臉來，毫不露怯地望著那幾個人。

那幾人瞬間看得有些晃神，只心中感嘆一句：「好一位絕色佳人！」她那長相，鎬京的名媛閨秀怕沒有幾個能及得上。

一個官差有些嫉妒地看了侯遠山一眼。「倒是個有福氣的小子。」說著，他對後面的兄弟擺擺手道：「去別處搜搜看。」

幾個官差走出客房，正沿著前廊去另一間臥房，其中一人卻突然頓住。「不對啊……」

「頭兒，怎麼了？」另一個人問道。

那人琢磨一下道：「我們方才進屋時，桌上擺的早飯還冒著熱氣，而且是三副碗筷，這一會兒的工夫，屋裡怎就只剩他們兩個人了？且這一大早的，哪有飯吃到一半吃到床上去的道理？」那人愈說愈覺得不對勁，又將手裡的畫軸打開，仔細瞧了瞧。雖說換了衣服和裝扮，可這眉眼……

「不好，就是那女的！還愣著做什麼，還不趕緊抓住她！」

幾人聞聲匆匆往回趕，再一打開房門，屋子裡哪還有一個人影？

官差們見窗子大開，慌忙走過去往下看。只見方才那一男一女正各自抱了個孩子往東邊跑去。

一個官差有些猶豫道：「頭兒，大人不是說一個女人一個孩子嗎，他們這一男一女兩個孩子，會不會抓錯了啊？」

帶頭的瞪他一眼道：「沒看見他們已經心虛逃走了嗎？別管抓對抓錯，只要是有嫌疑的，統統要抓回去嚴刑拷問，還不快追！」

第四十八章　高手過招

自那幾個官差出了房門，侯遠山和沈葭便一直惴惴不安，總覺得他們隨時可能會折回來，於是迅速抱了侯寧和袁瑋翻出窗子逃走。果不其然，他們才一離開，官差便追上來。

沈葭力氣小，又抱著女兒，根本就跑不快，沒多久便氣喘吁吁。後面的官差仍緊追不捨，侯遠山只得將她懷中的侯寧接過來抱著繼續跑。

熙熙攘攘的街道另一邊，有一對貴氣的年輕夫婦和幾個隨從正欣賞街邊的景致。

「今日難得帶妳出來，若有什麼喜歡的只管買回去，也算是這些日子對妳的補償了。」那男人相貌不俗，一對峰眉斜飛入鬢，丰神俊朗，只周身散發的氣息讓人有些難以親近，會不自覺產生些許敬畏；但轉頭面對一旁的少婦時，男人卻難得和顏悅色，儼然是位寵溺妻子的好丈夫。

少婦的容貌一樣讓人驚豔，膚白勝雪、身姿曼妙，眉宇間透著些許嫵媚，平添幾分別樣的韻致。她聽到身旁男子的話，略一挑眉道：「夫君是想拿這些小玩意兒賠罪嗎？」

男子略一勾唇，意味深長地看著她道：「看來，南歌對朕的賠罪方式並不滿意。」

少婦突然掩面嗤笑地看向身後幾個人。「瞧瞧，咱們陛下出了皇宮連個話都不會說了，是誰說今兒個微服出宮，誰也不可暴露身分來著？方才我可聽得真真切切，有人自稱為

『朕』呢。」

瞬和帝一聽神色微變，隨即反應過來。方才只顧與她爭執竟忘了改口，不過幸好這街上人多嘈雜，應是未被人聽去。

御前侍衛高肅見自家主子難得被皇后娘娘堵得沒話說，不由抽了抽嘴角，卻強忍著不敢露出笑容。

皇后卻不依不饒起來。「對了，咱們陛下出宮時說若有人暴露身分，要怎麼懲罰來著？」

高肅剛要開口，卻對上自家主子警告的目光，只得嘴唇翕動不敢答話。

「那邊怎麼回事？」瞬和帝臉上的笑意斂下來，眉頭緊蹙望向對面。

皇后本以為瞬和帝為了躲避懲罰，故意轉移話題，正要再笑話他兩句，誰知一抬眼，果真見前面一陣混亂。

只見幾個官差模樣的人正朝一對夫婦窮追不捨，後來那丈夫眼看躲避不及，便將懷裡的兩個孩子遞給一旁的妻子，自己徒手與那幾個官差打起來。男人的身手很敏捷，出手又快又準，那些官差根本毫無還手之力，眨眼工夫一個個便被撂倒在地。

瞬和帝神色微凜道：「什麼人，竟有如此功夫？」

高肅上前一步道：「回陛下，看招式像是鐘樓之人。」

「鐘樓？」瞬和帝神色黯了黯，沈默片刻，對高肅吩咐：「試試他。」

「是！」高肅領命後拔劍上前與侯遠山打鬥起來。兩人的武藝均是不凡，一近身搏鬥立刻嚇得大夥兒連連後退，有些膽子小的百姓甚至慌忙地抱頭逃開。

沈葭抱著侯寧和袁瑋，眼見遠山哥打敗那幾個官差，正要鬆口氣，卻沒料到突然又闖入一人，不由分說便與遠山哥打起來。且這人一看就是個練家子，身手厲害得很。她一下子急了，生怕遠山哥會出什麼事情。

不過很快她就發現，遠山哥明顯占上風，最後一記飛踢竟使得那人後退數步，險些沒有站穩。

高肅收了招式，用手捂著胸口看向侯遠山道：「鐘樓第一殺手木玦，果然名不虛傳。」鐘樓的高手他大都交過手，至今還沒人贏過他，今天這人竟能這麼快讓他敗下陣來，除了木玦不會再有第二人。

此人武藝高強，侯遠山對於他能猜到自己身分自然不意外，只淡淡道：「這世上，能接下我五十招還能站起來的，你是第一個。」

高肅笑了笑，身為武人，他一直想和這位傳聞中鐘樓第一殺手鬥上一場，如今心願達成，縱使輸了，至少未留遺憾。他對侯遠山抱拳，轉而去向瞬和帝覆命。「陛下……」

瞬和帝抬手制止他。「朕知道。」這世上能打敗他貼身侍衛的沒幾人，這男人的身分自然不難猜測。

皇后看了眼一旁抱著兩個孩子的婦人，淡淡道：「江湖傳言，木玦早在幾年前死於仇敵之手，如今看來謠言並不可信。」

瞬和帝斂眉考慮片刻，對高肅吩咐：「查一下今日這是怎麼回事。」

「是！」

瞬和帝又望了那對夫婦一眼，轉而握住皇后的手，目光柔和許多。「今日說好帶妳散心的，我們不談旁的，去別處轉轉吧。」

皇后眉眼帶笑，嬌柔地挽上他的胳膊轉身離開。

沈葭跑到侯遠山身邊關切地詢問：「遠山哥，你有沒有受傷？」

侯遠山笑著搖頭，從她懷中接下袁瑋道：「沒有，放心吧。」

正說著，背後傳來一聲疾呼。「葭兒！」

沈葭聽到熟悉的聲音，面上一喜，忙轉身快跑兩步迎上前道：「哥！」

沈津錫聽說自己妹妹在街上被人追殺，一時什麼也顧不上，只急急忙忙地前來相救，這會兒見人沒事，他這顆心才總算放下來。

歸雲茶館

沈津錫聽到沈葭被王妃擄走，又被侯遠山救出來的完整經過，氣得直拍桌子道：「什麼捉拿逃犯，我看是王妃狗急跳牆，想要藉由緝拿犯人的幌子殺妳滅口。沒想到這婦人的心腸如此歹毒，這件事情絕不能姑息！」

他說著又看向沈葭道：「父王這兩年一直派人尋找妳的下落，妳如今身在鎬京，可要與他見面？」

沈葭凝視著冒熱氣的茶水，眼睛濛上一層水霧。她輕輕搖搖頭說：「不了，我和他似乎從來沒什麼父女情分，對我來說，他與路人一般無二。」一個從來沒把她當女兒對待的男人，又怎能算是她的父親呢？在這個王府裡她只認一個親人，那便是哥哥。

沈津錫本來就沒有勉強她的意思，如今見她這麼說，便也不強求，只道：「這種事妳開心就好，不必委屈自己。」

沈葭看了看侯遠山懷裡的袁瑋，又問：「對了，袁來春的事父王會怎麼處置？」

談到這個，沈津錫臉色變了變，有些為難地說：「妳該知道，這件事關係到王府的顏面，若將袁來春有妻有小的事公諸於世，對誰都不好。」

這個道理沈葭自然懂，縱使她不關心楚王和楚王妃的顏面，可哥哥是世子，將來要承襲爵位，她不能不為哥哥的名聲考慮。可若是繼續隱瞞，婉容受的苦怎麼辦？明明就是袁來春的錯，憑什麼他和沈菀可以雙宿雙棲，這對婉容來說又何其不公？

何況，他們還打算奪走婉容珍如性命的兒子，也不知道這麼久沒見到阿瑋，婉容會不會急得要瘋掉。同是為人母，安安離開一會兒她便備受折磨，不難想像婉容這兩個多月是多麼煎熬。

「或許，總會有萬全的法子吧。」沈葭想了想道。

熙熙攘攘的大街上，一輛普通的馬車穿梭在人群中，裡面坐著的正是婉容、葉子和袁琦三人，而在馬車外並排坐著的則是林靖宇和蘇拂揚。

葉子第一次出遠門，這一路上見了不少繁華富庶的景象，但到了鎬京城還是有些不敢置信。這裡不愧是天子腳下，果真熱鬧非凡。不過因為心裡藏著事，她也沒什麼心思遊玩，只感慨一下便拉下窗簾，微微打開車門對外面兩人問道：「咱們要直接去見我二哥嗎？」

馬車裡的婉容攥了攥衣襟道：「人家現在是王爺的女婿，寶寧郡主的郡馬爺，怎會是我等平民百姓可以見的？」

蘇拂揚正要說話，聽到婉容這話抽了抽嘴角，隨即呵呵笑道：「急什麼啊，難得進一次皇城，待會兒帶妳們去鋪子裡挑幾樣好看的珠花頭飾，再買兩件新衣裳，打扮得漂漂亮亮的，等見了袁來春那畜生，定要讓他後悔死！」

葉子抿著唇沒有說話，她知道嫂嫂心裡不好受，其實哥哥如此薄情寡義她也氣憤，恨不得沒有他這個二哥。可到底是血脈至親，她也不可能像蘇拂揚那般提到哥哥就畜生畜生的罵。

不過，等見了二哥，一定要先給他兩耳光再說，這可是娘特意交代的。若不搧兩巴掌，就對不起二嫂這些年對他們家盡的孝道。二哥出了這等事，他們家無論如何都要站在二嫂這邊，幫她出口惡氣的。

林靖宇和蘇拂揚果真帶了她們去鋪子裡挑新衣服和首飾，甚至還買了胭脂水粉，準備好一番打扮。

鄉下的姑娘不見得都是相貌粗俗，京城裡的名媛閨秀也不見得各個花容月貌。所謂人靠衣裝，如今在婉容和葉子身上表現得淋漓盡致。

兩人的長相雖不算驚豔，但也標致，如今再用那上等的首飾和衣裙一裝飾，活脫脫就是兩個嬌生慣養的閨閣小姐。

這些衣服、首飾需要不少銀子，袁來春雖然往家裡送了不少錢，但婉容是堅決不肯花用，因此那些衣服和頭飾都是租來的，只一個晚上便好幾兩銀子。

婉容對著鏡子修飾妝容時，聽到葉子驚道：「小袁琦，妳什麼時候把妳娘的簪子攥手裡了，這東西不能放嘴裡啃，很危險知不知道？」

她說著一把奪過來，定睛望了望手裡的簪子，接著緩緩轉了轉簪子的尾部，突然道：「嫂子快看，這裡面藏了封書信，這不是當初我哥買給妳的簪子嗎？是不是我哥寫的？」說著就要取出來。

婉容看到裡面的東西也微微一驚，隨即拉住她道：「沒什麼可看的，應是他當年送我時藏進去的，現在沒必要知道了。」若是裡面寫了什麼情話，讀出來不是讓人看笑話了？她想了想決定扔掉。

葉子趕忙攔下來說：「嫂子別扔啊，不看就不看，簪子先帶著，待會兒見了我二哥便狠狠扎他一下出氣！」

婉容盯著手裡的簪子看了看，終究還是收下了。

從鋪子裡出來，葉子問：「咱們現在去哪兒？」

婉容想了想，看向馬車上抱著袁琦的蘇拂揚和林靖宇問道：「我今天可以見他嗎？」

見她自己問了，眾人突然明白婉容執意打扮自己的原因，竟是專程為見袁來春準備的。

蘇拂揚凝視她片刻，突然發現這兩個多月下來，她明顯和以前不一樣。婉容，也是個要強的女子。

他轉頭看向一旁的林靖宇道：「一切都準備妥當，就差見人了，不如你委屈一下，求明玉公主幫幫我們的忙？」明玉公主已經嫁人，林靖宇出面難免尷尬，不過如今也沒什麼更好的法子了。

聽到明玉公主，林靖宇心裡咯噔一下，臉上神色變了變，袖中的拳頭不由握緊，良久才道：「好。」

見他同意，蘇拂揚便跳下馬車給她們讓條路。「妳們先上車吧。」

葉子莫名覺得林靖宇和蘇拂揚之間的對話怪怪的，卻也不好多問，便扶著婉容一同上馬車，蘇拂揚這時才把袁琦遞過去。誰知袁琦怎麼也不肯讓婉容抱，反而哭鬧著要爹爹抱。

這一路上袁琦一直叫蘇拂揚爹爹，眾人也已經習慣。蘇拂揚只能無奈地嘆息一聲，重新把她抱在懷裡坐上馬車。

馬車外和馬車內的人各懷心事，除了袁琦和蘇拂揚牛頭不對馬嘴的談話外，出奇的安靜，直到在公主府門外停下來。

林靖宇一拉韁繩，側首望著那燙金的「公主府」三個字發呆，一時間馬車裡的婉容和葉子下也不是，不下也不是。

婉容隱隱覺得林靖宇和這位明玉公主有著很深的瓜葛，但畢竟是旁人的事，人家不說她也不便多問，只靜靜地等在裡面。

這時，一輛華麗的馬車自對面駛來，在門前停下，緊接著便見馬車內走下來一位錦衣華服的貴婦。葉子和婉容掀開窗簾看過去，只見那位夫人年紀不大、姿容嬌美，小腹微微隆起，一看便是有了身孕。且那女子的眉宇間竟與沈葭有幾分神似，想到沈葭的身分，葉子和婉容便也猜到此人正是她們要見的明玉公主。

明玉公主也看到了對面的林靖宇，面上微露驚愕，隨即笑迎上來喊道：「靖宇哥哥！」

林靖宇握著馬韁的手指關節發白，面上卻是溫潤地笑道：「公主，好久不見。」他的目光掃過她隆起的下腹，彎了彎唇角。「恭喜公主了。」

明玉公主羞澀地笑了笑，臉上是掩飾不住的喜悅。看著她的笑容，林靖宇握著馬韁的手緩緩鬆開，突然有些釋然了。

她過得很好，他也就放心了。

「靖宇哥哥，你身上的毒……」說起來，當初靖宇哥哥是為了救她才中毒，她真是欠他好大一個人情。其實她知道靖宇哥哥對自己的心意，可她一直當他是兄長，他的情意她這輩子是無法報答了。

林靖宇笑道：「毒已經解了，公主不必擔心，今日前來是有一件事想拜託公主幫忙。」他說話的工夫，蘇拂揚已經上前扶婉容和葉子下來。

明玉公主掃了眼身後那兩位花容月貌的姑娘，再看看林靖宇，突然笑了。「靖宇哥哥何須對我如此客氣，還說什麼拜託的話，有什麼只管讓我去做就是了。天冷，先別在外面站著，大家進去說話吧。」

第四十九章　薄情寡義

椒房殿

瞬和帝正十分認真地幫自己的皇后畫眉，外面傳來高肅的聲音。「陛下。」

皇后拉下他的手道：「該是木玦的事有消息了。」

瞬和帝點點頭，對外面淡聲道：「進來吧。」

高肅進來，將自己查到的消息一五一十地向瞬和帝稟報，他到底是聖上身邊的紅人，辦事效率自不在話下，不過半日工夫，已將沈葭和侯遠山的事，以及楚王妃的陰謀查了個八九不離十。

而這邊，沈菀和袁來春坐在前往明玉公主府的馬車上，皆是滿腹疑問。

方才公主府的人來傳話，說明玉公主得了一幅名畫，要他們夫婦來鑑定鑑定。可沈菀愈想愈不對勁，她與明玉公主向來沒什麼交集，她今兒個怎會想要找他們呢？

袁來春也隱隱覺得不安，可駕車的是公主府的人，他這下想折回去也來不及了。

兩人下了馬車，在管事的帶領下面見明玉公主。明玉公主正斜倚在湘妃椅上吃著雪酥軟糕，見他們二人行禮，便笑著擺擺手，坐起身道：「快快免禮吧，都是一家人。前些日子駙馬在外面捎了一幅畫，說是畫聖吳道子的真跡，我辨不出真偽，又怕駙馬被人坑了銀錢，便想請郡馬來鑑定一番。」

吳道子的畫千金難求，袁來春是見都未曾見過，聽明玉公主這麼一說，頓時打消不少疑慮，只一心盼望著能有幸一見，於是他微微躬身道：「公主客氣了，既是公主相邀，臣自當遵從，卻不知那畫在何處？」

明玉公主不由暗笑。婉容說得果真不錯，這男人一聽到吳道子就什麼戒心都沒了。她心裡將這個拋家棄子的無恥之徒腹誹一番，面上卻格外莊重道：「那畫實在珍貴，目前尚在書房裡擱著呢，我讓李威帶郡馬過去。」說著，她對李威擺手。

管事李威忙會意地上前，對袁來春恭敬道：「郡馬爺，請吧。」

見他們二人走了，明玉公主笑著招呼沈菀。「寶寧郡主不必客氣，妳我也是自家姊妹，就一起說說話吧。」

丫鬟們連忙給沈菀看座，又奉了茶水果品上來。沈菀心裡隱隱不安，卻也不好說什麼，只規規矩矩地道了聲是，硬著頭皮坐下。

袁來春隨李威走了一陣，眼看屋舍愈來愈少，漸漸察覺到不對勁，他困惑地問：「不知駙馬的書房還有多遠？」

李威笑了笑，說：「回郡馬話，咱們現在並不是要去書房，而是有個人或許郡馬需要見一見。」

「見我？」袁來春越發不解，公主府裡會有誰要見他呢？想著想著，他心裡的不安更甚了。

老家的事還未解決，楚王和王妃正對他不滿，他可不能再出旁的岔子。他想了想，突然一拍腦門，喊道：「哎呀，瞧我這記性，父王先前約我午後去他書房下棋來著，我竟然忘了。李管事，這人我還是改日再見吧，先告辭了。」

他說著，急急忙忙地轉身就走。

「二郎！」

熟悉的聲音讓他不由一震，再也邁不開步子，整個身子僵在那裡。好半晌，他才恍若有了知覺，緩緩地轉過頭來。

「婉容……」袁來春難以置信地看著眼前的女子。一身蜜褐色襖裙，外搭水綠色蝶戀花小坎肩，烏髮綰作雙雲髻，髮上一支金色嵌珠螺絲髮釵，端莊大氣、身姿窈窕、黛眉朱唇、雙眸含霧，我見猶憐。乍一瞧見時他簡直不敢相信，可仔細看，這的確是他的髮妻婉容啊！

看清眼前的女子，袁來春不由一陣欣喜，忙上前撫上她的肩膀道：「婉容，真的是妳，我……」

話未說完，一記耳光揮過來，直打得袁來春腦袋發懵、眼冒金星。

在後面站著的葉子不由有些愣怔。原以為二嫂這性子必不會對二哥出手，她都做好準備，幫二嫂出氣了，誰知……

「婉容，妳……」袁來春不敢相信地看著婉容，她原是多麼溫柔可人的女子，如今竟二話不說先給他一巴掌。「妳……妳真的是婉容嗎？」

他的婉容怎麼可能打他呢？何況，婉容素來節儉，怎麼捨得穿這綾羅綢緞、錦衣華服？

「不，妳不是婉容，是我認錯了。」袁來春說著略微頷首，轉身就要離去。

「二哥！」站在樹下的葉子喚了一聲，疾步走上前來。「你是在外面待久了，不認得我和嫂嫂了嗎？嫂嫂為你生兒育女、幫娘操持家務，她受了多少苦你知道嗎？」

看到葉子，袁來春終於相信眼前站著的女子真是他的髮妻——秦婉容。

「婉容，真的是妳。妳們怎麼來京城了？也不提前跟我打個招呼……」他正說著，似又想到什麼，臉上的笑意突然斂去，看了看周圍。「不對，妳們來公主府做什麼？莫非公主已經知道……」

「知道什麼？知道你早有妻室，知道你負心薄倖、拋卻糟糠妻？」婉容嘲諷地看著他，心裡卻平靜許多。原以為見到袁來春她會很生氣、很傷心，沒想到見著人後反而沒有太大的情緒。不管怎樣，這個男人她鐵定是不會要了。

先前娘還勸她，為了孩子給他吃點苦頭也就罷了，畢竟是一家人，兒女都有了，他們若真的和離，以後苦的還是她。可她不這麼覺得，要她今後跟著這麼一個男人過日子，她害怕自己撐不下去。

至於阿瑋和阿琦，她一個人照樣可以養活他們！袁來春，她是不會原諒他的。

袁來春上前一步拉住她的手道：「婉容，妳聽我說，事情不是妳想的那樣，我和寶寧郡主……」

婉容嫌惡地揮開他的手說：「我兒子呢？」他和寶寧郡主的事，她並不感興趣，她只想要回自己的兒子。

「娘！」小阿琦東倒西歪地跑過來，一把抱住婉容的大腿。

袁來春望著那小不點看了一會兒，目光越發柔和。「這是……阿琦吧？來，讓爹爹抱抱。」他說著對袁琦伸出手。

袁琦看到他嚇得不輕，縮成一團趴在婉容的小腿肚上哭。「要爹爹，要爹爹。」

袁來春看得心酸，蹲下身道：「阿琦乖，爹爹在這兒呢，快讓爹抱抱。」袁琦不依，他索性一把抓住她就要強行抱在懷裡。

婉容怒了，直接推開他將女兒抱起來，道：「你沒看到她壓根兒不認識你嗎？你這樣會嚇壞她的！」

袁琦趴在婉容肩上，雙手攥著娘親的衣領不吭聲。這時，看到前面熟悉的身影，不由笑了，急急張開胳膊喊：「爹爹、爹爹！」

婉容原本不打算讓袁來春見袁琦，於是託付給蘇拂揚照顧。方才袁琦吵著要出來，他不過進去幫她拿件衣裳，這丫頭就自己跑出來。

蘇拂揚見她在婉容懷裡，才鬆了口氣說：「妳這鬼精靈，害爹爹好找。妳娘親還有事呢，走，爹爹帶妳進屋。」說著他便將袁琦從婉容懷裡接過來。

剛走兩步，就聽到後面傳來袁來春質問的聲音。「阿琦喚他爹爹是怎麼回事，秦婉容，妳可知道我還未曾休妻？原以為妳是個賢慧溫柔的女子，沒想到我才離家沒多久，妳便做出這等淫邪之事！你們簡直就是姦夫淫婦、男盜女娼！」

袁琦經常叫蘇拂揚爹爹，大家也都習慣了，並不甚在意，這會兒見袁來春急得跳腳，婉容這才意會到他誤會了。不過這樣也好，她也不必跟他解釋什麼，說她是淫婦，那他又算什麼？哪條律法規定一男可以娶二妻不成？

「阿瑋在哪兒？把他還給我！」婉容再次問道。她來京城最重要的便是找回兒子，她已經兩個多月沒有見到阿瑋，如今天氣涼了，不知道他有否吃得飽、穿得暖，會不會有人虐待他……

袁來春本就在氣頭上，聽到這話更是動了怒。「孩子？妳竟然跟我要孩子？阿瑋原本可以成為高高在上的貴公子，妳卻一聲不吭把他偷走，這會兒竟然還跟我要兒子，妳到底安什麼心？難道還想治我個拐賣稚兒的罪名不成？」

阿瑋被偷走了，不在他手上？婉容滿腦子都是他方才那些話，心裡越發著急。若阿瑋不在他那兒又會在何處？莫非是遠山哥帶走的？

而這邊，沈菀等了許久不見袁來春回來，心中越發起疑，便不顧明玉公主的阻攔，跑出來尋人。尋了一陣子，便看到袁來春和婉容正站在一處園子旁不知在說什麼，她急急跑上去，挽了袁來春的胳膊道：「原來你在這兒，害我瞎擔心一場。」

她說著目光看向一旁的婉容和她身後的葉子，奇怪道：「她們是誰？你認識嗎？」

袁來春嘴唇翕動不語，神色有些尷尬。

「她們是郡馬爺的髮妻和親妹妹！」明玉從後面走來，大聲說了一句，而她身邊則站著林靖宇和抱著袁琦的蘇拂揚。

沈菀的臉色頓時一變，隨即陰冷地看向婉容，那目光恨不能將眼前的女人生吞活剝、扒皮抽筋。

而婉容，自方才看了她一眼後再也不看她，只盯著袁來春不說話。

明玉公主又道：「既然人都齊了，不如一起進宮向我皇兄請個安？」

沈菀一聽這話，立刻從猛虎變成小白兔，臉色也刷白幾分。這會兒若是見了聖上，她很可能就沒有夫君了！

沈葭抱著侯寧、袁瑋同侯遠山一起坐在馬車裡，心裡有些納悶。「遠山哥，你說皇后娘娘召見我們做什麼？」她方才帶著安安和阿瑋玩耍，突然有兩個陌生男人傳話說皇后娘娘要見他們夫婦，這實在讓人匪夷所思。

侯遠山搖頭道：「不知道，興許……是我的身分暴露了吧。」他早就知道在街上與他打鬥的人身分不低，現在看來像是印證了他的想法。

沈葭一聽有些慌了。「那怎麼辦，聖上若知道你是鐘樓的人，會不會處置你？」

侯遠山想了想，道：「當今聖上是位賢君，既然鐘樓的人都被赦免，想必也不會太過為難我。」

沈葭抿著唇沒說話，她還是有些擔心，畢竟這會兒要去的是皇宮，就算能好好地進去，待會兒能不能活著出來還未知呢。

侯遠山拍拍她的背，將她整個人擁進懷裡道：「別胡思亂想了，不管發生什麼，我都會護著妳和孩子的。」

沈葭和侯遠山進了皇宮，侯遠山被宣至御書房面見聖上，沈葭則一手抱著侯寧、一手牽著袁瑋前往椒房殿見皇后。

到了椒房殿，便見一位容貌嬌美的婦人倚在湘妃榻上假寐，她旁邊則是一個一歲左右的小丫頭，正撅著屁股認真地玩著什麼。

當今皇后，楚國公獨女楚南歌，是沈葭小時候唯一算得上有些交情的玩伴。那時她一個庶女在貴族圈裡沒人搭理，楚南歌是唯一一個不嫌棄她出身的女孩。

楚南歌生得極美，幼時便是鎬京城的天之驕女，她才華橫溢，得汐貴妃寵愛，又被賜婚給當時最出色的殷王殿下，這整個皇城有哪個女子不心生羨慕？但後來的事誰也不曾料到……

沈葭六歲那年，楚國公被誣陷謀逆，全家葬送火海，楚南歌因為染了風寒，在莊子養病，才僥倖躲過一劫，但也流落民間。後來汐貴妃故去，殷王被貶至塞外，五年前，兩人有幸在塞外重逢，楚南歌化名蘭陵嫁給殷王，成了名副其實的殷王妃。

後來殷王被召回京師參與奪嫡之爭，滅了皇后和攝政王一族，又除掉晉王奪得儲君之位。他登基後第一件事便是差大理寺為楚國公一家翻案，方查出之前一切皆為萬皇后和攝政王的陰謀。此後，楚國公洗刷冤屈，楚南歌的真實身分才公諸於世。

關於這些過往，如今在民間廣為流傳。帝后之間的愛情故事，也成為佳話。

看她眉宇間掛著幸福，想必聖上是極為寵她的。說來也是，當今聖上為她空置後宮，弱水三千只取一瓢飲，也算是難得了。

「娘娘，沈葭來了。」

皇后聞聲抬起眼眸，待見到沈葭時目光溫柔和煦，在宮女的攙扶下緩緩直起身子。

沈葭一手牽著袁瑋、一手抱著侯寧，走上前屈膝行禮後，便被賜座在皇后的旁邊。

「沒想到妳我姊妹闊別多年，還有重逢的一日，本宮心甚慰。」皇后說著，接過沈葭懷裡的侯寧。「這是妳的女兒吧？都這般大了。」

皇后身旁原本自己在玩的小丫頭看到了，也急急忙忙扒拉著皇后的胳膊要看，嘴裡咿咿呀呀不知在說些什麼。皇后眉眼笑成月牙道：「檀兒也想看妹妹嗎？」

沈葭看著她身旁的女兒問道：「這是公主殿下吧，長得可真水靈，和娘娘小時候甚像。」

皇后笑看她一眼說：「還說我呢，妳又差到哪兒去了？以前敏慧皇后在世時還常說，沈葭這丫頭生了張俏臉，她若是再有個兒子肯定也要妳做兒媳呢。」敏慧皇后便是當今聖上的生母，曾經盛寵一時的汐貴妃。

沈葭被說得不好意思起來。「皇后娘娘說笑了，民婦不過是庶出之女，不敢高攀。也是敏慧皇后憐我命苦，給我不少照顧。」當初她為了不再受楚王妃搓磨，施了巧計引得敏慧皇后賞識，那段日子真是得了不少益處。後來敏慧皇后離世，她的日子就沒那般滋潤了。

皇后見沈葭說起這個神色黯淡不少，便知是想到以前王府裡的日子。楚王妃有自己的親生女兒，又哪裡會把她這個庶出的女兒當回事呢？

兩人正說著話，又有宮女進來稟報。「皇后娘娘，明玉公主來了，還有……林公子。」

皇后不解地蹙了蹙眉頭，問道：「林公子？哪個林公子？」

「回娘娘，是您的弟弟林靖宇林公子。」

沈葭神色微變。林靖宇原來就是當年楚國公收的義子，當今皇后的弟弟，只是，他怎麼會來，難道婉容也來了？

第五十章　暗藏休書

明玉公主帶著林靖宇和婉容一眾人進了椒房殿，對皇后行禮問安，沈葭也急忙上前向明玉公主行禮。

沈葭旁邊的袁瑋一看到娘親來了，立刻開心地跑過去張開胳膊要抱抱，嘴裡不停喊著娘。

婉容怎麼也沒想到會在這裡看到兒子，自是喜極而泣，但這裡是皇宮，不好驚了鳳儀，只忙抱起袁瑋退到一旁沒有說話。

明玉公主聽說她就是沈葭，便笑著上前拉住她說：「我知道妳，妳就是楚王府那個逃婚的庶女。」

明玉公主一見面就提逃婚的事，讓沈葭頓時有些不自在，臉上的笑意也跟著僵住。早聽聞明玉公主直率隨興，看來是真的。

「明玉，」皇后喚住她，對她伸出手來。「快過來坐，妳還有著身子呢，也不好好在家裡待著，怎還跑出來？駙馬外出辦差，你們母子的安危可全繫在我和妳皇兄身上呢。」

皇后說著，望了眼一旁站著的林靖宇，心底嘆息一聲。「大家也都坐吧，有什麼話慢慢說。」

明玉在皇后跟前坐下，其他人也跟著在宮女們搬來的小凳上坐下，只袁來春和沈菀夫婦兩個一直站著沒動。

明玉公主看他們兩人一眼，才道：「皇嫂，明玉今日來找妳，還真是有件要緊事。」說著指了指一旁的婉容。「妳可知此人是誰？」

皇后端詳婉容片刻，看向明玉道：「有什麼話就說吧。」

「回嫂嫂，這人正是咱們寶寧郡主的郡馬爺、翰林院編修袁來春的結髮妻，而她身邊的兩個娃娃也是咱們編修大人的血脈。」

皇后神色微變。「明玉，這等話可不能兒戲。」

「皇嫂，我說的都是真的，不信妳問靖宇哥哥，他現在就住在袁編修老家的村子，沈葭也住在那兒。」

皇后將目光看向林靖宇，表情格外認真。

林靖宇緩緩起身，對皇后抱拳道：「回娘娘，確如明玉公主所說。」

沈葭覺得眼前這一切發生得太快，快到她一時間不知該做何反應。袁來春罪有應得，她也曾想過讓哥哥直接將此事稟報聖上，可為了王府的聲譽又不敢太過貿然。她是想找個既能懲罰袁來春又能保住王府顏面的辦法，可如今事情當著皇后的面直接揭出來，似乎已不是她能控制的了。

不過，這或許就是天意吧。

「皇嫂，這袁來春為了榮華富貴娶了寶寧郡主，又拋卻糟糠妻，這種人哪有資格在朝為官？而且，他當時明明說家中沒有妻室，皇兄才賜婚的，如今妻兒尚在，他可是犯了欺君大罪！按照我朝廷律法，欺君當斬！」

袁來春臉色登時煞白，突然跪倒在地上喊道：「皇后娘娘，秦氏的確是臣的結髮妻子，可、可臣當時並未欺君，因為這秦氏早在臣上京趕考時已被臣休棄。」

此話一出，在場的人都倍感驚愕，包括婉容。

葉子更是氣得出來為婉容抱不平。「二哥，你說什麼呢，明明你當初走的時候好好的，還說要我們全家人等你的好消息，這會兒怎麼又說這樣的話？」

看婉容怔怔地坐在那裡不說話，蘇拂揚也是氣憤難當。「袁來春，你以為當著皇后娘娘說這等不負責的話便可瞞天過海嗎？」

沈葭莫名覺得袁來春不是這等蠢笨之人，他若沒有萬全的準備，不可能當著皇后娘娘的面來這一齣。可她剛到杏花村時，婉容明明說會好好等他回來，這實在是有些說不通啊。

坐在鳳位上的皇后淡淡地看著袁來春，良久方道：「既然如此，可有休書？」

「有，臣有寫休書！」袁來春忙道。

「休書何在？」

「回稟皇后，那休書便在秦氏身上。」袁來春說著，食指指向一旁坐著的婉容。

只見婉容緩緩起身，突然勾唇一笑，無限苦澀，眼中凝聚出淚花來。「原來，民婦當真是有過休書的……」

葉子也頓時明瞭，那簪子裡的書信就是休書！她當初發現時，二嫂執意不肯去看裡面的內容，她究竟知不知曉裡面寫了什麼呢？

婉容緩緩從袖中取出一支金簪，將其尾部轉動幾下，再從那金簪的空心處取出一張捲起來的紙條，向皇后呈上去。「民婦不識字，不知道這是休書。」

宮女接過來遞上前，皇后親自展開來看，只見上面寫道——

「立書人袁來春，乃柳州府蘇泉縣杏花村人氏，弱冠之年憑媒聘定秦氏婉容為妻，豈料本婦過門之後多有過失，正合七出之條，因念夫妻論談共被之情，不忍明言，情願退回本宗，聽憑改嫁，並無異言。」休書是瞬元三十一年六月二十四日手指印為記。

聽皇后唸完休書的內容，婉容扯了扯嘴角，竟是哭不出來了。果然，那東西當真是休書呢。原來他出門時便已計劃好一切，他早就想拋棄她了。她可真傻……

——「婉容快看，這是我今日在縣城看到的簪子，配妳最適合不過了。」

——「竟然是金的，你為我花這等銀錢做什麼，咱們家還要供你和來喜唸書，你這簪子得花不少錢呢。」

——「沒關係，只要是給妳的我就高興。婉容，妳記得，將來無論發生什麼事，妳都要將這簪子帶在身上。我不在妳身邊時，這簪子便如我陪著妳一樣。」

原來這一切都是他設計好的，他早就已經休了她……

婉容心中淌過一抹苦澀，她當初真是瞎了眼才會看上這一個畜生！

她氣得上前對袁來春一個耳光揮下去，誰知袁來春突然握住她的手腕道：「婉容，當初我把休書給妳便離家，不親口告訴我爹娘是想給妳一個體面，卻沒想到妳竟然一聲不吭賴在我家，還對此事隻字不提。妳可不要說這不是我當初給妳的休書，這上面絕對是我的字跡，還有我的手指印。」

「袁來春，你這個畜生！」婉容氣得咬牙切齒，卻也只能咬碎牙往肚裡吞。她沒有任何證據可以反駁他。

皇后坐在鳳位上沒說什麼，只淡淡看著這齣似乎已真相大白的戲，心裡暗自思忖，卻並未開口制止他們吵鬧。

事到如今，沈葭聽著他們的交談也知道事情原委了。她沒想到袁來春竟然比自己想像得要難對付，他竟給自己留了後路！良久，她上前一步，淡淡地對袁來春問道：「袁編修，你說婉容犯了七出之條，卻不知是哪一條？」

袁來春不慌不忙地看了婉容和她身邊的孩子道：「哪一條，這不是顯而易見嗎？這兩個孩子管那個男人叫爹爹呢！」

沈葭冷笑道：「蘇拂揚在杏花村只待了幾個月，村人皆可作證，難不成你覺得阿瑋和阿琦是蘇拂揚的孩子？」

蘇拂揚也是氣得臉紅，他沒想到自己沒吭聲也會莫名受到牽連，便怒道：「袁來春，我看你是狗急了到處咬人吧，說這等話可要講求證據。」

袁來春不慌不忙說：「或許這兩個不是你的孩子，但也確實不是我的孩子。」

「袁來春！」婉容沒想到這個時候了，他還想把一切過錯推到她身上，他怎麼可以為了自己不顧她的名節？

袁來春此時也生了火氣，憤怒的眼眸直盯向婉容道：「這件事我可沒屈說了妳，袁琦我不知道，但袁瑋……他一定不是我的兒子！血脈相連，可那日我親自查驗過，他和我的血根本不會相融！」

「你胡說！」婉容也有些驚愕。阿瑋就是他的兒子，怎麼可能不相融？他在撒謊，他一定在撒謊！

袁來春冷笑道：「我撒謊？妳自己做了什麼好事，自己心裡清楚！」說起這個他心裡就有氣，當初楚王妃不想讓王府混入他人血脈，故親自驗血。他對此事一直半信半疑，不敢相信婉容會做出這等事來，可今日在公主府聽到自己的女兒叫那人爹爹，想來便是真的了。

秦婉容竟然背叛了他！既然如此，他也就顧不得她了。

這時，卻聽外面傳來太監尖細的嗓音。「聖上駕到！」

眾人聞聲各個屏住呼吸，慌忙跪下去迎接。

沈葭跪在邊上，叩首間便見明黃色的衣襬自眼前掠過，片刻後傳來低沈威嚴的聲音。

「都起來吧。」

沈葭起身後才發現遠山哥也跟著過來了，心上一喜對他笑了笑。侯遠山掃了眼屋裡的眾人，對方才發生的事心裡也有了個底。

瞬和帝問起方才的事，皇后正想有個人商議呢，便對一旁的宮女吩咐：「先帶他們去偏殿吧，待本宮稟明聖上再處置。」

出了大殿，侯遠山心中疑惑，他本以為袁來春的事要解決了，卻沒想到還有這一招。這個袁來春早在離開前便準備好休書，當真是個薄情寡義之徒！

沈葭瞧出侯遠山心中有事，由於自己也十分困惑，便對帶路的宮女道：「姑姑，我瞧這院中花兒開得正好，不知可否與夫君在此處賞玩片刻？」

她和侯遠山是聖上和皇后請來的，自然與婉容和袁來春他們不同，且沈葭又算得上是皇后的手帕交，宮女自然不會阻攔，只笑道：「沈小姐若喜歡只管去玩，不過這院子太大恐迷路，可需要奴婢派兩個丫頭帶路？」

沈葭忙搖頭笑道：「不必了，我們只在這四周轉轉，待會兒便過去尋妳。」

「對剛才的事妳有什麼疑問嗎？」侯遠山看出沈葭有話要說，見沒了旁人，便伸手將侯寧接過來並問道。

沈葭反問：「袁來春說的滴血認親一事，遠山哥怎麼看？」

侯遠山眉頭微蹙，隨即搖頭道：「婉容不是那樣的人。」

「那血脈不相融的現象，又該如何解釋？」

侯遠山想了想，看向沈葭問道：「莫非小葭知道什麼？」

現代研究證實人與人的血都會互融於水，即使兩個人的血型不相同也一樣，因此滴血認親並無任何意義，是荒唐至極的。

沈葭想了想，才解釋道：「幼時我和奶娘不小心都刮破手指，意外發現兩人的血在水中會融為一體。震驚之餘又找其他人的血來驗證，結果發現所有人的血都會融在一起，只是時間長短的問題，那時我便在想或許所謂的滴血認親根本就是無稽之談。」

侯遠山對沈葭的話略感驚訝，卻也並無懷疑。滴血認親他也只是聽說，並未親眼看過，興許真的只是道聽塗說、無稽之談。

「那妳如何打算？」侯遠山問她。

沈葭晶亮的眼眸轉了轉，突然挽上侯遠山的胳膊道：「我們現在回去找聖上和皇后娘娘。」

說完見侯遠山懷裡的侯寧睡得正香，又道：「還是先把安安交給葉子，咱們再去吧。」

侯遠山和沈葭夫妻二人再次回到椒房殿，林靖宇和明玉公主也在，看樣子是向瞬和帝與皇后娘娘講了袁來春和婉容一事的來龍去脈，瞬和帝的臉陰沈著，瞧上去有幾分嚇人。

「朕聽說你們有事要奏？」

沈葭定了定神，走上前去，對瞬和帝道：「回聖上，民婦要向聖上和皇后娘娘共同見證一件事情，還煩請聖上傳袁來春和秦氏一起過來。」

瞬和帝聽聞便命人去宣了袁來春和秦氏，又依沈葭的建議，宣了幾個宮女、太監準備一些東西進殿。

「妳的要求朕已經全部照辦，現在可以開始了吧？」瞬和帝道。

沈葭向瞬和帝施禮，轉頭走到一位宮女身旁耳語幾句，那宮女應聲，隨即拿起一旁的匕首在指尖劃了一道，殷紅的血珠順著那口子「滴答」一聲落入碗中，接著她去另一個宮女身旁用同樣的方法又滴了一滴血進去，接著讓人將那滴了血的碗呈上去。

瞬和帝與皇后看了碗內，神色皆是一怔，又齊齊看向沈葭。

「他們的血是融在一起的。」皇后道。

緊接著沈葭又讓所有宮女和太監滴了自己的血進去，結果全部融在一起。

瞬和帝不解地望向沈葭問：「這是怎麼回事？」

沈葭道：「回聖上、皇后娘娘，民婦只是想證明這天下所有人無論是否有血緣關係，血皆是互融於水的，誰若不信可再親自驗證。」

她說著，轉頭看向早已傻眼的袁來春道：「袁編修說你的血和阿瑋不相融，那麼只有兩種解釋：一是你根本不曾驗過，方才的話是胡謅的；而另一種可能便是那碗水被人動過手腳。」

「這……」袁來春臉色慘白，一時竟答不上話來。

沈葭心中冷笑一聲，又道：「秦氏在杏花村孝順公婆、勤儉持家，誰人不說她有賢有德，你說她犯了七出之條的『淫』，分明是你故意編造出來的謊言，捉姦拿雙，袁編修這般含血噴人，不怕遭報應嗎？何況，在這七出之外，三不去中有『前貧賤後富貴，不去』這一條，怎麼，現在你發達了，卻不顧我朝廷律法，想要休棄糟糠妻不成？袁編修身為朝廷命官、萬民之表，如此行徑還配做個朝廷官員嗎？」

袁來春頓時滿臉脹紅，被沈葭堵得啞口無言。

他的眼珠轉了轉，才反駁道：「本官是在貧賤之時休棄了秦氏，又哪來的『前貧賤後富貴』之說？」

沈葭早料到袁來春會這麼說，略一勾唇繼續道：「按照我們沈國的律法，男子休妻是要雙方家庭都無異議，且去里正那兒登記才作數。敢問袁編修，你休棄秦氏一事，除卻你自己和那紙休書外，還有何人可作證？」

「那時走得太急，自然來不及找里正登記，但兩年多前的那紙休書卻也不能說作不得數，秦氏便是當時我寫休書的見證，但如今我又如何能讓她親口承認？」

「那可真是好笑了，若秦氏早知你已將她休棄，為何還在你袁家任勞任怨做什麼賢妻良母？莫非她還期盼你這無情無義之徒回心轉意不成？」

高位上的皇后望了眼瞬和帝，緩緩道：「你們二人爭執不下，看來今日孰是孰非不好了斷。不過，袁編修之前無憑無據寫下休書是你的不對，入朝為官後對此事隻字不提，更是等同欺君。」

皇后這話擲地有聲，嚇得原本覺得自己已經搏得一線生機的袁來春渾身顫慄一下，脊背冒出一身冷汗來。

這瞬和帝寵愛皇后是出了名的，皇后都這麼說了，他只怕是凶多吉少了。

第五十一章　再見楚王

只見瞬和帝面色陰鷙，嚴厲的目光緊緊鎖著袁來春，只那麼看著便壓迫得讓人有些喘不過氣。

良久，才聽瞬和帝一字一頓道：「革職查辦，交由刑部處置。」

此話一落，袁來春凝聚在額頭的汗珠順著眉毛滑落下來，「啪嗒」滴在大理石鋪造的地板上，格外清晰。

聖上發語無人敢出聲反抗，只默默看著頹倒在地的袁來春被人拖出大殿，婉容也被人帶了下去。

瞬和帝的目光掃向沈葭，語氣淡然無波道：「妳便是當年被先帝賜婚去往齊國和親的楚王庶女沈葭？」

沈葭心裡咯噔一下，忙跪下去說：「是。」

侯遠山垂在兩側的拳頭握了握，跟著跪下去，心裡卻想著：「我是無論如何都不會讓小葭受到傷害的，就算上面是一朝天子也不行！」

椒房殿裡靜悄悄的，沈葭覺得自己連呼吸都要停止，氣氛一時有些懾人。

還是皇后率先打破這份沈寂，竟親自走下來扶沈葭起身。「瞧瞧，陛下不過是隨口一問，倒把你們嚇成這樣，快起來吧，當初楚王府並未因此受到責難，今日自然不會再怪罪妳的。」

沈葭被皇后扶起，眼角餘光瞥了高位上的瞬和帝，只見他面色無波，眸中幽遠陰鷙，嚇得她仍是大氣不敢出一下。皇后娘娘是這麼說，可瞬和帝到底是什麼想法還真讓她捉摸不透。

這時，坐在一旁的明玉公主接了腔。「既然皇嫂都這麼說，沈葭妳就別擔心了，皇兄什麼時候不給皇嫂面子呢？」

瞬和帝冷冷睇她一眼，說出的話聽不出情緒。「妳還看得明白。」

明玉公主俏皮地笑了笑，對沈葭擠了擠眼睛，沈葭才鬆了口氣。都說當今聖上寵愛皇后，看來是真的，如果此時不為自己撇清此事，還要等到何時？

於是她轉了轉眼珠，再次屈膝行禮道：「多謝聖上、皇后娘娘恕罪。」

皇后滿意地笑了笑，又親自拉她起身。「好了，妳難得回來，想來楚王對妳也是想念得緊，快先回去瞧瞧他吧。」

沈葭是沒想過再回楚王府的，不過皇后在椒房殿說了那樣的話，她再不回去瞧瞧便有些說不過去。於是大家自宮門口道別後，葉子跟著林靖宇去了明玉公主府，沈葭和侯遠山則帶著侯寧回了楚王府。

楚王府早就得到消息，沈葭又是皇后派人親自送回來，因而在門口迎接的人並不少。

沈葭揭開馬車的簾子剛走下來，便見一眾丫鬟、僕人跪下行禮道：「恭迎二小姐回府，給姑爺請安，給小主子請安。」

望著那匍匐在地的眾人，沈葭心中感嘆，她這輩子還是第一次有這樣的禮遇呢，所謂「得勢疊肩而來，失勢掉臂而去」便是如此吧。

以前她只是個無人問津的庶女，在這王府裡的地位連個下人都不如。現在可好，在府中有哥哥撐腰不說，再加上與皇后娘娘的這層關係，所有趨炎附勢的人都趕上來巴結了。

可是，沈葭非但不覺得開心，反而覺得有些諷刺。這樣的人又有多少真心呢？

她掃了眼眾人，並未開口說話，只望了眼正匆匆向這邊走來的沈津錫，臉上才有了笑意。「哥！」

沈津錫大步走過來，看到侯遠山懷裡的侯寧，率先過去伸出手道：「哎喲，我們的小安安這麼乖啊，快讓舅舅抱抱。」

侯寧也不怕生，被沈津錫抱在懷裡不哭不鬧，一臉好奇地盯著他那張俊臉瞧。這小丫頭生得水靈靈的，極討人喜歡，一雙大眼睛更是圓溜溜、水汪汪的，直看得沈津錫一顆心都要化掉。

沈葭笑道：「看來哥對了安安的眼緣，這孩子慣來怕生，今兒個倒是特別。」

沈津錫聽了越發得意，道：「那可不是，我是她唯一的舅舅，外甥女向來都是跟舅舅親的，對不對啊小安安？」

沈葭和侯遠山互望一眼，但笑不語。

「好了，別在外面站著，父王在大廳裡等呢，我帶你們過去。」沈津錫突然道。

提起父王，沈葭臉上的笑意淡了淡，隨即道：「我還是……先回偏院吧。」

沈津錫睇她一眼道：「回什麼偏院啊，那地方破破爛爛的，你們一家三口怎麼住？父王已經命人把我院子南面的青鳶閣收拾好了，你們就住那裡。」

沈葭勾了勾唇說：「父王準備的？他現在不怕王妃與他作對了？」她記得小時候父王便說過那青鳶閣是要給她住的，可楚王妃不同意，硬是讓她住在廢棄的偏院，那時候她所謂的父王可是連一句反對的話都沒說過，就那麼眼睜睜看著她在王府裡吃苦受罪那麼多年。

沈津錫嘆息一聲，隨即自責道：「以前讓妳受了那麼多苦，哥哥也有責任，哥哥若把妳帶走就不會有那些事了。」

沈葭眼裡凝了霧，笑著搖頭道：「在這王府裡，我唯一不會怪罪的便是哥哥，因為哥哥在王府的那段日子，是我最快樂的時光。」她和沈津錫同父異母，又無甚交集，沈津錫能為她做這些已經太足夠了。

沈津錫頓了頓，道：「他到底也是我們的父親。」

沈葭抿著唇沒說話。

天上不知何時飄起雪花，紛紛揚揚的，北風呼嘯而至。

就在大家都抬頭看向那飄落下來的雪花時，朱紅色的大門突然走出一位錦衣華服的中年男子。

楚王急匆匆地趕出來，待見到自己尋找多年的女兒時突然頓住腳步，只凝神望著，動了動唇沒有開口。

在他走來的一瞬間，沈葭也回首望過來，一時間父女二人目光相交，皆是一愣。

還是沈葭最先長吁一口氣，帶著侯遠山上前叩首行禮。「見過父王。」

楚王伸了伸手，本想親自扶她起身，雙手卻在半空中僵了一瞬，又訕訕地收回來。他的語氣好似蒼老不少，說道：「起來吧，回來就好，回來就好。」

沈津錫懷裡的侯寧適時地咿呀兩聲，頓時吸引楚王的注意。望著那水靈靈的女娃娃，他的目光越發慈祥。「這是葭兒的孩子吧，跟妳小時候長得一模一樣。」

沈葭淡淡瞥他一眼道：「父王記得我小時候的樣子嗎？」

楚王怔了怔，臉上有些難為情。

沈津錫抱著侯寧走上前，對小丫頭道：「安安，這是外祖父，快叫外祖父。」

楚王笑著張開手。「來，讓外祖父抱抱。」

誰知，他剛一接過來，小丫頭竟「哇」的一聲哭起來。那哭聲可謂驚天動地，沈葭的心一下子疼了，趕忙上前將女兒接過來柔聲哄著，眼見她不哭了，才對楚王略帶歉意地說：「這孩子怕生，父王不要與她計較。」

楚王的嘴角抽動幾下，糾結著沒說什麼，只依舊溫和道：「雪越下越大，先回去歇著吧，青鳶閣我已命人收拾好。」

「謝父王。」沈葭頷首應了聲，抱著侯寧退下，侯遠山見此也跟著走了。

楚王呆呆地立在原地，眸中的自責益發明顯。沈津錫上前拍拍他的肩膀道：「父王不必急於一時，葭兒的心結也不是一時半會兒能解開的。」

楚王嘆息一聲說：「當初原就是我做錯了事，讓她吃了不少苦，恨我自然是應當的。不管怎麼樣，能回來就好，回來就好……」他說著，雙手背於身後一步步走了。

沈津錫望著楚王離開的背影，輕輕搖頭低聲道：「只怕，葭兒不會在這裡住太久。」

青鳶閣

沈葭推門進去，裡面打掃得一塵不染，家具陳設也都像是新佈置的，看上去應是花了不少心思。

侯遠山看著那雅致的屋子，突然道：「或許，楚王當真是想改過的。」

沈葭點點頭說：「看出來了。」話落她在一旁的蓮花椅坐下來，抬頭看著他道：「不過這跟我有什麼關係？嫡庶有別，我到底是庶出，遠山哥以為我能住進這裡靠的是那點所謂的父女親情嗎？」

侯遠山在她旁邊坐下來，伸手將她垂落的鬢髮夾到耳後。「妳是覺得楚王現在這麼對妳是因為皇后娘娘嗎？」

沈葭想了想說：「我和皇后兒時雖有交集，但這麼多年不見難免生疏，皇后娘娘卻仍對我這麼好，怎麼可能只是因為往日的情分？遠山哥想必比我能想到的還要多些。」

侯遠山斂了斂神色，目光望向外面紛紛揚揚的雪花，沈默良久才轉頭道：「小葭，妳想留在鎬京，過這樣的生活嗎？」

「錦衣華服、珠環翠繞，這曾經是我一直渴望的生活。」沈葭說到這裡突然笑了笑，低頭親了親侯寧的臉蛋。「不過現在，再沒有比你和安安更重要的了，你們才是我的全部。」

侯遠山深情地凝視著她，沈默不語。

沈葭又想了想，似是下定決心一般。「遠山哥，我聽皇后娘娘說，聖上看中你一身武藝，想重用你。可伴君如伴虎，帝王之心最難料，與其留在這裡為朝廷賣命，提心弔膽過日子，倒不如咱們三口之家在杏花村安穩一生，你覺得如何？」

侯遠山親了親她的額頭，將妻子和女兒圈在懷裡道：「我原也是這樣想的，又想著妳或許想跟妳哥離得近些。」

沈葭搖搖頭說：「哥哥是世子，早晚要襲王位，這是他的命；可我們不一樣，我們明明可以過更好的生活不是嗎？遠山哥你知道嗎，從王府逃出去，在外面漂泊的那半年，我看到了太多繁華富庶，還夢想著將來有機會嫁人生子，我一定要讓以後的夫君帶著我雲遊四海，過神仙眷侶的日子。」

侯遠山將她抱得更緊些，說道：「好，等我們賺夠銀子，我就帶妳和安安遊山玩水，過神仙眷侶的日子，好不好？」

沈葭笑著點頭道：「那咱們得快點回去，好好把咱們的錦繡閣經營起來，一旦規模做大，就能賺很多很多錢。等袁來春的事一解決，咱們就和婉容、葉子她們一起走好不好？」

「好。」侯遠山寵溺地捧著她的臉頰。「都聽妳的。」

臘月初三，袁來春終於在刑部長達一個月的審理下將一切和盤托出，除了拋妻棄子之事外，刑部還發現他其他的罪行。

他在鎬京為官的這段日子貪污行賄、結黨營私，一心想靠走偏門升官發財。

瞬和帝知道後大怒，下令發配嶺南，永不召回。

踏雪居

幾個丫鬟顫巍巍地趴在門口，提心弔膽地觀望房裡的動靜。忽聽得裡面「噼哩啪啦」幾聲脆響，幾個人嚇得縮了縮脖子，雙腿也跟著顫抖起來。

「妳們幾個，做什麼呢？」楚王妃清冷的話音傳來，嚇得幾個丫鬟心頭一顫，撲通都跪在地上喊道：「王妃！」

楚王妃望了眼裡面，神色淡淡地問：「郡主怎麼了？」

一個丫鬟壯著膽子回道：「回王妃，郡主她……她心情不太好，不讓奴婢們進去伺候。」

話音剛落，裡面又是一陣瓷器摔落的聲音。楚王妃蹙了蹙眉頭，抬步走進去。

屋裡亂糟糟的，瓷器、玉器碎得滿地都是，梳妝檯上的首飾也都撒落一地，有些珠子還在往遠處滾動。沈菀此時正在妝奩前坐著，頭髮亂糟糟的，蓬頭垢面，楚王妃瞧著不由想到當初她流產後瘋癲的模樣，一時心頭顫了顫。

「菀兒……」她試著溫柔喚了聲，疾步走上前去。

沈菀正兀自傷心，看到楚王妃過來便哭著撲過去喊道：「母親！」

楚王妃心疼地抱住她。「妳這孩子，怎麼一個人傷心成這樣？那袁來春就是個沒心肝的，他能那樣對秦氏，將來難保不會用同樣卑鄙的手段來對付妳，他這種人不值得妳這樣。」

沈菀哭著搖頭道：「不，二郎不是這樣的人，他對我是真心的。母親，妳救救他、救救他吧。」

「妳這孩子，他這種人連糟糠妻都能狠心拋棄，怎麼可能真心待妳？莫要再被他迷惑，妳貴為郡主，難道還怕找不到更好的男人嗎？」楚王妃瞧眼前的女兒一臉心疼，她到底是造了什麼孽啊！

「不，我不要再嫁給別人，女兒這輩子只要二郎一個人，不管母親怎麼想，女兒都相信他是真心實意的。母親妳知道嗎？在女兒瘋癲的那段日子裡，受盡旁人的白眼和作弄，只有他不嫌棄我，還治好我的病，他真的是在乎我的。」

沈菀哭扯著楚王妃的衣袖乞求道：「母親，妳就救救他吧，他若是去了嶺南，女兒怎麼辦？女兒不要同他和離，我是他的妻子，就是他們袁家的人啊！」

楚王妃有些為難道：「發配嶺南是聖上的決定，又豈是妳我可以左右的？」

「那怎麼辦？嶺南瘴氣重，憑二郎的體格必然受不住，若再被他們苛待，說不定就會沒命啊！」

第五十二章　毒害風波

楚王妃無奈地嘆息一聲，想了想才道：「原本母親是不想再管袁來春的，不過既然妳對他上心，母親也少不得打點一二，只要先讓他熬過這幾年，等聖上哪日心情好些，再讓妳父王去求個情，想必召他回來還是有可能的。」

沈菀一聽，頓時看到了希望，抬起衣袖擦擦臉上的淚珠道：「謝謝母親。」

楚王妃憐愛地捧著她的臉，語重心長道：「莫要因為袁來春的事忘了大局，如今妳父王讓沈葭那賤人回府，當初母親找人殺她一事還不知能否瞞得住，那賤人如今又有皇后娘娘撐腰，妳父王若疼寵她，妳的地位必然受到威脅，所以妳當務之急是要重新奪回屬於自己的那份寵愛，只有妳父王疼妳，將來他才可能斗膽代妳替袁來春求情，知道嗎？」

經楚王妃一提醒，沈菀才想起沈葭已在青鳶閣住了好一陣子，聽聞父王每日都會想方設法送各種東西過去，她這個嫡女都還沒這樣的待遇呢。

「母親，沈葭就是個庶女，父王為什麼要對她那麼好？」沈菀一想越發覺得委屈，她的夫君被罷官流放，這會兒沈葭還來搶她的父王，這怎麼行？

楚王妃用手指輕點女兒的額頭道：「妳這丫頭，平時都不動腦子的。沈葭是皇后娘娘的手帕交，即使是庶女現在這身分也要抬一抬了；何況……她的丈夫乃是鐘樓第一殺手木抉，聖上遣散了鐘樓卻未大開殺戒，足以證明聖上是個惜才之人，如今這麼一個人才在眼前，哪捨得讓他跑了？所以說，沈葭現在與往日已不可相提並論了。」

沈菀聽得面露驚愕道：「那個男人是……殺手？」她還只當是個鄉下的粗人呢，沒想到沈葭竟嫁給這麼個厲害角色。沈菀愈想愈覺得心中憋了股氣，她的二郎就要被流放，若侯遠山得到聖上重用，沈葭豈不跟著飛黃騰達，騎到她沈菀頭上去了？

「母親，那我們怎麼辦呢？那個侯遠山那麼厲害，萬一聖上封他做個大將軍，或者伯啊、侯啊的，那可就糟了。沈葭這種人一旦翻身，還不把我們娘兒倆踩在腳下嗎？」

楚王妃長嘆一聲道：「誰說不是呢，所以說為今之計便是讓那侯遠山做不得官。」

「對，一定不能讓侯遠山做官，最好讓他去坐牢！」沈菀眸中閃過一絲陰狠。

清晨，沈葭醒來的時候，侯遠山已經起來，只有侯寧還睡得香甜。

她小心翼翼地從榻上起身，見丫鬟琉璃端了洗臉水進來正要說話，忙伸出食指在唇邊輕噓了一聲。琉璃望了眼榻上的小主子，立刻會意沒有出聲。

沈葭穿了鞋子，輕柔地將床幔拉下，才緩緩走出來在妝奩前坐下。「遠山哥呢？」她輕聲問道。

琉璃刻意壓低聲音。「姑爺在院子裡練功呢。」

沈葭點點頭。遠山哥每天早上起來都要練上半個時辰，她已經習慣了。

「方才世子和姑爺比試，奴婢還是第一次見世子輸給旁人呢，咱們姑爺可真厲害。」琉璃一臉驕傲地道，說得像是她打贏旁人一般。

遠山哥的身分知道的人不多，琉璃會露出一臉崇拜的表情沈葭自然也不意外，只笑了笑沒說話。

琉璃一邊幫她梳妝，一邊閒聊。「對了，奴婢聽說今兒個是郡馬被流放的日子，方才郡主命人準備了飯菜和酒，鬼鬼祟祟的，也不知是要做什麼。」

沈葭眸色微變道：「酒菜？」

「是啊，還準備了三副碗筷。小姐妳說奇不奇怪，郡主為郡馬爺送行不應該是兩副碗筷嗎？」

沈葭似是想到什麼，倏地站起身就要走出去。琉璃急急跟上去問道：「小姐，妳要去哪兒？」

沈葭停下來，臉色凝重地看向她說：「妳在青鳶閣待著，半個時辰後去向我父王稟報，就說南城門外有人企圖對我不利，讓他去救我，明白嗎？」

琉璃一時間嚇慘了。「誰……誰要對小姐不利？那小姐不出去不就好了。」

「讓妳去說，妳就去說！」沈葭此時顧不得太多，對琉璃喝斥道。見她確實應承下來，才急急忙忙跑出去。

「小葭，妳去哪兒？」侯遠山見她著急地出來，忙收了劍走上來。

沈葭上前拉住他道：「遠山哥，快去城門口，我擔心沈菀要對婉容不利。」

侯遠山目光一凜，立刻道：「我騎馬帶妳過去！」

夫妻二人騎了快馬往南城門的清風亭趕去。路上沈葭將自己的猜測說出來。「琉璃說沈菀命人準備三副碗筷去給袁來春送行，而且形跡鬼鬼祟祟的，我懷疑她是想借機除掉婉容，我們一定要在婉容喝下那酒水前趕到。」

侯遠山蹙了蹙眉頭，道：「婉容會去送袁來春嗎？」

沈葭想了想說：「會，她一定會去！」即使她不想去，葉子也一定會拉她去。

當兩人趕至清風亭時，那裡已經很熱鬧了。沈菀、婉容、葉子、阿瑋和阿琦都在，除此之外還有沈菀帶來的兩個丫鬟和押送袁來春的官差。

而亭下，沈菀、婉容和袁來春正圍在桌邊坐著，沈菀不知說了什麼，緊接著三人便共同舉杯要喝了那酒水。

沈葭一急，忙看向侯遠山。侯遠山眼睛瞇了瞇，彎腰從地上撿起一粒石子往那邊一擲，婉容只覺手腕一痛，杯子一傾落在地上，酒水灑了一地。

沈葭見狀整個人鬆了一口氣。

葉子看到沈葭和侯遠山，便拉著袁琦和袁瑋跑過來喊道：「小葭姊！」

侯遠山和沈葭兩人翻身下馬走上前，目光齊齊望向沈菀的方向，沈菀心中一虛，剛喝完酒的杯子握在手裡險些拿不穩。她看到婉容杯中的酒水灑了，心中十分憤懣。這個沈葭，竟在此時壞她好事！

就在這時，袁來春突然面色慘白地跌在地上，嘴角流出黑色的血水。

沈菀大驚失色，顧不得與沈葭爭吵，急忙將他抱在懷裡，用衣袖不住地擦著那往外冒的黑血喊道：「二郎，你這是怎麼了？你怎麼了？」怎麼會這樣呢，他怎麼會喝了那杯毒酒呢？

婉容心中一陣驚愕，想到自己剛剛險些喝進肚裡的那杯酒，驚得連連後退。

沈葭和侯遠山望了眼婉容掉落在地的酒杯，再看看袁來春此時的模樣，突然間好似明白了什麼。

沈葭神色淡然地望著沈菀說：「寶寧郡主，妳殺人了。」

沈菀此時哪顧得上和沈葭理論，只緊緊將袁來春抱在懷裡，滿腹的疑問得不到解答。她明明是要殺秦婉容，為什麼二郎卻喝了那酒，為什麼？

她連連搖頭，眼淚一顆顆地落下來，不住問道：「為什麼會這樣，為什麼會這樣？」

葉子此時也嚇壞了，急忙上前將沈菀用力推開，一下又一下地捶打她，嘶喊道：「妳殺了我二哥，我要跟妳拚命！」

沈菀整個人都懵了，也顧不得躲閃，只呆呆地坐在地上說：「我沒有要殺他，我怎麼捨得讓他死呢？我要殺的是……」

她的瞳孔倏地放大，突然從地上站起來狠狠推了婉容一把。婉容被她推得險些沒有站穩，幸好沈葭上前扶住她。

沈菀瞪大眼睛看著她，恨聲道：「是妳，是妳殺了二郎，那杯毒酒明明是妳的，為什麼被二郎喝進肚裡，是妳把他的酒給換了是不是？是妳殺了他！」

婉容聽得一陣心驚，不可思議地看著她道：「妳……妳要殺的是我……」

「是，我是要殺了妳。如果不是妳，我和二郎會過得好好的；如果不是因為妳，二郎不會被罷官流放，我和他會幸福一輩子。都是妳，秦婉容，妳毀了我的幸福，我要讓妳償命！」她說著發了瘋似地伸手就要去掐婉容的脖子，侯遠山神色微變，抬腳將她整個人踢翻在地。

沈菀疼得緊皺眉頭，整個人趴在地上起不來。

婉容此時沒工夫理她，只緩緩走到袁來春面前，不解地看著他。「是你換了那酒，為什麼？」她的語氣肯定，這種事沈菀不可能粗心弄錯，唯一的可能便是袁來春趁二人不注意換了酒杯。她不明白，這樣的男人怎麼可能會替她死？

袁來春緩緩對她伸出手，婉容仍定定地站在那裡沒有動。

「婉容，我、我知道自己對不起妳，但是妳知道嗎？我其實從來都不希望拋棄妳。妳是我的結髮妻，我想要給妳好的生活，縱使、縱使我瞞著妳娶了旁人，可我真的沒想過丟下妳和孩子。我原本想著，等將來我有出息，一定會把妳和孩子接來身邊，妳還是我的妻，我會竭盡所能地補償妳。婉容妳相信我，我真的不想傷害妳的，或許……或許有那麼一瞬間我被權力和地位沖昏了頭，可這段日子在牢裡細想起來，卻又覺得好後悔。婉容，我對不起妳，之前還想反咬妳一口，讓自己脫身，我就是個混蛋，我、我這樣的男人哪配得上妳，如今好了，我能為妳死也值得了。婉容，原諒我好不好，好不好……」

他伸過來的手愈來愈無力，眸中那點期盼卻越發強烈。婉容怔怔地站在那裡，一動也不動，只覺得眼前的一切讓她感到難以置信。一個拋棄她的男人，說他其實是為了給她更好的生活，可不可笑呢？

他從來都不知道她想要的生活是什麼。

他以為，等他做了大官，富貴了，發財了，就能給她好日子過嗎？為了升官發財，他還想再娶多少女人回家？

她原本已經恨死他了，可如今他拿自己的命換了她的命，讓她還怎麼面對他所做的一切？

婉容緩緩伸出手，想要握住他，然而就在這時，袁來春的手無力地垂落下去，兩腿一伸斷了氣。

「二哥！」葉子哭喊著將袁來春抱在懷裡，痛心疾首地大叫。

得到琉璃稟報匆匆趕來的楚王和沈津錫看到這一幕，不由頓了步。

沈菀從地上爬過去，伸手想要觸碰袁來春的臉頰，卻被葉子惡狠狠地推開。「滾開，妳這個狠毒的女人，妳殺了我二哥，我要妳償命！」

沈菀被她推得趔趄一下，哭著搖頭說：「我不是故意的，我不是故意的，我真的不是故意的，我……」她嘴裡不停地唸著，最後竟閉上眼睛昏厥過去。

「是妳讓琉璃派人告知本王的？」楚王府書房裡，楚王端坐在書案前，神色淡淡地看著跟前站著的沈葭。

沈葭毫不避諱地微微頷首道：「是。」

「妳想做什麼，藉著這件事除掉妳姊姊？」

沈葭無所畏懼地與他對視道：「父王這話什麼意思，古往今來殺人者死，難道是我設計陷害她不成？若非袁來春突然悔悟，這會兒死的便是婉容！」說到這裡，她突然勾了勾唇道：「或許父王覺得，沈菀的命在我心裡會比婉容重要？」

「妳們都是沈家的人，菀兒是妳的姊姊！」

「是嗎？」沈葭突然嗤笑一聲。「父王覺得我和沈菀有姊妹情分嗎？小時候沈菀帶著幾個婆子用銀針在我身上扎過幾個窟窿，父王知道嗎？三百二十六針，每一針我都記在心裡。那個時候，父王怎麼不說我們是姊妹？」

楚王臉色變了變，難以置信地看著她道：「妳說菀兒她……」他知道小時候王妃和沈菀待她不好，可他怎麼也沒想到……

「父王不要用那種同情的目光看我，我會覺得很虛偽！如果父王覺得我是在報復她，我絕不反駁，可這也是她自作自受，她殺了人，這是不爭的事實，沒有人強迫她在那酒水中下毒！袁來春死了，這也是事實！」沈葭握緊拳頭，眸中的恨意讓楚王不寒而慄。

「葭兒……」楚王張了張口，不知道該說些什麼。

「父王既然沒什麼事，女兒先告退了。」她說完，再不肯多看他一眼，便轉身開門走出去。

侯遠山在外面等著，見她出來急忙上前拉住她道：「妳總算出來了，父王有沒有……」

沈葭搖搖頭，沈默了一會兒才抬頭看他說：「遠山哥，你會不會覺得我對沈菀太心狠？」

侯遠山好笑地捏捏她的臉蛋說：「傻丫頭，胡思亂想什麼呢？沈菀的事與妳無關，她落得這個下場不是妳害的，是她咎由自取。而妳做的，不過是讓父王不能徇私罷了。」

沈葭靠在侯遠山的懷裡，經他這麼一說心裡平靜許多。「是啊，父王親眼看到沈菀毒死了袁來春，又有那麼多人可以作證，他想救這個女兒只怕是難了。」

這時，皇后娘娘身邊的宮女紙鷂在管家的帶領下走過來，對侯遠山和沈葭行禮道：「沈小姐，皇后娘娘請妳去椒房殿敘話。」

沈葭和侯遠山互望一眼，有些驚訝地問：「現在嗎？」

紙鷂點頭。「是，請沈小姐現在跟奴婢入宮吧。」

第五十三章　護女周全

入宮的半路突然下起雪，待馬車停下，外面已經積了白白一層，腳踩上去咯吱作響。她在紙鷂的帶領下走進椒房殿，屋子裡的地龍燒得熱呼呼，整個身子也跟著暖起來。由宮女服侍著脫下狐裘後，沈葭上前向坐在鸞鳳炕桌上沏茶的皇后行禮道：「給皇后娘娘請安。」

皇后笑著讓她起身，在自己對面坐下來，又將一杯茶水遞給她說：「妳來得剛好，嚐嚐本宮親手烹的茶，也暖暖身子。」

沈葭應聲接過來仔細品嚐，其實她並不懂茶，不過這茶入口甘甜、唇齒留香，想來必是珍品。

皇后瞧她喜歡，又親自為她倒一杯，才對眾人擺手說：「妳們都退下。」

宮女應聲退下去，又體貼地關上殿門。

皇后瞧她一眼，才道：「今日找妳來，是想告訴妳一些從前不知道的事。」

沈葭面露不解，抬眸看向皇后，靜靜地聽著。

「妳應該還記得吧，妳四歲那年有一次楚王妃過壽，妳跑到楚王妃跟前哭著說沈菀給妳的衣裳破了，問她可還有姊姊的舊衣裳給妳穿。那時汐貴妃好生數落了楚王妃一頓，還命人幫妳製備新衣。」

沈葭沒想到皇后會提及此事，輕輕點頭道：「民婦記得，那時多虧敏慧皇后，我才能安然活到現在。」

「那妳知道敏慧皇后為何會幫妳嗎？」

皇后這麼一問，把沈葭給問住。為什麼會幫她？這個問題她以前想過的，無非是見她一個小丫頭可憐，動了惻隱之心。可聽皇后如此提問，想來便不是她以為的那麼簡單，莫非還有什麼她不知道的事？

她略微頷首道：「民婦不知，還請皇后娘娘解惑。」

皇后笑道：「我和聖上青梅竹馬，得蒙聖上生母敏慧皇后喜愛，拿我當親生女兒一般。想必妳也知道，敏慧皇后是先皇的原配正妻，後被先皇貶妻為妾，只得了個貴妃的封號。好在那時的汐貴妃還是很得先皇寵愛，也算是盛寵一時。」

沈葭點點頭，這事想來整個沈國上下無人不知吧。當年也正因為汐貴妃受寵，所以她才能在汐貴妃的庇護下安穩些日子。後來汐貴妃故去，她沒了能保護自己的人，在楚王府裡的日子難過多了。

也正因如此，她對汐貴妃一直都心存感恩。

皇后又道：「先皇生性多疑，他與妳父王的關係表面雖好，但背地裡也時常暗中較勁。那個時候，妳父王在朝中也是水深火熱，為了保全自己，他努力當個閒雲野鶴的閒散王爺，自然沒有什麼實權，處處遭人箝制，就連楚王妃的娘家勢力也要忌憚三分。那個時候，妳父王為了護妳周全，最後沒辦法便找上了汐貴妃，可憐天下父母心，汐貴妃生性良善，自然毫不猶豫地答應下來。」

沈葭詫異地看向皇后問道：「娘娘是說……因為父王，汐貴妃才會幫我？所以幼時娘娘同我親近也是因為我父王？」

「不得不承認，的確是與妳父王有關。他當初向汐貴妃求助時我也在場，妳父王的為難我們都明白，楚王妃與當時的萬皇后頗有交情，他若得罪楚王妃可能整個王府都會遭殃。而那個時候他還有心護著妳，也足見是個好父親，我們又豈有不應的？不過，我同妳親近也是因為咱倆性子相投，我是國公府嫡女，又是汐貴妃內定的兒媳，自幼便被人追捧著，在妳那裡卻是難得感受到了真心。」

沈葭聽得腦袋嗡嗡作響。這麼多年過去了，如今有人告訴她，父王其實暗地裡一直在幫她，她真的難以置信。

這怎麼可能呢？自她來到這個世界上，她所謂的父王連正眼都沒瞧過她，又怎麼可能真心在乎這個女兒，甚至還特意求汐貴妃幫助她？

皇后嘆息一聲說：「或許妳會覺得這一切難以相信，但細想起來總會有一些蛛絲馬跡可尋。就拿當初妳逃婚一事來說，楚王妃既想拿妳和親，自然會讓人把妳看得牢牢的，憑妳一己之力真能從王府裡逃出去嗎？」

經皇后一提醒，沈葭心裡咯噔一下，瞬間明白了什麼。

是啊，她當初從王府裡逃出來的確是很順利，那時並未細想，現在回想起來，原來……竟是父王放了她嗎？可是為什麼？她只是個卑微的庶女，在這嫡庶分明的年代裡，父王為什麼會在乎她的生死，竟然還幫她抗旨逃婚？

沈葭不知道自己是如何走出椒房殿的，也不知道怎麼走出皇宮。她落寞地走在回王府的街道上，大雪紛紛灑落，路上的行人幾不可見，一陣又一陣寒風吹來，冷冽刺骨。

「小葭！」對面傳來熟悉的呼喚聲，抬頭望向那正牽著馬兒望著自己的男人，沈葭只覺得鼻頭一酸，直接撲了過去。「遠山哥……」

侯遠山見她遲遲不回來，正打算去宮門口等，誰知半路上見她整個人失魂落魄的，只覺得心上一疼，他用力將她擁在懷裡，耳邊是她低低的抽泣聲，他的心越發難受起來。

侯遠山解下身上的大氅為她披上，柔聲哄著。「沒事了，咱們先回家好不好？」

沈葭點點頭，將身上的大氅裹得更緊些，任由侯遠山將她抱上馬背，疾馳而去。

青鳶閣裡，琉璃將火爐燒得很旺，使得整個屋子都暖烘烘的。沈葭捧著一杯薑棗蜜茶坐在爐火邊，目光有些呆滯。

「如果想知道究竟，便去找父王問個清楚。你們到底是父女，有些事不要彼此藏在心裡。」侯遠山撫弄著她背上垂下的秀髮，柔聲道。

沈葭吸吸鼻子抬頭看著他說：「遠山哥也覺得之前父王如此對我是有原因的嗎？」

侯遠山嘆息一聲道：「不知道，但妳一定有所懷疑，如果不問畢竟是個心結。」

沈葭盯著那紅彤彤的炭火凝視一會兒，突然站起身將手裡的薑茶遞給侯遠山，走出門去了書房。

到了書房門口，卻聽得裡面一陣吵鬧。

「菀兒已經瘋了，這個時候你還要送她去刑部大牢嗎？她可是你的親生女兒！」

聽到楚王妃的話，沈葭步子微頓。

沈菀瘋了？是真瘋還是想要躲避殺人的死罪故意裝瘋賣傻？

「菀兒殺人，這是死罪，沒有人可以護得了她！」楚王厲聲喝斥。

「為什麼護不住她？你是王爺，又得聖上重用，你若願意為她向聖上求情，或許聖上會下令赦免她的死罪！還是說，王爺根本就想我們母女死？」

楚王臉上升起惱怒之色，氣得拍案而起，喝道：「一派胡言！」

楚王妃冷笑。「真的是我胡說嗎？王爺可是連休書都寫好了。你敢說這些年來，你從來不想為白茹那賤人報仇？王爺可別忘了，我才是你的正室嫡妻，那白茹不過是我身邊的一個下人！」

楚王雙手撐著書案，目光直逼楚王妃。「那妳也別忘了，阿茹是妳當年親手推給本王的。」

楚王妃身子顫了顫，突然苦笑兩聲道：「是啊，那是我親手推給你的。當年我懷著菀兒，害怕你在外面找不三不四的女人回來，便想著把身邊的人推給你。我原以為白茹是所有丫鬟中最醜的，卻沒想到她臉上的紅斑根本就是假的。」她說得咬牙切齒。「白茹那個賤人，她以為臉上畫了紅斑就可以瞞過我，最後還不是被我發現了？她想憑那狐媚樣子勾搭上你，死了也是她咎由自取！」

楚王怒不可遏地盯著她。「妳不要以為所有人的內心都和妳一樣不堪，她不過是個無依無靠的女子，原以為扮醜可以平安一生，結果卻被妳當作牽制本王的一顆棋子。她被妳蹂躪，被妳折磨致死，事到如今妳竟絲毫不知悔過。她若有妳一半的心機跟城府，也不會死在妳的手上！」

楚王妃冷笑道：「死在我的手上？王爺若沒有真憑實據就不要隨便給妾身安一個罪名，妾身可消受不起。」

楚王氣得伸手扼住她的脖子，修長的五指不自覺地用力，眸中閃著猩紅。「如若本王有證據，還會讓妳活到現在？不過現在有沒有證據無關緊要了，妳讓妳哥哥以追捕逃犯的名義殺害沈葭，這可是聖上親眼所見，單這一條便足以讓本王休了妳這毒婦！」

他說著用另一隻手從書案上拿起寫好的休書遞到她面前，道：「休書已經寫好，從今以後妳再不是我王府中人！」

楚王妃被他掐得臉頰脹紅，眼看就要喘不過氣來，她的雙手狠狠捶打他的手，企圖將那扼住她咽喉的大掌推開。

沈葭在門口聽得心上一緊，用力推開緊閉的房門，衝進去道：「父王手上也想沾染一條人命嗎？」

楚王沒料到沈葭會突然闖進來，忙收了手。「葭兒……」

沈葭未理他，只緩緩走近楚王妃道：「我不明白，妳親手葬送一個女人最美的年華，卻還一口一個賤人的叫罵，這便是王妃身為當家女主人的風範嗎？妳可別忘了，我娘親是妳親手推給父王的。王妃視我娘親為眼中釘、肉中刺，是因為自己留不住男人，在嫉妒我娘親一夕之間得到父王的真心嗎？我娘親什麼都沒有做，卻得到妳一輩子費盡心機都得不到的東西，難道王妃不該從自己身上尋找原因嗎？

「在這個人有尊卑貴賤的年代裡，所有人都瞧不起妾室，她們的命如螻蟻一般低賤，可以任由妳們這種高高在上的貴人玩弄、折磨。可有沒有人想過，或許她們也是身不由己？如果可以，我想我娘親寧可嫁到一個貧賤之家，也不願被妳當作棋子任意擺弄。她不過是個孤苦女人罷了，王妃何必死咬著不放呢？」

楚王妃聞言氣得咬牙切齒，揮起手掌就要給她一個耳光。楚王見此一把將沈葭拉到身後，伸手握住楚王妃的手腕，眸中帶著警告道：「一個被休棄的女人，又有什麼立場教訓本王的女兒？」

楚王妃臉色白了幾分，不由得後退幾步，氣得渾身發抖道：「好，楚王爺可真有志氣，那咱們走著瞧！」

她說完一把奪過楚王手裡的休書，轉身頭也不回地離開了。

書房裡剩下沈葭和楚王父女二人，氣氛突然有些不自在。楚王逕自在書案前坐下來，問道：「妳來找父王，是有什麼事嗎？」

沈葭抿抿唇，有些話突然不想問了。她笑了笑說：「沒什麼，過兩日我們村裡的秦氏和葉子要走，我和遠山哥打算跟她們一起回去，我們離開這麼久，也該回去了。」

楚王神色變了變，道：「妳當真不打算留下來？」

沈葭笑著搖搖頭。「女兒嫁了遠山哥，自然是他在哪兒，女兒就在哪兒。女兒知道父王的心意，不過我想遠山哥並不適合在朝為官，我們只想過民間那自由自在的生活。」

楚王的眼眸黯了黯，袖中的拳頭不由收緊。「快過年了，至少……等過了元宵節再走，畢竟妳這一走，父王不知道還能不能再見到妳。」

沈葭望著楚王那顯得蒼老的面容，終是有些心軟，沒再開口反對。

一場紛紛揚揚的大雪過後，難得遇上一連三日的大晴天。林靖宇被皇后邀請在鎬京過年，因此由蘇拂揚護送婉容、葉子她們回杏花村。

鎬京城門外，沈葭和侯遠山親自為她們送行。葉子抱著袁來春的骨灰罈，整個人看上去有些落寞，眼睛紅腫，讓人瞧著心疼。

婉容也默不作聲地一手攬著阿瑋、一手摟著阿琦，目露迷離之色。
因為大家都心情不佳，沈葭也不知如何安慰，只寒暄兩句便讓他們上路。
誰知馬車剛走，便有幾個黑衣人殺出來，揮刀刺向裡面的人。馬車裡的袁琦和袁瑋嚇得哇哇大哭，蘇拂揚趕忙將二人護在懷裡。婉容和葉子也是臉色大變。
「定是楚王妃的人！」沈葭咬牙切齒喊道。
侯遠山神色一凜，轉頭看著她道：「照顧好自己，我去救人！」他說著，縱身躍入殺陣之中。
就在這時，埋伏在暗處的黑衣人突然冒出來，手裡拿著黑色麻袋，看上去似是要將沈葭擄走。
侯遠山正與人打鬥並未發現，葉子看到這一幕，立刻大叫一聲。「小葭姊小心！」
侯遠山聞聲神色一變，轉頭卻見沈葭不知何時躲到那人的身後，右腳向前跨出一步，同時猛然伸出右臂，四指彎曲鎖住黑衣人的咽喉往後一拉，黑衣人身形頓時有些不穩，整個人向後倒去。
侯遠山迅速解決圍住自己的黑衣人，縱身一躍來到沈葭身旁，抬腿將那黑衣人踢翻在地，黑衣人見沒有得手也不再堅持，立刻落荒而逃。
「小葭，妳沒事吧？」侯遠山擔心地拉住沈葭，想到剛剛那一幕便心跳加速。
沈葭笑著搖頭道：「我沒事。」

侯遠山對著她笑靨如花的一張俏臉凝神片刻，眸中複雜難測。她方才的舉動……

這時，林靖宇也帶了幾個人趕來，為避免葉子她們再有意外，他特意讓人親自護送，直到安全抵達杏花村。

送走葉子和婉容一行人，沈葭和侯遠山並肩回了鎬京城。

第五十四章　緣分天定

冬日天冷，即使出太陽也難以抵擋那冷風襲來時的逼人寒氣。沈葭怕侯寧凍著，今日便未帶她出府，左右哥哥也在府上，必捨不得他的外甥女受委屈。

「今日難得出來，咱們不如在街上逛逛吧。雖說我生在鎬京，可還不曾這般光明正大地在大街上玩過呢。」沈葭挽著侯遠山的胳膊，柔聲細語地撒嬌道。雖說剛剛遇上刺客，不過因為有遠山哥在，沈葭絲毫不覺得有危機感。

最近事情太多，這會兒難得閒下來，侯遠山自然禁不起沈葭這般要求，便毫不猶豫地點頭應下。「那好，待會兒午飯咱們就在外面吃，我知道有一家酒樓的菜做得很好。」

沈葭眸中閃著星光，詫異地看著他道：「遠山哥對鎬京也熟悉嗎？」鎬京城裡哪家衣鋪、酒樓的生意最好，她都不甚清楚。

侯遠山寵溺地刮刮她的鼻子道：「以前執行任務的時候到處跑，這鎬京位處皇城腳下，我豈會錯過？」

沈葭細想也是，遠山哥以前來過鎬京還真不稀奇。

「遠山哥，你說我們以前會不會曾在這街上擦身而過？」沈葭突然來了興致。她以前雖不常出門，但偶爾會拿了做好的刺繡出去換錢，說不定他們還真的遇到過呢。

侯遠山想了想道：「應當是遇到過的。」

「啊？」沈葭有些詫異。她方才只是隨口說說，沒想到遠山哥竟然這麼肯定。

侯遠山道：「四年前的元宵節，我在執行任務時受傷，在破廟裡遇到一位小姑娘，她幫我請了大夫，還說要我還她藥錢。因為她的奶娘也病了，她只有那一丁點銀子。」

說完，他看著她的目光越發溫柔。「不過那時我沒有銀子給她，又怕暴露自己的身分，沒辦法，我便教她一招防身術。」

沈葭面露驚詫，望著侯遠山的瞳孔瞪得老大。「原來你就是那個蒙面黑衣人？」

「是啊，若非妳方才使出那一招，我竟一直沒有發現，原來當初那個絲巾掩面的少女是妳。」侯遠山也是一臉難以置信。

沈葭道：「你當初教我時說過不可以隨便使用，所以我真的很少用，不過在外面流浪的那半年，這招可是救了我好幾次性命呢。」她愈說愈覺得不可思議。「原來咱們四年前就已經見過面，說來還真是上天冥冥之中安排好的。」

她說完不由惋嘆道：「如果我們那時就像現在這般熟悉，你把我和奶娘帶走，奶娘會不會就不那麼早走了？」

侯遠山凝眉看著她，問道：「妳奶娘是怎麼離開的？」

沈葭目露哀傷地說：「操勞過度，身子虧空了。奶娘這輩子都是在為我付出，而我根本沒來得及向她盡孝……」

侯遠山心疼地將她拉進懷裡道：「奶娘不會在意這些的，她那麼疼妳，如果在天上看到妳過得好，她就會開心，妳過得幸福就是對奶娘最好的報答。」

沈葭將頭埋進他的懷裡，眸帶淚花地點點頭。

兩人難得出來，便去酒樓用了午膳，接著又一起去遊湖，晚上在繁華的東市玩了許久才回家。

一到青鳶閣，便見沈津錫抱著侯寧，楚王站在一旁抓耳撓腮的，做出各種古怪的樣子哄外孫女開心。小丫頭睜著圓溜溜的大眼睛很認真地看著，還樂呵呵地笑個不停，站在沈津錫腿上激動得都要蹦起來了。

沈葭長這麼大第一次見楚王這般，一時竟覺得有些心酸。

沈津錫看到他們回來，趕忙站起來道：「你們總算回來了，這丫頭剛才一直哭鬧個沒完，我和父王都快急死了。」

楚王看他一眼道：「少說兩句，葭兒和遠山難得在京城裡轉轉，哪來那麼多抱怨，我都沒說什麼呢。」

沈津錫聽了這話，想到父王方才那滑稽的模樣，噗哧一聲便笑了。「是了，父王還真是難得這麼哄一個孩子。」

楚王頓時滿頭黑線，下巴的鬍子氣得都要翹起來，整個人看起來越發讓人忍俊不禁。

沈葭對楚王的心情有些複雜，雖說他以前為自己做了不少事，但讓她受了不少苦也是真的。以前的種種她不可能當作沒發生過，他們父女之間，不可能這般輕易就解開心結。

不過幸好她和遠山哥不會在這裡待太久，對楚王和顏悅色幾日她仍然做得到，畢竟多一個靠山總好過多一個敵人。

「謝謝爹。」沈葭難得真誠地道。不管這個父親對她如何，至少對安安算是很不錯。

面對沈葭，楚王的目光溫和許多。「這有什麼好謝的，安安也是我的外孫女嘛。行了，你們倆想必也累壞了，趕快帶孩子歇下吧。」楚王說完，負手離開了。

沈津錫沒走，只上前一步道：「我聽說你們遇上刺客了？膽子滿大的，這時候還敢在街上亂轉。」

沈葭此時有些口渴，便讓琉璃幫自己倒杯茶，才道：「刺客是誰派的你我心知肚明，不過沈菀入了獄，楚王妃已經夠慘，我懶得跟她計較，左右我和遠山哥過完年便走，今後也不會有什麼交集了。」

沈津錫有些驚訝道：「你們真打算過完年便走啊，我這些日子看妳和父王處得挺好，只當妳對以前的事不在意了呢。」

沈葭神色黯了黯，隨即苦笑著搖頭道：「有些事不是輕易就能忘記的。」

轉眼到年關，大雪一連下了兩日，整個楚王府都是白茫茫的一片。

前段日子王府南面的院子新移植了幾株紅梅，眾人都誇好看，沈葭這日閒悶，便趁侯寧睡下，拉著侯遠山一起去賞梅。

說是幾株，到了才發現那紅梅多到堪稱是一個小梅林。嫣紅的梅花傲然綻放，樹枝上偶有白雪堆積，與那紅色的梅花交相輝映，別有一番景致，清風吹起時送來縷縷清淡的梅香，沁人心脾。

「聽說這紅梅是我哥哥讓人移植過來的，他素來不是個愛花之人，卻不知怎的突然改了性子。」沈葭伸手摘下一朵梅花放在掌心，不解地道。到底是什麼原因會讓一個不喜歡花的人突然之間栽了這麼多梅花，她有些想不明白。

正想著，卻聽侯遠山突然沈聲道：「那邊有人。」

沈葭微怔，隨即順著他的目光看過去，果真見一白色的身影閃過，在這紅梅盛開的林子裡，那抹白色格外醒目。

「是個女人。」沈葭很確定地說。她拉了侯遠山的手興致勃勃道：「恐怕是哥哥金屋藏嬌呢，咱們過去瞧瞧。」

她說著，腳步加快不少。以前聽哥哥說在邊關認識一位女子，不知是不是那一位。

走近了，便聽得有說話聲。

「姑娘，外面冷，咱們站一會兒便回屋吧，妳身子弱吹不得風的，若是生病世子會心疼的。」丫鬟對著眼前的白衣蒙面女子輕聲道。

女子沒有說話，只靜靜盯著那滿樹紅梅發呆，目光有些迷離。

丫鬟有些無奈，又道：「姑娘若不想回屋，先在此地等著，奴婢回去取狐裘來。」她說完，見女子仍不答，便無奈地嘆息一聲，急匆匆地跑走了。

「遠山哥，你覺不覺得這女子有些眼熟？」沈葭問了一句，見無人應答，回頭一看已不見侯遠山的影子。正當她納悶之時，聽得那邊又傳來說話聲。

「師姊……」

沈葭回頭一看，原來侯遠山已經站在白衣女子跟前。

方才遠山哥喚她師姊……沈葭一瞬間有些明白了。怪不得覺得這女子眼熟，可不就是上次遠山哥來鎬京遍尋不著的師姊木瑤嗎？當初遠山哥找了幾個月也沒找到，原來她去了邊關，又同哥哥相遇了嗎？

木瑤似乎沒料到會在此地碰見侯遠山，她神色微變沒有說話，只伸手撫了撫臉上的面紗轉身要走。

侯遠山慌忙攔住她道：「師姊，我知道是妳，可妳為什麼會在這兒？」

木瑤側過頭去，仍是沒有說話。

沈葭想了想，上前道：「哥哥說在邊關救下過一名女子，是妳嗎？我聽我哥說……妳不會說話？」她明明記得木瑤是會說話的，她們真是同一個人？

木瑤抬頭看了沈葭一眼，只微微頷首就要離開。

「阿瑤，我正找妳呢，原來妳在這兒！」沈津錫說著大步走來，握住她的手，見她雙手冰涼，不由蹙了蹙眉頭道：「怎麼穿這麼少就出來了，妳的病剛好。」

木瑤將手從他掌中抽離，垂下頭去沒有說話。

「哥！」沈葭喚了一聲，見沈津錫望過來，便笑道：「哥哥金屋藏嬌，怎麼都不讓我們知道。」

沈津錫一聽，不好意思地笑道：「哪裡藏著了？是阿瑤前些日子身子不適，一直很少出來。對了，我來跟你們介紹，這是我的未婚妻蘇瑤；阿瑤，這是沈葭，還有我的妹夫侯遠山。」

木瑤對二人屈膝行禮，之後便低垂著頭不出聲。

侯遠山一直盯著她，對她的態度仍有些反應不過來。沈葭主動上前挽住她的胳膊道：「原來是蘇姊姊，姊姊怎麼一直戴著面紗呢？我們這都介紹過了，也該讓我瞧瞧姊姊真容吧。」她說著主動伸手去摘她的面紗。

木瑤嚇得抽回胳膊，往後退一步，躲在沈津錫後面。

沈津錫將木瑤護著，瞪了沈葭一眼道：「妳這丫頭，怎麼動手動腳的，阿瑤身子不好，不能吹風的。」

沈葭無奈，只好訕訕地收手，又嘻嘻笑道：「我就是好奇嘛。」

這時，原本躲在沈津錫後面的木瑤跨前一步，深吸口氣道：「二小姐既然想看，自然沒什麼不好見人。」她說著，緩緩將臉上的面紗取下，露出一張嬌俏美麗的芙蓉面。

侯遠山垂下的拳頭不由握緊，目光在她臉上一直未動。這女子，分明就是他的師姊木瑤，可為何不肯認他？

「蘇姊姊真漂亮，不過我怎麼記得哥哥說妳不會說話？」沈葭半真半假地試探道。

沈津錫解釋道：「我剛認識她時一直沒見她說過話，所以誤會了。其實阿瑤是會說話的，只是那段時間嗓子不好，才一直沒開口。行了，有什麼想問的咱們改天再說，阿瑤身子弱，我先帶她回去了。」

沈津錫說完帶著木瑤走了，只留沈葭和侯遠山站在原地。

侯遠山凝視二人離開的背影道：「師姊看來身子很弱，她好像受了重傷。」

沈葭見他擔心，便勸道：「先別胡思亂想了，你若想知道什麼，等晚些我喚哥哥過來一問究竟。」

侯遠山笑著捏了捏沈葭的臉說：「也沒什麼，師姊若和大舅兄在一起，未嘗不是一段好姻緣。」

沈葭驕傲地點頭。「說來也是，我哥哥可是個十足的好男人呢。」

明月當空，柔和的銀光灑下來，輝映在門前的白雪上，格外耀眼。

青鳶閣裡，侯遠山和沈葭兩人用罷晚飯，一起陪侯寧玩耍，屋子裡笑鬧聲一片。這時，琉璃進來稟報道：「小姐，蘇姑娘來了。」
「蘇姑娘？」沈葭微微一愣，正要問是哪位蘇姑娘，卻見木瑤一襲白衣地站在門口，她姣好的面容有些發白，帶著病態的柔美。
沈葭心知木瑤應是極得哥哥寵愛，否則絕不會容許她穿著白衣在王府裡行走，畢竟白色在這個時代並不吉利。不過對一個現代人來說，沈葭覺得木瑤這身白衣穿出了仙氣飄飄的感覺，很美。
她讓琉璃抱侯寧退下去，屋子裡便剩下他們三個人。
侯遠山和木瑤相對坐在案桌前，沈葭幫他們倒了茶水，也在侯遠山旁邊坐下來。
「我以為師姊不會來找我。」侯遠山望著木瑤認真道。木瑤於他來說如同親姊姊一樣，他沒想到她方才會不理他。
木瑤的神色淡淡地道：「昔日的木瑤已經死了，這世上只餘蘇瑤，一個手不能提、肩不能扛的廢人罷了。」
「師姊妳……」侯遠山的神色有些凝重。
木瑤笑了笑，道：「我自廢了武功，卻不小心傷了筋脈，自此身子便不大好了。咳咳……」她拿帕子掩唇咳了兩聲，又接著道：「不過現在這樣也挺好，權當是為以前做過的事贖罪了。為了幫師父報仇，我做了太多錯事……」
「到現在師姊還認為師父的所作所為是在為汐貴妃的死報仇嗎？」

「報仇也好，為了自己的野心也罷，現在師父都已經不在了。不管怎樣，我始終相信師父與汐貴妃青梅竹馬的情分不會是假，汐貴妃嫁予先帝為妻又被貶妻為妾、無情抛棄，師父自然是痛心的，只是隨著擁有的權力愈來愈大，他的心也就不一樣了。」

「是不一樣了，否則愛屋及烏，他怎麼可能連汐貴妃唯一的兒子都不放過，也幸虧殷王殿下足智多謀，才能成為一國之君。」

木瑤神色黯了黯，道：「提起這個我不好辯駁什麼，我知道你們都恨他，我也恨過，不過何必同一個已死之人計較？過去的都過去了，如今好好過咱們自己的日子便是。」

沈葭原本一直聽著沒有插話，這會兒卻突然問了一句。「我哥……知道師姊的身分嗎？」

木瑤搖搖頭。「他不知道，以前鐘樓處處與朝廷作對，他若知道了必然不會像現在這樣待我。我今日前來也是請求你們不要說出去，既是為我，也是為他。」她言語間帶著一絲懇求。

沈葭點點頭道：「師姊放心就是，我們自然不會說出去。」

琉璃端了一盤烤好的紅薯從迴廊過來，看到沈津錫站在青鳶閣門口不禁面露詫異，正要開口喚他卻被他摀住嘴，他搖頭示意她不要出聲，隨即鬆開對她的箝制，轉身走了，只留琉璃站在原地腦袋發懵、不明所以。

第五十五章　回歸村里

沈津錫回了自己的院子，不多時便見木瑤裹著狐裘回來。

他笑著迎上前，拉著她的手在貴妃椅坐下。「我正想著妳去了何處，這便回來了。」

木瑤笑道：「去梅林站了一會兒，見天兒冷便回來了。」

沈津錫握著她的手，一臉心疼道：「手涼成這般，今後莫要在外面久站，妳若喜歡看梅，便讓人折了放在屋裡，隨時都能看。」

聽著他暖心的話，木瑤感動得眼中含淚，望著沈津錫的目光很真誠。「謝謝你。」

「傻瓜，跟我還這麼見外，妳這般可是不打算嫁我了？」

木瑤心上一急，忙道：「沒、沒有！」

沈津錫狡黠一笑。「看來阿瑤還是很想快些嫁我的嘛，既然這樣，咱們不如趕在小葭和遠山離開之前成親好不好？」

沈津錫這提議正說中木瑤的心事。她孤苦一人，木玦師弟算得上是她唯一的娘家人，若他能看到她成親當然是最好不過，只是……

「他們過了元宵節不是要走嗎？正月是不允許成親的。」

沈津錫想了想，道：「那咱們就臘月成親，二十六便是好日子，只要妳不嫌太倉促就好。其實很多事我已經籌備許久，想來不會因為倉促而出什麼岔子。」

木瑤臉上微紅，羞澀地睇他一眼道：「你自己都暗中籌備好了還來問我做什麼，我以為你是要同我商量，原來不過是告知一聲。」

沈津錫上前抱住她道：「是籌備許久了，從這次與妳重逢我便一直想著這事呢，恨不能快些把妳娶回來。」

木瑤一張臉紅得似要滴出血來，嬌羞著不再說話。

「累了嗎？我扶妳去床上歇一會兒。」沈津錫溫聲詢問。

木瑤點點頭，任由他扶著自己回了裡間。

從內室出來，沈津錫獨自在一旁的圈椅上坐下，想到她要小葭和侯遠山瞞著自己的事，不免失笑。

木瑤啊木瑤，妳當真以為我什麼都不知道嗎？我只是……不介意而已。只要是妳，我都不會介意。

其實，四年前初次相遇他便已經猜到她的身分。那時他打完仗正要回軍營，見她一個弱女子被人欺負便救了回去，那時他便起了疑心，一個不會說話的弱女子怎會孤身在那偏遠之地？一經查探才知，原來她是鐘樓之人。

那個時候，她潛伏在他身邊的目的很明顯，是想藉著他涉入朝堂，後來許是改變主意，一聲不響地便走了。那個時候他才知道，他竟然對一個明知是敵人的女子動了心。

其實他跟她在一起的那段時光是美好的，雖然彼此之間隔了層霧，互相猜忌，卻又像是兩個孤獨的人彼此依靠，讓他覺得很安心。

再次相遇，她是真的孤苦無依了，自廢武功，成為真真正正的普通人。他發誓今生今世定要護她周全，給她幸福。

既然她不想他知道以前的事，他也權當什麼都不知道，只要她開心就好。

臘月二十六，難得的大晴天，也迎來沈津錫和木瑤的大婚。

不到半個月的準備時間，的確是極為倉促，不過這婚禮仍是舉辦得格外隆重。

楚王世子的婚禮，朝中官員無不上門賀喜，就連當今聖上也賞了豐厚的賀禮，一時間轟動整個鎬京城，都在誇這位不知來歷的世子妃是個有福之人。

此時拜堂的時辰還沒到，沈葭一直伴在木瑤身側，陪她說話解悶。

木瑤坐在妝奩前，手邊是一套華美的鳳冠霞帔，是皇后親自賞賜下來的。

「這嫁衣真好看，皇后娘娘也算是有心了。」沈葭走上前摸著那細滑柔軟的料子，忍不住道。

這時，外面的喜婆傳話過來說吉時快到了，於是幾個人連忙幫木瑤穿戴上鳳冠霞帔，又蓋好喜帕送出裡屋，去大廳拜堂。

解決了沈津錫的終身大事，一切又回歸平靜。沈津錫和木瑤正值新婚，自然如膠似漆，每日躲在屋裡鮮少出門，也不知在做什麼。

沈葭覺得這王府裡的日子實在煩悶，突然想念起自己家，便也不想留在府中過年，臘月二十九便執意要離開王府。

楚王費心想多留他們些時日，卻耐不住沈葭堅持，最後只得作罷，只說若有時間定要常回來看看。

至於林靖宇，聖上封他為太傅，教導聖上和皇后唯一的女兒嘉寧公主沈檀。有了官職，自然不好再離京，因此這次只有侯遠山一家三口上路。

為了避免顛簸，三人這次選擇水路。楚王闊氣地包下一整艘船，並塞了幾個侍奉的丫鬟以及做飯的廚子。對此沈葭是想拒絕的，可耐不住楚王的一番心意，最後也只好接受。

一家三口用一艘大船無疑是件極奢侈的事情，不過想沈葭長這麼大第一次體會到王爺之女應有的氣派與尊貴，也算是難得的經歷，歡喜之餘又覺得些許心酸。不過還好，她馬上就可以離開這讓她不開心的地方，和丈夫、女兒過自己想過的生活。

因為是回家，沈葭和侯遠山的心情都放鬆不少，也終於可以好好欣賞這一路的風景，每到較繁華之地，就會歇上片刻，體會當地的風俗人情，也算是一家三口遊山玩水了。

等回到杏花村，已是三月中旬，春暖花開之時。

薛知縣得了消息，早早親自帶人在碼頭候著；杏花村的村民們也有不少人帶著蔬果餅子迎接他們，是難得的大陣仗。

沈葭從船艙內剛探出頭，便被眼前那浩浩蕩蕩的人群嚇得縮回去。侯遠山抱著侯寧緊隨其後，正要往前走，不料她又退了回來，不由詫異問道：「怎麼了？」

沈葭聳聳肩說：「好多人啊，這也太誇張了吧。」上次哥哥來這裡也沒這麼大的陣仗，如今這般她都不知道該如何面對那些鄉親了。

侯遠山握住沈葭的手道：「別擔心，有我呢。」

他說著，一手抱著侯寧，一手牽著沈葭從船艙裡走出來。薛知縣帶人上來見禮，侯遠山親自扶他起身，又對他施禮道：「薛大人，我和我家娘子既回了此地，便仍是你的子民，哪有為官者向百姓行禮的道理？何況，薛少夫人是我的師妹，咱們也算是一家人，更不必如此見外。」

一旁的薛攀也跟著道：「就是，爹，遠山哥和咱們又不是外人，搞為官者的那套虛禮做什麼？咱們兩家今後必然還是要往來的，都是一家人。」

薛知縣笑著應了。

侯遠山環顧四周，見沒有木珂的影子，不由心下困惑，問道：「怎不見木珂師妹？」

薛攀笑道：「她原是吵著要來，但有了身子行動不便，我便要她在家歇著，遠山哥若想見她，去家裡坐坐就是。」

沈葭一聽喜上眉梢道：「幾個月不見竟已有了好消息，待有空自是該去你家坐坐的，代我向她問個好。」

薛攀笑著點頭說：「會的，她今兒個早上還念叨著你們怎麼還不回來呢，這下總算回來了。」

侯遠山和沈葭夫妻又和迎接他們的鄉親們寒暄兩句，對眾人行了禮，才動身回杏花村。

村口迎接的人也不少，連高里正都親自過來。沈葭和侯遠山少不得和眾人客套一番，最後才回自己家。

到了家，侯遠山和沈葭先去袁林氏家中打招呼。袁家似乎因為袁來春的離去變得不太一樣，袁林氏看到他們雖有欣喜，卻又帶著些許說不清道不明的疏離，不過兩三句話便沒什麼可說的了。而從頭到尾，沈葭並未見到婉容、阿琦和阿瑋的身影。

回到自己家，花圃裡的迎春花開得正好，俏生生、嬌嫩嫩的。

推門進屋，屋裡收拾得乾乾淨淨、一塵不染，一看便知時常有人打掃。想來乾娘家的人一直幫他們打理，夫妻二人都有些感動。

去京城走一遭，如今回來，他們越發覺得村人淳樸得可貴了。

一家人用了飯，依著規矩，侯遠山和沈葭挨家挨戶地送給鄉親們從鎬京帶回來的果子禮品，雖然不見得是什麼稀罕東西，但到底是從京城帶回來的，自然與旁的不同，鄉親們看到也都歡歡喜喜地接下，有的還拿了些自己做的點心給他們嚐嚐。

一家三口到了高耀家，高家卻是落了鎖，且門前地上盡是枯葉，像是許久沒人住了，這讓沈葭和侯遠山面上皆是一怔。

隔壁的崔李氏恰巧出來潑水，便道：「他們已經回高家去了，大概四個多月沒回來了呢。」

「回高家？」沈葭有些詫異，語氣中又透著些許驚喜。「他們和高里正一家和好了嗎？」

崔李氏道：「高里正年前生了場大病，高耀去照顧他一陣子，後來索性全家都搬回去了。另外，高家娘子又添了個大胖小子，高里正這會兒只怕心裡正高興呢。」說起這個，崔李氏便一臉豔羨。「月季還真是個能生養的，這才成親多久，都已經兩個兒子了呢。」

侯遠山和沈葭將果子分一些給崔李氏，轉而去了高里正家。

高里正待他們很熱絡，又是上茶又是糕點的，高李氏也難得全程堆著笑臉。高家的三個兒子全都過來陪著，但侯遠山畢竟只和高耀熟悉，對其他兩個也只能客套兩下。

沈葭則抱著侯寧去屋裡看月季。

揭開門簾走進去，只見裡面的擺設簡單大方，用具一應俱全，且又收拾得乾乾淨淨，足見月季回了高家過得不錯。

月季正倚在炕上哄孩子睡覺，聽到沈葭的聲音便坐起來，一臉歡喜。沈葭忙上前拉了她的手在床沿坐下，欣喜道：「方才去妳家見大門鎖著，沒想到竟是回來了。聽說妳又添了個孩子，算算日子該有四個月了吧，快來給我瞧瞧。」

月季輕聲道：「妳來得不巧，方才還鬧著呢，才剛把他哄睡。」

沈葭撩開被角看了看，小傢伙生得白嫩清秀，眼睫毛又彎又長，精緻得很。她不由笑道：「這下你們高興可有伴了。」

侯寧此時正抱著沈葭的小腿肚在床邊站著，見沒人理她，便扯著沈葭的衣服討抱抱。沈葭彎腰將女兒抱起來道：「安安來瞧瞧小弟弟，看小弟弟長得真好看。」

月季見侯寧小小年紀已經這般水靈，兩顆琉璃眼珠子又圓又大，宛若黑葡萄一般，十分惹人憐愛，便忍不住捏捏她粉嫩的小臉蛋說：「幾個月不見，安安都這麼大了，快成美人了呢，長大了定會蓋過妳娘。」

侯寧怕生，見月季捏她臉蛋也不敢動，只怯生生地盯著她瞧。

沈葭憐愛地將女兒換個姿勢，讓她坐在自己大腿上。「這孩子怕生，這麼久不見都不認得了，一見到生人就盯著人家瞧個沒完。」

「小姑娘都是一樣的，不像我家高興，頑劣到不行，整日調皮搗蛋的，是個不怕生的性子，可正是這樣才惹人擔心呢，哪日被人抱走都不會哭上兩聲。」

說到這裡沈葭才發現來了這麼久竟沒見到高興，此時高興應該已經兩歲多了，正是頑皮的年紀。

正想著，高耀抱著高興同侯遠山走進來。

高耀的屋子分為裡外兩間，由於月季剛剛才哄睡孩子，因此高耀和侯遠山並未進裡間，只在外室坐著說話。

侯寧聽到自家爹爹的聲音，高興地伸著胳膊，嘴裡不清不楚地喊著爹。

沈葭笑著走出來將女兒交給侯遠山，高興此時正撅著屁股往桌上爬，一看到漂亮的小妹妹突然安靜下來，睜著大眼睛瞧了一會兒，竟害羞地躲進高耀的懷裡。他這行為惹得大家一陣笑鬧，樂得不行。

侯寧卻一反常態不怕生了，似是見他和阿琦、阿瑋年紀相當，覺得親切，嘴裡咯咯地笑，露出一排羊脂玉般的小奶牙。

高耀和侯遠山兩個大男人帶著兩個孩子玩鬧，沈葭又進裡間陪月季聊天。

從高家出來已經是黃昏，侯遠山和沈葭又去了幾個鄉親家中打招呼，最後才到袁林氏家裡。

袁林氏正在灶房做飯，說要他們留在家裡吃。侯遠山抱了侯寧去找袁來生說話，沈葭看了看大著肚子的高浣後便到灶房幫忙袁林氏。

葉子也在，三人便一邊忙著一邊聊天，不知不覺便聊到袁來春身上。

「二郎是個沒良心的，傷了婉容的心不說，這下把命都賠進去了，我那一對孫子和孫女也……」袁林氏說著兩眼泛酸，側過臉去。

沈葭聽得有些懵，便問道：「阿琦和阿瑋怎麼了？」說到這個，她回來都一整天了，還沒見到阿琦和阿瑋這兩個小娃娃呢。

葉子神色有些黯然道：「二嫂自回來便收拾東西回娘家去了，還把一雙兒女都帶走，我娘親自去接過她，可她不肯再回來，說二哥給了她休書，她便不再是袁家的人，今後也與我家再無干係。二哥是有不對，可到底也是因為救二嫂才走的，二嫂如此這般未免太狠心了些，阿琦和阿瑋可是我娘的命根子啊。」

沈葭沈默著不好接腔，這件事站在袁家和婉容的立場各有各的道理、各有各的苦楚，她還真不好評判什麼。阿琦和阿瑋是袁家的孫子，可也是婉容的心頭肉，他們不管跟著哪一方，對另一方來說都是難以接受的。

葉子接著又道：「阿琦和阿瑋天天圍著蘇拂揚叫爹爹的事想必小葭姊也知道，蘇拂揚見二嫂孤身一人，便想娶她，秦家大娘對這事也樂見其成，就是不知日子定了沒。」

袁林氏睇她一眼道：「婉容不是那等沒良心的人，何況她在咱們家吃了那麼多苦，二郎又薄情寡義，若她能覓得一個好歸宿，咱們該祝福她。」

「可她若真的嫁給蘇拂揚，他們必然還會有孩子，阿琦和阿瑋是二哥唯一的血脈，總不能兩個孩子都帶走啊。」葉子說著已經帶了哭腔，這幾日娘因為想孫子，時不時躲在屋裡抹眼淚，她看著就揪心。

沈葭有心安慰幾句，可這件事她又不好插手。一邊是婉容，一邊是袁家，對她來說都是一樣重要，她們都是善良的人，卻因為袁來春的關係把好好一個家散成這樣。

「阿琦和阿瑋到底是袁家的根，婉容不會不讓妳們見的，乾娘想孫子了只管去瞧瞧便是。何況浣姊兒不也快生了嗎？到時候乾娘要幫她坐月子，也沒時間好好照看阿琦和阿瑋，這會兒他們在秦家住著也能幫妳們減輕些負擔。」沈葭勸道。

第五十六章 重整生意

提起高浣，葉子禁不住又道：「小葭姊不知道，因為二哥的事，高家也差點跟我們翻臉，親家母要死要活地來家裡鬧，非要把大嫂帶回家去，說是怕大哥將來跟二哥一樣會負了大嫂。她慣會找理由，誰不知道她心裡那些算計，當初讓大嫂嫁過來就是想沾沾我二哥的光，如今可好，我二哥出了事她就跟著落井下石，這天下哪有這樣自私的人，簡直把我們家當成登天的梯子。我爹因為這事氣得差點就沒了，到現在還在炕上躺著呢。」

「乾爹病了？」沈葭關心地問道。她這個乾爹在袁家的存在感極低，平日就沒什麼話，大事小事皆是乾娘操持，若葉子不提，沈葭都快把這個人給忘了。其實她一直覺得乾爹如此許是因為自卑，他手腳不能幹活，什麼都要靠乾娘，一個大男人難免心裡難受。不過乾爹這樣還算好，至少不會因為自己心裡不痛快而對家人撒潑。

袁林氏嘆息一聲道：「不甚嚴重。高家當時鬧了幾日便被來生媳婦攔下來，現在妳乾爹已經好多了。」

沈葭點點頭，方才放下心來。

袁家的氣氛有些沈悶，這讓沈葭覺得不太舒服，想幫忙卻又覺得插不上手，恰巧侯寧哭鬧起來，沈葭和侯遠山沒留在袁家用晚飯，便以此為藉口回了家。

夫妻二人到了家門口，恰巧看到蘇拂揚從山上採草藥回來，便打了個招呼。蘇拂揚因為婉容和孩子的事捲入袁家和秦家的糾紛中，這會兒也變得少言寡語起來，同沈葭和侯遠山沒說兩句話便回了家中。

沈葭和侯遠山面面相覷，他們不在的這幾個月，村裡似乎發生了不少事。

沈葭一直惦記著哥哥為自己買下來的錦繡閣，第二日一大早用罷早飯，便同侯遠山一起帶著小安安去了錦繡閣。

到了錦繡閣，掌櫃忙讓小廝準備熱茶和糕點招待他們，自己則拿了這幾個月的帳本給沈葭過目。由於侯寧扯著她不放，沈葭只好將帳目給侯遠山看。

侯遠山看著帳本，眉頭漸漸深鎖。「這幾個月生意似乎不是很好？」他看向掌櫃詢問道。

掌櫃忙解釋道：「不是小的不盡心，以往鋪子生意好，主要是因為有娘子在，娘子的手藝在這城裡城外都是出了名的，不少夫人、太太爭搶著來買。可這幾個月娘子不在，旁人繡的東西總是次些，這生意自然就……附近青山縣的客人、榆林縣的富戶，還有那方梧縣、格蘭縣的買家自年前來過幾次沒挑到滿意的東西之後，就很少到咱們店裡來了。」

沈葭的眉頭也蹙了蹙，她知道自己的繡品招攬不少有錢的客人，卻沒想到會成為錦繡閣的支柱，自豪的同時又不免覺得頭疼，這麼大的鋪子靠她一個人自然是不行的，看來得想個好的應對之策才是。

她想了想看向侯遠山道：「遠山哥，我有個主意，你和掌櫃看看成不成？我們把會刺繡的婦人們聚集在一處，我教她們做些精緻的衣裳首飾，這樣咱們鋪子說不定生意會更好，沒準兒還能開到鄰近的幾個縣城去呢。」

掌櫃聽了眼睛一亮，拍手叫好。「這倒是個好主意，靠娘子一個人做的繡活畢竟太少，若能聚集眾人多產一些自然極好。」

沈葭見侯遠山斂眉不知在想什麼，便問：「遠山哥覺得這樣可妥當？」

侯遠山道：「這樣當然好，不過最好能再獨特一些，若能在這幾個縣城裡脫穎而出、一枝獨秀，名聲說不定會愈傳愈遠。」

「獨特一些……」沈葭呢喃一句，斂眉想了想，突然欣喜地抬頭道：「遠山哥記得鎬京城的淑衣坊嗎？那裡的衣服、布帛全都不重複，在鎬京城算是最有名的衣鋪了，咱們可以仿效它，召集婦人們刺繡，在於精、不在量，每一件都精心別致、絕無重複，價格只管往上提，賣出去一件只怕抵得過尋常衣物布帛幾十倍呢。」

掌櫃贊同道：「這是個好主意，不過咱們城裡百姓們消費能力不相同，若是太貴了只怕有些人買不起，不如把貨物分作幾個等級，每件貨品都繡上獨屬於錦繡閣的標誌，等名聲打響了，大家必會以能穿上我們錦繡閣的衣裳為榮。」

侯遠山點點頭說：「主意是不錯，不過還需從長計議，畢竟這種事馬虎不得。」

沈葭笑道：「我這不過是突發奇想，若真要實行，自然得考慮周詳。」

從錦繡閣出來，侯遠山一家人又去幾個鋪子置辦家裡需要的東西，接著到飯館吃飯。從飯館出來時，竟意外遇上帶著阿琦、阿瑋上街的婉容和秦大娘。

秦大娘熟絡地跟沈葭和侯遠山打招呼，又將為外孫和外孫女買的零嘴拿出一塊遞給侯寧。沈葭是有話想同婉容說，但大街上畢竟不方便，便叫婉容有空來家裡坐坐，婉容知道沈葭的意思，便點頭應下了。

第二日用罷早飯，侯遠山便去屋後割了新鮮的嫩草餵驢。

家裡這頭驢養得不錯，看樣子多虧了袁林氏的幫忙，這個家才沒有因為他們不在而出現荒棄的樣子。

沈葭在灶房洗碗，一出來便看到婉容，馬上笑著拉她進屋。

「按理說你們回來那日便該來看看妳的，不過我現在的處境妳也知道，婆婆和葉子一直想把阿琦、阿瑋帶回家，我……」婉容的鼻子一陣酸澀，繼續說道：「我嫁他們袁家什麼也沒留下，就只有這一雙兒女，他們比我的性命還重要，我哪裡捨得拋下他們？何況這麼小的孩子正是需要娘的時候……」

沈葭嘆息一聲。她能夠明白婉容的苦楚。這個時代的人出嫁早，婉容不過才二十歲，正是花一般嬌嫩的年紀，若為了袁來春那負心薄倖之人委屈自己的後半輩子，也實在太苦命了。其實她認為蘇拂揚是靠得住的，婉容若與他成其好事未嘗不可，至於袁琦和袁瑋……

「妳和蘇拂揚……」

婉容的面頰染上一抹紅霞，低聲道：「蘇大哥是個好人，我這等被人離棄的婦人哪配得上？我娘倒是很中意，可是我……」

她的神色黯淡許多。「不管袁來春如何負我，他還我一條命卻是真的，我想賴也賴不掉。再說他離去不到一年，我若這時再嫁到底說不過去。」

沈葭覺得婉容的話有理，她和蘇拂揚若真有意思，總該再等些日子才是，此時若在一起，村裡的風言風語只怕會讓他們待不下去。

「不管袁來春怎樣，乾娘一家都是好人，乾娘畢竟是阿琦和阿瑋的奶奶，總該想個兩全的法子才是。」

婉容嘆息一聲道：「這個我自然想過，其實按照規矩阿琦和阿瑋不該由我來帶，婆婆是憐我孤苦不與我計較罷了，若真鬧到里正那裡，孩子既然姓袁，總要認祖歸宗的。」

沈葭點頭，確實是這個道理。在這男尊女卑的時代，但凡夫家有人，是沒有女人家帶孩子的道理，袁林氏已算是極好的婆婆了。

婉容道：「其實我想過了，再過些時日，我便把阿琦和阿瑋送回去，我相信袁家人會好生待他們的。至於我……我大哥年前出外經商，說生意做得不錯，需要人手，我打算去幫忙他。他過些日子回來，我便同他一起走，出去看看，也順便換個心情。」

沈葭握住她的手，顯然對她的話很驚訝。「妳想好了嗎？一個女人家出門在外不容易的。」何況又是這樣的年代，她在外漂泊過，知道那種辛苦。

婉容笑著回握她的手道：「想好了。我現在這樣子還有什麼苦是吃不得的？何況有大哥照顧我呢，難道他會委屈我不成？」

沈葭點頭道：「出去權當散散心了，實在做不來就回來。」

幾日之後，婉容親自送袁琦和袁瑋回袁家，當日便隨著秦家大哥離開村子，不知往何處去了。

蘇拂揚採了草藥回來，聽說婉容走了，竹簍裡的草藥撒了一地也顧不得，慌忙追出去，再不曾回來。

袁家因為有了阿琦和阿瑋，氣氛變得熱鬧許多，袁林氏臉上終於有了笑容，就連平日不怎麼出屋的袁二牛也開始天天搬了圈椅坐在門前曬太陽，看著院子裡玩耍的孫兒、孫女，眸中噙著一絲笑意。

袁琦和袁瑋起初找不到娘親哭了一陣，不過畢竟還小，時間久了也就習慣，加上有侯寧陪他們玩，日子便漸漸趨於平靜。

錦繡閣也按照沈葭的想法規劃、實行起來。侯遠山在縣城東面的柳韻巷盤下一處院子，招募不少繡工不錯的繡娘，沈葭便每日按時過去教她們。

其實，貧苦人家的婦人哪個不會做繡活？再加上沈葭的身分和繡藝，想跟她學習的人自不在少數。不過這種精細活兒也是有要求的，有些人粗活做多了，手上難免會留下一層厚繭，刺繡時就容易刮絲，因此沈葭挑選不少待字閨中的姑娘家。畢竟年輕，縱使在家裡沒少幹活，手到底還是比嫁人的婦人們細上許多。

學了一段時間後，沈葭便將那些上手快、資賦佳的人挑選出來學更多東西，過段日子再從中挑選更有天賦的，到最後只留二十幾名繡工，便將她們安置在西苑。雖然人數不多，但由於這活兒在細不在多，因此二十幾個也很足夠了。

至於其他女工，則被安置在東苑，平時就做些較普通的物件，畢竟，只要那些高檔貨將鋪子的名聲打響，這些尋常繡品用低價賣出去也是極容易的。入秋後，沈葭將繡娘們精心製作出來的衣裳、布帛放上錦繡閣賣，結果竟比預期的還要樂觀。明明這些繡品比尋常價格高了十倍，但只要一上架，便立刻被人買走，到最後甚至有人開始提前預定，就怕是搶也搶不到。

一時間錦繡閣聲名大噪，其他縣郡的官僚太太、千金也紛紛慕名前來。

因名聲大好，錦繡閣門庭若市，就連那些較尋常的布帛也賣得比其他鋪子好上幾倍。一時間，沈葭每日數著進帳的銀子樂此不疲，自然也就愈做愈起勁。

錦繡閣對面新起的酒樓三層，一位衣著華麗的中年男人衣袂翩翩地站在欄杆前，墨髮飄揚，前面一部分用銀色束冠攏起，下頷的鬍鬚隨風輕擺，雖有了歲數，卻仍是丰神俊朗，周身散發著矜貴之氣。

他身旁立著一位二十多歲的男子，兩人齊齊望著客人絡繹不絕的錦繡閣，男子看向身旁的主子道：「王爺找人暗中幫忙將錦繡閣的名聲傳揚出去，真引來不少客人，如今錦繡閣這般出名，二小姐若是知道了必會感激王爺的。」

楚王臉上的笑意淡了淡，隨即搖頭道：「本王是不會讓她知道的，有些事情瞞著她會比讓她知道更好。」

「可二小姐一直與王爺有隔閡，若二小姐知道王爺從中相助，想必會對王爺改觀。」隨從道。

楚王嘆息一聲說：「這些都不重要了，看她現在過得好，本王還奢求什麼呢？何況，錦繡閣能夠做起來，是她自己的功勞居多。」

「那王爺建這酒樓做什麼？」隨從很不解。

楚王道：「在這裡有個生意，也能安插些人過來，不說別的，葭兒若有什麼難處，至少本王能早早知道。這個女兒，本王虧欠她太多太多，現在能補償一些就補償一些。」

隨從想要開口，卻不知說什麼才好。

楚王又道：「她這鋪子愈做愈大，今後應該會在別處開分店，必有需要人手的時候。這幾日你四處搜羅些有經驗又可靠的人，給他們些銀兩，讓他們去鋪子裡自薦，將來也能幫幫葭兒的忙。」

正說著，沈葭與侯遠山並肩從錦繡閣裡出來。楚王神色微變，一個側身躲到柱子後面。

沈葭挽著侯遠山在錦繡閣門口看著對面的酒樓道：「思故居，這名字取得頗別致，也不知東家是誰，幾個月工夫竟然就蓋了這麼高的酒樓，在咱們縣城裡，這還是頭一家三層的鋪子呢。」

侯遠山看她舔著嘴唇一副饞貓的模樣，笑道：「想不想進去嚐嚐？」

沈葭笑咪咪地看著侯遠山說：「就知道遠山哥最懂我了。」

第五十七章　思故居主

侯寧還在錦繡閣裡跑來跑去，侯遠山進屋將小丫頭抱起來，一起去對面的思故居。

思故居的生意看起來很不錯，聽說廚師是從鎬京城來的，也是這家酒樓的掌櫃，早年曾在貴人府邸當差，因老家在此，便想回歸故里，因而才有了「思故居」的名字。

進去後便有小二迎上來，帶著他們去二樓的雅間。到了二樓，沈葭望了望通往三樓的樓梯問：「三樓也可以坐人嗎？」

店小二陪笑道：「咱們三樓是東家的居所，客人是不可以上去的。」

沈葭眸上閃過一絲失望，也沒說什麼，只笑著點點頭，由店小二帶著進了雅間。裡面佈置得古樸素雅，整片暗橙色木質地板，上頭鋪了層石灰色的薄絨毯子。屋子正中間是一副紫楠木雕雲紋鏤空桌椅，上面鋪了塊淡紫色繡鳳穿牡丹圖案的綢布，中央則擺了個青花瓷插花纖腰大肚瓶，瓶中插著黃澄澄的桂花，使得整間屋子都飄著濃濃的桂花香氣。

桌子的北面是一條長案，上面擺了些書卷、筆墨紙硯，還有一鼎鏤空麒麟香爐，南面是三扇戧金紅木小屏風，裡面擺著梨花木架子床，水青色的菱紗幔帳，乾乾淨淨的床褥，是給客人休憩用的。

將整間屋子環視一遍，沈葭很滿意地道：「這酒樓的東家必然是品味極佳之人。」

侯遠山抱著侯寧在桌邊坐下來，侯寧便伸著小手去抓那桌上的桂花，沈葭見狀拍掉她的手，蹙眉輕斥。「不可以動別人的東西。」

侯寧已經一歲多了，大人的話已可聽懂一些，自然明白娘親是在訓她，便撇撇嘴也不哭出聲來，只把一張小臉埋進爹爹的懷裡，一副可憐樣。

瞧她委屈的模樣，沈葭心都要化了，又忙張開胳膊道：「安安乖，娘親不該這麼凶，抱抱娘親好不好？」

侯寧假裝沒聽到，頭都不肯抬一下。

侯遠山抱著女兒親了親，又見沈葭垂頭喪氣，不禁失笑。他附在女兒耳邊低語幾句，侯寧聽了轉頭看沈葭一眼，掙扎著從爹爹懷裡下來，走到沈葭跟前，張開胳膊抱住她的腿。

沈葭喜出望外，忙將女兒抱到大腿上，侯寧也順勢摟住娘親的脖頸，在她粉嫩的臉頰上狠狠地啵了一口，可愛的舉動讓沈葭越發笑得合不攏嘴。

這時，聽到下面街道一陣熱鬧，一家三口便走到窗口張望，見是一對姊妹為了籌措尋親的盤纏到此賣藝，兩個姑娘身手皆是不凡，引得路人一片喝彩，不少人從腰間取了銅板丟過去。

恰巧錦繡閣的掌櫃朝這邊張望，沈葭便對他使了個眼色，掌櫃立刻會意地回去取了銀兩給那對姊妹，姊妹二人很感激，表演起來也更加帶勁。

這邊夫妻二人在樓閣上看得開心，小侯寧卻有些閒不住，又對下面的喧鬧不感興趣，索性順著沈葭的身子爬下來，因為是在屋裡，沈葭便也沒管她，讓她自己玩去。誰知，這小丫頭一下地便顫顫巍巍地跑出去。

出了雅間，侯寧看到旁邊的樓梯，這段日子愈來愈調皮的她想都沒想便撅著屁股往上爬。爬到一半，楚王的隨從李雲恰巧看到，嚇得趕緊將她抱上去。

楚王正在三樓的書房裡看書，李雲抱著侯寧在門口手足無措地稟報。「王爺，二小姐家的小主子自己摸著爬上樓了，這怎麼辦呢？」

楚王一聽神色變了變，立刻起身走到門口。

當初沈葭帶著侯寧離開時，小丫頭已經會認人，至今幾個月過去，竟還記得楚王這個外祖父，她一看到外祖父，便睜著大眼睛一眨不眨地看著，然後伸出雙手討抱抱。

楚王忙將外孫女接過來，親了親她的臉蛋道：「妳這丫頭膽子不小，自己摸索著就上來，也不怕摔著。」

侯寧聽到跟沒聽到一個樣，只趴在楚王身上伸著手一下一下地扯著他的鬍鬚，直扯得楚王面上抽啊抽的。李雲在一邊看著有些想笑，他跟在王爺身邊那麼久，可從未見王爺這麼開心過呢。

楚王抱著侯寧回書房，又喚李雲去準備各色好吃的點心過來，擺了滿滿一桌。這麼小的娃娃哪吃得了那麼多，不過看她每一塊糕點都啃上一口，楚王心裡就格外高興。

吃過糕點，又讓人送了羹湯過來親自餵她喝下，這邊正吃喝得起勁呢，下面的沈葭和侯遠山卻是找女兒找到快要瘋了。

原以為她在屋裡玩，誰想到竟是一聲不吭地跑出去，這孩子真是愈大愈皮了。

酒樓上上下下都找遍了，仍不見女兒的影子，沈葭急得都要哭了。

侯遠山拍拍她的肩膀安慰道：「先別急，既然掌櫃說孩子沒出去，表示一定還在酒樓裡，咱們再仔細找找。」

「能找的地方都找遍了，她能跑去哪兒呢？」

侯遠山環顧四周，目光望向通往三樓的樓梯，他猶豫一會兒，便打算上去瞧瞧。

店小二見狀忙上前攔住他道：「這位客官，三樓你不可以上去的，這是我們的規矩。」

侯遠山道：「我家小丫頭不見，這一樓、二樓都找遍了，煩勞店家讓我們去三樓看看。」

店小二見他言語真誠，猶豫一下道：「這樣吧，我去找我們家掌櫃，三樓只有他能上去，看看他怎麼說。」

他說完跑下樓去，很快領了掌櫃上來。掌櫃其實是楚王從府裡帶出來的廚子，沈葭不認得他，他卻認得沈葭。他聽了事情緣由後便道：「既如此，二位客官且在此等候，我上去幫你們瞧瞧。」

他說完親自上三樓，走到楚王書房門口道：「東家，二小姐家的安安不見了，說可能是上了三樓，不知東家可曾見著？」

此時侯寧正坐在楚王腿上一口糕點、一口羹湯地吃著，楚王聽到這話眉頭微蹙，不捨地捏了捏侯寧的小鼻子道：「妳這丫頭，一聲不響地跑上來，妳娘親怕是急壞了。」

他說著用手邊的帕子為小丫頭擦擦嘴，又親了親才遞給李雲道：「送下去吧。」

沈葭和侯遠山正在二樓焦急地等待，一見掌櫃抱著侯寧下來，趕忙上前將女兒接過來，使勁親了親，嗔怪道：「妳這孩子，怎麼跑那上面去了，娘親都要急死了知不知道？」

侯寧眨巴著無辜的大眼，很不合時宜地打了個飽嗝，又指了指樓上的方向，嘰哩咕嚕地說了些什麼。沈葭沒有聽懂，便又問一遍：「妳說什麼？妳吃了什麼東西肚子鼓成這樣？」

掌櫃笑著解釋道：「我們東家在樓上呢，應是瞧這小姑娘長得討人喜愛，便餵了些糕點和羹湯，不礙事的。」

侯遠山望了望三樓的方向，對掌櫃低頭施禮道：「多謝掌櫃了，也麻煩幫我們謝謝你們東家。」

「哪裡哪裡。」掌櫃對二人回禮笑道。

侯遠山攬過沈葭，柔聲道：「安安找回來了，妳也該放心了吧？時候不早，咱們該回去了。」

沈葭點點頭，抱著侯寧要走，誰知小丫頭卻不肯走，身子掙扎著想往三樓方向跑，嘴裡還不清不楚地喊著：「壞嘟嘟，壞嘟嘟……」躲在三樓的楚王自然聽出來了，這孩子是在叫外祖父呢，一時間心都提了起來。

沈葭聽得一頭霧水，疑惑道：「什麼壞嘟嘟，上面有嘟嘟嗎？」
侯寧見娘親聽不懂，越發急了。「壞嘟嘟，壞嘟嘟……」
沈葭：「……」
掌櫃自然也琢磨出侯寧話中的意思了，忙笑著解釋道：「我們東家養了隻鸚鵡，名字叫嘟嘟，想來這小丫頭是在說那隻鸚鵡吧。」
沈葭這才明白過來，鬆了口氣道：「原來是說鳥，我還以為這孩子頑皮，把什麼東西打壞了呢。」
說著，她又低頭對侯寧道：「原來咱們安安喜歡鸚鵡啊，待會兒去街上讓爹爹也買一隻好不好呀？」
侯寧顯然已經放棄，也不再掙扎，只嘴裡還念叨著：「壞嘟嘟，壞嘟嘟……」
沈葭道：「好，咱們買隻鸚鵡也叫嘟嘟。」
和王爺一同躲在暗處的李雲聽著二小姐識別嬰兒語的能力，忍不住抽了抽肩膀，險些笑出聲來，結果被王爺那記眼光盯得忙止了笑，一臉肅穆起來。
侯遠山一直沈默著沒說話，只若有所思地望著三樓的方向，總覺得裡面有些蹊蹺。他是習武之人，自然格外戒備，方才那掌櫃回話時目光有些閃躲，他便察覺出不太對勁，又聽到樓上有陣陣細微動靜，更是多加懷疑。
不過想想侯寧剛剛說的話，他這當爹的也辨別不出其中意思，又見她平平安安回到自己身邊，便不再多想，只當是自己太過謹慎。
侯遠山和沈葭夫妻二人又對掌櫃千恩萬謝一番，才抱著女兒出了思故居。
楚王站在三樓欄杆前望著他們一家人離開的背影，一時間感慨萬千。
侯遠山感受到背後一道目光，下意識回望一眼，恰好看到三樓有人影閃過。那人迴避的速度很快，不過還是被他捕捉到了。
原來是他。
沈葭見他突然頓住不走，便困惑地望向他。「遠山哥，有什麼不對勁嗎？」
侯遠山望了眼空蕩蕩的思故居三樓，斂去眸中的一抹複雜，隨即笑著搖頭道：「沒什麼，走吧，咱們該回家了。」他說著將侯寧抱在懷裡，一手攬著沈葭的肩膀朝遠處去了。
沈葭笑著點頭，將身子向他懷裡靠了靠，往家中走去。
此時夕陽西下，雲霞染了半邊天際，色彩斑斕地映在他們身上，暖暖的，又光彩奪目。
冬去春來，草長鶯飛，綠意盎然。
沈葭一大早起來開了屋門，便聽見外面的鳥鳴嘰嘰喳喳個沒完。她打了個哈欠，伸伸懶腰便去灶房打水洗漱，準備做早飯。
侯寧已經快兩歲，走路相當穩當，且正是對什麼都格外好奇的年紀，一睜眼就要玩，因此一大早便纏著侯遠山去了縣城。

侯寧最愛梧桐巷小吃街的豆腐腦，每天早上都要侯遠山帶她去吃上一小碗，之後再到縣城四處閒逛；待肚裡食物消化了四、五分，便到思故居帶兩樣小菜回來，配著沈葭煮的粥繼續吃上一些。

自從錦繡閣的生意愈做愈大，他們一家子便習慣如此用早飯了。

沈葭將洗好的大米、黑米、紅豆、花生等穀物丟進灶火上的大鍋裡，又彎腰添了兩把乾柴，轉頭去舀了兩瓢白麵和一和，開始烙蔥油蛋餅。

尋思著這會兒父女倆快回來，她又往另一口鍋裡添了些水熱著，等他們回來剛好有溫水洗臉。

這邊水剛煮了一會兒，便聽到門外一陣嘻笑聲，是遠山哥他們回來了。她走出灶房往外看，恰好見父女倆笑鬧著一前一後跑進來。

「慢些，家裡就這麼大地方，當心碰著了。」沈葭說著上前將侯寧抱起來，憐愛地親親她的臉蛋。「安安今天喝了多少豆腐腦？我瞧瞧……哎喲，瞧這肚皮又圓又鼓的，待會兒還是莫要再吃了。」

侯寧一聽，噘著小嘴不樂意了。「吃、吃……冬蝦。」小孩子說話不清，不過沈葭倒是聽懂了，不由眼睛一亮，轉頭看向侯遠山問道：「還有龍蝦嗎？」

侯遠山上前寵溺地點點女兒的鼻尖，說道：「在思故居買的辣炒小龍蝦，咱們安安選的菜，說這個好吃。」

「是嗎？」沈葭笑看向懷裡的侯寧。「安安沒吃過，怎就知道好吃了？」

「外嘟嘟說……冬蝦好吃。」侯寧臉蛋紅撲撲的，說起話來小嘴一張一合，煞是可愛。

自上次之後，沈葭便認定侯寧口中的「嘟嘟」是在說思故居的鸚鵡，因此從未有過懷疑，今日聽到此話也只是略顯驚訝道：「是嗎？思故居的鸚鵡這麼厲害，連龍蝦好吃都知道？」

不過，辣炒龍蝦的確好吃，起碼沈葭是這麼認為。

小時候因為楚王妃不喜歡她，她幾乎吃不到王府裡的美食。有時候饞了，她就靠著賣繡品往膳房管事手裡塞些銀錢，雖說不多，但一個月仍可以吃上一頓好料，其中一樣便是辣炒小龍蝦，那滋味至今想來仍覺得甚是回味。

侯遠山一直看著沈葭的表情，見她眸中帶著些許期待於是心中了然。今日早上去思故居時，侯寧又爬上三樓，下來後便吵著要吃龍蝦。他初次去思故居便認出了楚王，自然知道是怎麼回事，如今又見小葭似乎對這道菜很期待，看來楚王暗地裡一直留意小葭的口味，他這個父親雖說不怎麼稱職，也算不錯了。

這時，沈葭已經回過神來道：「遠山哥，水已經熱好，先讓安安洗洗臉吧，飯馬上就好。」

侯遠山應聲去灶房打了水給女兒洗臉，洗漱過後，侯寧自己在院子裡跑著玩，侯遠山則進了灶房幫沈葭。

沈葭恰好擀完一張餅，在上面撒了些芝麻，再抹上一層黃澄澄的花生油放進烙子。她熟練地轉了轉餅，避免黏鍋，又轉頭看向侯遠山道：「怎麼進來了？去看著孩子，這裡我一個人就成。」

侯遠山沒說什麼，只從後面將她整個人抱住，下巴抵在她的後腦，輕輕嗅聞她髮間的馨香，心中卻猶豫著要不要將思故居東家就是楚王的事告訴她。已經大半年了，他一直瞞著未將真相說出來，以至於她一直都以為安安嘴裡那不清不楚的「外嘟嘟」是在說鸚鵡。

其實他無數次想要告訴她真相，可話到嘴邊又說不出來。小葭和楚王之間的隔閡不是一朝一夕能夠修補的，他實在拿不準說出來後會變成什麼樣，是父女之間和好如初？抑或大鬧一場，最後楚王連這種默默的關懷都沒了機會。

他正想得出神，沈葭蹙眉掙扎一下，見他抱得緊只得作罷，嘴上嗔道：「剛回來就沒個正經，也不怕被安安瞧見。」

侯遠山笑了笑，側首咬了咬她的耳垂，見她身子不受控制地顫了一下，他臉上甚是滿意道：「娘子辛苦了。」

既還拿不定主意，他索性不去想了。楚王自己都沒打算讓她知道，他也沒必要多此一舉，至於將來安安大了咬字清晰後，想來楚王也自有打算吧。

沈葭羞紅了臉推他說：「你好沒正經，若是不幫忙就趕快出去，你再攪和餅都要糊了。」

侯遠山見她要去翻餅，便搶先一步將她拉至一旁，說道：「我來吧。」

沈葭也沒推辭，只道：「那你可得小心些，莫要燙著，拿兩根竹筷挑一下就能翻過來了。」她說著轉頭去拿筷子，誰知再一轉頭，他已經徒手將餅翻面。沈葭嚇得趕忙上前，急道：「當心些，你的手有沒有燙著？」

見她拿著自己的手左看右看，面露關懷，侯遠山望著她的目光越發柔和起來。「我皮糙肉厚的，翻個餅算什麼，不必擔心。」

沈葭見他果真沒什麼事，才稍稍鬆了口氣。

這時，侯遠山一派正經地將自己的手指舉起來道：「不過，如果妳親一口的話，就更舒服了。」

沈葭抬頭看到他眸中噙著一絲笑意，便斜眼瞪他道：「以前瞧你是個老實人，看來我是錯看了。」

侯遠山一個伸手將她再次扯進懷裡，沈葭一時沒反應過來，腦袋直接撞上他厚實堅硬的胸膛，頓時有些眼冒金星。她蹙了蹙柳葉似的秀眉，還未來得及發作，檀口已被他盡數包覆，熱烈地啃噬起來。

沈葭一時間有些暈頭轉向，無奈他力氣極大，她根本無法掙脫，最後只得閉了眼睛默默承受，唇齒間溫熱滑膩的觸感讓她整個人有些癱軟，好似踩在棉花上重心不穩，下意識地向他懷中靠去。

她伸手攀附他的頸項，踮起腳尖回應他的熱情，隔著薄薄的衣衫感受他熾熱的身軀，身子越發嬌軟無力。

就在這時，耳邊傳來一陣笑鬧聲，沈葭被那笑聲嚇了一跳，下意識地從侯遠山懷中跳開，耳根也整個紅起來。

轉頭看向灶房門口，只見安安和袁琦、袁瑋姊弟倆皆趴在門框上，露出三顆腦袋，一臉開心地望著他們。沈葭只覺臉頰發燙，轉過身去看烙子裡的蔥油蛋餅，再不理會其他人。

同沈葭相比，侯遠山顯得頗為鎮靜。他上前將女兒一把撈起騎在自己腰上，雙手托著她的小屁屁，而誤以為也會被抓住的袁琦和袁瑋突然轉身一溜煙跑走了。

第五十八章　親緣難斷

侯遠山低頭看著懷裡的女兒，話語中透著寵溺道：「安安怎麼跑過來了？」

侯寧卻不回答他，只學著爹爹方才親娘親的樣子，雙手有模有樣地捧上爹爹的臉，噘著小嘴就親上去。

「啵——」

侯遠山額上一道黑線劃過，甚是無奈地瞧著跟前水嫩嫩的女娃娃，禁不住用手在她的小屁屁上拍一下道：「小丫頭，學得倒挺快。」

他打得不重，小丫頭也不哭鬧，只張開胳膊對沈葭道：「娘親也親親，娘親也親親。」

沈葭瞧得忍俊不禁，上前在她那小小的唇上親一口。「好了，娘親也親親。」

小丫頭高興壞了，拍著小手繼續道：「爹娘也親親，爹娘也親親。」

沈葭：「……」

侯遠山對侯寧的建議甚為滿意，禁不住在小丫頭的臉頰上也親一口。「我們安安真乖，爹再親娘親親好不好？」

「好，爹娘親親、親親。」小丫頭嘴裡碎碎唸著。

侯遠山似笑非笑地上前一步逼近沈葭，見她往後躲，便騰出一隻手繞過她的腰，再用力將她整個人往前一攬，她便被迫貼上他的胸膛。

沈葭的臉此時紅透了，宛若朝陽初昇時天邊的雲霞，讓人瞧得心中漾起一抹柔情。

侯遠山身子往前微傾，在她嬌軟紅潤的檀口上迅速親了一下，鼻尖抵上她的，溫熱的氣息讓他整個人心曠神怡起來，扶著她柳腰的手不自覺便加重了些力道。

沈葭羞紅臉用力推他。「好了，飯好了，趕快端飯。」

侯遠山笑看她一眼，彎腰將女兒放在地上道：「安安去屋裡等著吃飯好不好？」

「好。」小丫頭應了聲，歡快地跑出灶房。

此時灶房裡又剩他們二人，侯遠山不由再次抱上自己的嬌妻，順勢要再親上去。沈葭無奈地推他道：「飯真的好了。」

「也好，那咱們吃完早飯再說。」侯遠山這般說著，放在她腰間的大掌卻絲毫沒有鬆開的打算，反而摸索著去向不該去的地方。

沈葭紅著臉打掉他的手，蹙眉瞪他道：「還不快去收拾桌子？」

「好。」侯遠山寵溺地點點她的鼻尖，露出可惜的表情，轉身出了灶房。

侯遠山從思故居帶回兩樣菜，一道是辣炒小龍蝦，還有一道則是紅燒魚骨，再配上沈葭炒的木耳肉絲和小蔥拌豆腐，今日的早飯也算是十分豐盛了。

用罷早飯，侯遠山和沈葭在灶房洗碗，安安則跑去隔壁找袁琦和袁瑋玩。

自婉容離開後，阿琦和阿瑋便被送回袁家，袁林氏一家人又有了歡聲笑語。而高浣也生下男娃，取名袁穆，此時快一歲，長相隨其母，濃眉大眼、白肌嫩膚，甚是惹人憐愛。侯寧最愛找阿穆玩，平時有事沒事就邁開小腿往隔壁跑。

侯遠山和沈葭在灶房裡洗碗，聽著隔壁院子裡的歡笑聲，沈葭不由感嘆道：「幸虧婉容送阿琦和阿瑋回來，否則乾娘不知何時才能從來春的事裡解脫出來。只是可憐婉容了，孩子這麼小便與她分離。」

侯遠山頓了頓，良久才道：「婉容走了，秦家與袁家也斷了往來，阿琦、阿瑋又不在她身邊，將來只怕難與她親近了。」

沈葭想了想說：「那倒未必，阿琦和阿瑋都是好孩子，將來長大了知道婉容的難處，自然會待她好的。」

這時，隔壁傳來侯寧的哭鬧聲。「不讓親……穆穆，不讓親……穆穆。」

侯遠山和沈葭夫妻二人面面相覷一會兒，甚是無奈地搖搖頭。這小丫頭，愈來愈霸道了，阿穆只能給她親，旁人是不能親的。這會兒只怕是瞧見阿琦親了阿穆，小丫頭不開心了。

沈葭對此很不明白。「安安才那麼點大，怎就看阿穆看得如此緊，好像人家是她一人的。」

侯遠山淡淡一笑道：「阿穆生得好，我們安安早早霸占住自然不會吃虧。」

沈葭瞪他一眼道：「說什麼葷話，小孩子懂什麼？」

侯遠山望了望妻子，但笑不語。

沈葭的錦繡閣生意愈做愈大，六月時分別在鄰近的青山縣、榆林縣、方梧縣開了分鋪，因為名聲響亮，客人自是絡繹不絕，成了街頭巷尾無人不知、無人不曉的名鋪。

沈葭坐在炕頭數著上個月的進項，周圍堆的銀子讓她有些飄飄然，好似在作一場春秋大夢。

侯遠山躺在炕上瞧她，終於忍不住開口道：「妳都已經數了七遍，趕快歇歇吧。」

沈葭將那些銀子全部裝在一個梨花木紅色戧金山水紋匣子裡，又落了鎖，再隨手拿起一塊紅布緞子蓋上去，抱著在侯遠山懷裡躺下來。

侯遠山撫了撫她的秀髮，看她抱著匣子沒有放手的打算，略微蹙眉道：「妳是打算一直抱著它？」

見他要過來搶，沈葭抱得更緊些。「這可是我的小金庫，不能隨便亂放的，容我再想想放哪裡好呢？」她轉著眼珠子看著屋裡的每個角落，卻又覺得放哪裡都不適合。

侯遠山不免失笑，她如今真成了小財迷。

「對了。」沈葭突然轉頭看過來道：「你前些日子不是說要在柳葉巷買下一處院子嗎？怎麼樣，可找到了？」

侯遠山用食指刮刮她的鼻尖道：「我正想與妳說此事，妳卻只顧跟這些銀子卿卿我我。」

沈葭眼睛一亮，欣喜道：「你的意思是找到了？怎麼樣？地方大嗎？」

侯遠山點頭說：「離木珂家不遠，比他們家還要寬敞明亮些，是個小型的四合院，我瞧著不錯。」

聽了侯遠山的描述，沈葭不免有些期待。「真的嗎，那咱們什麼時候可以過去看看？」

「妳若想去瞧，隨時都可以。」

「那咱們現在就去吧，安安去袁家玩了，咱倆剛好過去看看。」沈葭說著就要下炕去穿鞋子。

侯遠山一個伸手將她拉回來，翻身壓下，側首啃上她的耳垂道：「這麼著急？」

沈葭雙手環上他的脖子，答得一本正經。「當然著急，我還想早早住大房子呢。」

侯遠山堵上她的唇，貪婪汲取著那份香甜，不清不楚地道：「讓我等了這般久，豈能如此便宜妳？嗯？」

沈葭：「……」

站在一戶緊閉大門的屋舍前，侯遠山指了指，道：「就是此處了，瞧瞧可還滿意？」

沈葭望過去，眼前是兩扇黑漆大門，門上還有一對黃銅門鈸，左右兩側還寫著一副對聯。

沈葭轉頭看向侯遠山問道：「可以進去嗎？」

侯遠山從袖中取出一把鑰匙開門，領著沈葭進去。

入門是青石子鋪就的甬道，院子的空間極大，且很敞亮。北房一明兩暗開三間，東西廂房各兩間，南房三間，皆是紅漆木質建築。各房門之間由遊廊相連，院子中央是一座假山，此時流水潺潺，周圍枝繁葉茂、曲徑通幽。

沈葭看得心花怒放。「這地方可真好，安安大些也能有自己的房間了。」

侯遠山道：「這樣的建築整個柳葉巷不過幾家，我們很幸運，恰好這房子之前的主人要出遠門急著轉手，也算是撿了個便宜。」

在屋裡四處轉了轉，沈葭愈看愈滿意。「遠山哥，那咱們可以儘快搬過來嗎？」

侯遠山寵溺地望著她，眉眼帶笑道：「妳何時想搬過來住都可以。」

沈葭唇角一彎，笑得溫婉動人。「那咱們明日就來打掃一番，儘快搬過來住。」

不過一個月時間，侯遠山一家人就搬去柳葉巷，與木珂家毗鄰。自從住進新家，沈葭臉上的笑意從未消散過。

轉眼已入七月，秋意漸起，天也一日日涼爽下來。

這日，侯遠山一大早去了錦繡閣，沈葭便在院中的假山後面坐著曬太陽，侯寧難得乖巧地在娘親旁邊看娘繡花。

這時，聽到一陣敲門聲，沈葭應聲，起身過去開門，卻不由得愣了一瞬，又驚又喜地喊道：「婉容！」

婉容和蘇拂揚分別牽著袁琦和袁瑋的手，並肩站在門口，婉容的小腹微微隆起，一看便知是有了。

沈葭歡歡喜喜地讓兩人進了院子，因假山後面有大理石桌椅，而那處景色最好，此時又有陽光，便在那裡招待他們。

婉容看著這明亮又雅致的院子，滿意地點頭道：「這地方真好，佈置精巧、別具匠心，很有格調。妳和遠山哥真是會挑地方，這柳葉巷的宅子不便宜，看來你們錦繡閣的生意不錯吧？」

沈葭在屋裡泡了茶，又拿了瓜果點心給孩子們吃，才道：「剛巧這院子的主人急著轉手，走運罷了，並沒花多少錢。對了，你們何時回來的？如今不在村裡住了，我竟連你們回來也不知道。」

婉容道：「回來五日了。剛回來，鄉親們那裡難免要應酬一下，因此這麼晚才來看妳，可莫要多心。」

沈葭嗔道：「咱們鄰居那麼久，我又慣常去袁家，自然知曉妳的心意。」說著望了望她的肚子，又看看蘇拂揚。「你們倆也算是功德圓滿了。」

婉容望了眼蘇拂揚，臉上難得出現幾分少女的嬌羞。「在外面不容易，多虧他一直幫著，幾個月前我大哥親自為我們主持了婚事。」

沈葭欣慰地點頭道：「這樣好，心心相印之人自當白頭偕老啊，阿琦和阿瑋也會祝福你們的，對不對？」

阿琦笑著撲進蘇拂揚的懷裡，脆生生道：「阿琦喜歡爹爹！」

幾人又說了會兒話，婉容才欲言又止道：「其實，今日來此我們還有一事相求。」

沈葭笑道：「妳我之間哪還需要說這些，有什麼只管與我說就是了。」

婉容猶豫著看向蘇拂揚，不知如何開口，還是蘇拂揚直接道：「是這樣的，我和婉容這次回來打算安定下來，我想在縣城租一家醫館，這倒不是難事，只是夜裡沒個像樣的家可以落腳。之前我和林靖宇搭的茅草屋畢竟簡陋，我尋思著，你們那處院子極好，又與袁家相鄰，方便婉容和孩子們親近，便想買下來，不知道你們可願意賣？」

沈葭不由笑了。「我當什麼事呢，那宅子我們正打算賣，若是你們肯要，自然再好不過了。你們住那裡，咱們還可以當親戚走動走動，多好。」

兩人沒料到沈葭如此好說話，互望一眼，頓時鬆了口氣，臉上有了笑意。

婉容感激地握住沈葭的手說：「謝謝妳，小葭。」

沈葭笑著拍拍她的手背，真誠道：「祝你們幸福。」

兩年後

三月十二這日，迎來了小安安的第四個生辰，巧的是去年今日沈葭為她誕下了一位小弟弟，名喚侯衍。

姊弟二人同一天生辰也算是得來不易的緣分，侯遠山和沈葭夫妻自然免不了精心為兒女慶生。

四歲的侯寧出落得越發漂亮，臉蛋粉撲撲的，宛若那熟透的水蜜桃，大眼睛時常泛著亮光，挺鼻巧嘴，可愛得緊。

她今日穿了件粉荷色的折枝堆花小裙，外罩靛青色小坎肩，衣料全是上等的蜀錦，上面的花樣也是沈葭親手繡的，遠遠瞧著，下面那起著褶子的裙襬上有蝴蝶翩翩起舞，栩栩如生。

今日沈葭做的菜很合侯寧的口味，素來挑食的她難得吃了半碗米飯，菜也進肚不少。侯衍還小，只能吃些容易消化的食物，不過依然吃得津津有味，坐在沈葭身旁手舞足蹈，很是歡樂。

用罷午膳，侯遠山從袖中取了一個精緻的小木匣遞給侯寧道：「這是爹爹給安安的生辰禮物，安安看看喜不喜歡。」

侯寧接過來小心翼翼地打開，看到後眉眼彎成了月牙，開心道：「這人偶跟我好像啊！」

她伸手將人偶取出來，只見是木頭雕成的小人兒，粉衣綠裙，那精緻的臉蛋與侯寧有七、八分像。

「安安喜歡嗎？」沈葭溫和地問她。

侯寧連連點頭說：「喜歡、喜歡，喜歡得不得了呢！」

侯衍看到姊姊手裡的人偶突然不開心了，把手裡的食物直接扔在盤子裡，伸著小手哭哭啼啼地抓著空氣。「要……要……」

此舉嚇得侯寧趕緊將人偶收起來，放進木匣裡抱著跑了。侯衍見姊姊跑了，哭得越發傷心，沈葭趕忙將兒子抱在懷裡哄著，不由抱怨侯遠山兩句。「你也真是的，今兒個是安安的生辰，也是阿衍的生辰，怎麼只有安安的分兒呢？這下讓他看到不鬧也難。」

侯遠山一時也有些自責道：「是我考慮不周了，原想著阿衍還小，若給他也會被他摔壞，所以就……」

見兒子哭得厲害，侯遠山只得上前將兒子抱起來哄著。「阿衍乖，晚點爹爹再做一個給咱們阿衍好不好？」

生氣的侯衍根本不聽爹爹的賠罪，哭得更大聲。侯遠山頓時有些頭疼，可他又有什麼法子，本就是他這做父親的偏心了。

這時，跑出去的侯寧又折回來，伸手將一隻灰色的木雕小老鼠遞給侯衍說：「喏，這個姊姊送給你了。」

沈葭顯然有些驚訝，這小老鼠是安安的生肖，是思故居素未謀面的東家做給她的，小丫頭一直很寶貝，碰都不肯讓阿衍碰一下，昨日阿衍摔壞了她最愛的泥兔子，她已好一通哭鬧，今天竟突然大方起來。

侯衍得了小老鼠，拿著就往嘴裡送，也不再哭鬧。沈葭滿意地看著跟前的女兒誇道：「安安愈來愈有姊姊的樣子了。」

侯寧看著自己寶貝的小老鼠被弟弟放在嘴裡啃，頓時有些心疼，不忍直視，只好偏過頭去。

唉，誰讓她是姊姊呢。

下午時侯遠山要去錦繡閣，侯寧聽了也吵著要去。侯遠山知道，她必是要去思故居見楚王，便也沒攔她。

這丫頭口風倒是很緊，已經兩年了，硬是沒在沈葭跟前提過外祖父一字半句，想來是楚王親自囑咐的緣故。

到了錦繡閣，侯遠山處理日常瑣事，便讓侯寧自己在鋪子裡玩，於是小丫頭便趁大人「不注意」，偷偷溜進對面的思故居。

侯寧常常來此，思故居裡的掌櫃和小二們都已經見怪不怪，也無人去招待她，任由她邁著小腿一口氣爬上三樓。

上了三樓，卻是空無一人，她狐疑地推開書房的門，裡面也是空蕩蕩的。小丫頭頓時有些不太高興了。

外祖父明明說要在她生辰之前趕回來的，怎麼還沒回來？她失望地低頭摳著手指往回走，快到樓梯口時卻看到一雙黑色的雲紋錦靴，她頓時眼睛一亮，高興地抬頭看向來人喊道：「外祖父！」

楚王一把將她抱在懷裡。「可算是見到我們小安安了，想死外祖父了。」

「安安以為外祖父沒有回來呢。」

「今天可是我們安安的生辰，外祖父當然會回來，妳瞧，還給妳帶了禮物。」他說著望了眼身後的李雲。李雲手裡提著一隻小鸚鵡，那鸚鵡通體寶綠色，長得甚是可愛，此時竟張嘴不停喊著：「安安，安安。」

侯寧看得眼睛都直了，一眨不眨的。

「怎麼樣，外祖父帶回來的禮物安安可滿意？」

侯寧忙不迭點頭道：「很滿意，這是安安今天收到第二個喜歡的禮物了。」說著，不忘捧著楚王的臉狠狠親了一口，楚王頓時受寵若驚，呵呵大笑起來。

「外祖父去做什麼了，到現在才回來看安安，安安已經半年沒見到外祖父了。」小丫頭說著撇撇嘴，很委屈的樣子。

楚王臉上漾著寵溺的笑意道：「外祖父去京城處理一些事情。」

錦繡閣裡，沈葭抱著侯衍來找侯遠山，卻不見侯寧的影子，急得只當是店裡客人太多，不小心把女兒弄丟了。侯遠山不忍見她如此著急，無奈之下只好將楚王的事說出來。

她定定地站在錦繡閣門口，看著對面思故居三樓，目光複雜又猶豫。

「我聽聞楚王退位，妳哥哥成了當今的楚王，我想……他是打算在這縣城久居了吧。」

沈葭目光迷離了幾分，卻沒有說話。

侯遠山上前拍拍她的肩膀道：「去吧，去看看他，他當年縱然有錯，但如今的所作所為已經足以彌補了。」

沈葭定了定神，長吁一口氣，抱著兒子朝思故居走去。

雲霞染紅了半邊天際，整個世界似乎變得越發美妙了。

——全書完

攜手度患難，並肩共白首／盼雨

2018年1月出版

神力小福妻

世道混亂，民不聊生。
她一個小孤女，如何才能生存？

文創風 596 1

辛湖穿越成了個小丫頭，孤身一人苦哈哈的在山洞中求生，
身無長物，唯有一身怪力能保障安全。
循著記憶尋找人煙，她意外的救下一對母子，
無奈那母親不久後便病逝了，餘下男孩——陳大郎與她同行。
誰知他雖年幼，卻莫名成熟，還一本正經向她求親？
她好笑地逗他幾句，就這樣糊裡糊塗談成了婚約。
這意外獲得的「小老公」，使她不再倉皇無措，
儘管未來渺茫，但她不再是孤身一人……

文創風 597 2

陳大郎重生了，但他差點兒比上輩子還短命，
還好一個怪力小丫頭出現，從惡徒手中救了他和母親。
然而母親敵不過病魔，他僅能與小丫頭——辛湖在亂世中結伴。
一路上兩人碰上了許多慘事，還救了幾個孩子，
或許是天佑好人，他們幸運地發現一個隱蔽的荒村。
有了遮風避雨的屋子，他心頭充滿希望，
就算世道艱難，他也會照顧好這輩子的「家人」！

文創風 598 3

辛湖笑著看顧在村內跑跳的孩童，
蘆葦村如今已不再荒蕪，還多了人煙，
村民平日種田打獵、相互幫助，日子溫飽且平安。
然而村中男丁採買油鹽時，卻遇到了朝中平亂勢力，
為了闖出名堂，男人們加入了軍隊，包括已是少年的陳大郎。
見他灑然離去，承擔重任的她心頭發堵，
但她明白，他不應受困淺灘，該在天空翱翔……

文創風 599 4 完

辛湖收到了陳大郎功成名就的消息，
歡喜他安全無恙之餘，卻難免憂慮當年的口頭婚約。
兒時生活艱苦，兩人皆以兄妹相稱，
這事只有他們彼此知道，就算不履行也無所謂。
況且兩人多年未見，只以書信往來，根本沒有愛情火花嘛～～
說不定……他在京城找到了意中人呢！
唉呀！這可不行，她得上京把這事弄清楚，
否則她等成了老姑娘，哪裡還有機會談戀愛？

2018年1月出版

偏愛俏郡守

文創風 594～595

不是說嫁不嫁隨她嗎，怎麼這麼快就打臉了？
那個自以為是的皇子，真是讓人恨得牙癢癢的……
好啊，就看看誰有本事吧，她非得讓他跪地求饒不可！

文思獨具　抒情寫手／卿心

一場精心策劃的謀殺，讓寧禾穿越成為安樂府的嫡孫女，
正當她打算接掌家裡的產業，好當個小富婆時，
皇上居然下了道聖旨，要她嫁給那個老是用鼻孔看人的皇子……
行，為了家族上上下下幾百條人命，她能忍辱負重出嫁，
但是可別以為這樣就能讓她低頭屈服、乖乖聽話！
一個小小的意外，讓寧禾掌握了天大的祕密，
也使她得以與顧琅予進行交易，只要幫助他達成心願，
她就能重獲自由，再也不用看旁人的臉色過日子！
誰知，一條不起眼的線索，竟在轉瞬間讓他們的命運緊緊相繫，
當分別的時刻到來，她真能瀟灑離去，不帶走一片雲彩嗎？

2017年12月出版

財神嫁臨

文創風 590～593

對他而言，大多事情都是無所謂的，
食物只要能填飽肚子就好，他反正嚐不出美不美味；
衣服能穿即可，有沒有補丁、別人笑不笑話，他都無感。
至於成親嘛，娶誰不是娶呢？
儘管這場意外打亂了他原先的計劃，他還是願意承擔責任……

結髮為夫妻　恩愛兩不疑／初靈

若問誰是周家阿奶心中的好乖乖、金疙瘩，絕非周芸芸莫屬，
至於其他兒孫們，對阿奶來說，那就是一幫子蠢貨！
說起來，這都得歸功於小時候阿奶揹著她上山打豬草時，
她不小心從背簍裡跌了出來，然後正好摔在一顆大蘿蔔上，
待阿奶回身想將她撈起來時，卻發現她抱著蘿蔔，死活不肯撒手，
沒奈何，阿奶只得連人帶蘿蔔一道兒打包帶走，
回頭才曉得那根本是人參不是蘿蔔啊，還足足賣了二百兩銀子呢！
要知道，莊稼人看天吃飯，一年能攢下十兩都是老天開眼了。
若只一次也就算了，偏這樣的事情陸續又發生了好幾回，
所以說，阿奶只差沒將她供起來，早晚三炷香地拜了，
從此以後，她在周家簡直就是要風得風、要雨得雨，
這不，就連她從山上帶了頭猛獸回家養，阿奶都沒二話，
甚至還親親熱熱地喊牠「乖孫子」，因為牠會不時進貢免錢的獵物，
當然，她本人也不是個吃白食的，提供了無數個讓阿奶賺錢的主意，
只可憐家中大大小小的人得從早忙到晚，一刻不得閒哪……
幸好她是穿成了這個周芸芸啊，起碼往後在古代的日子裡有人罩著啦！

文創風
601

獵獲美人心 下

國家圖書館出版品預行編目資料

獵獲美人心 / 十七月著. --
初版. -- 臺北市 : 狗屋, 2018.01
冊 ; 公分. --(文創風)
ISBN 978-986-328-822-0(下冊 : 平裝). --

857.7　　106021473

著作者	十七月
編輯	張馨之
校對	黃薇霓　周貝桂
發行所	狗屋出版社有限公司
地址	台北市104中山區龍江路71巷15號1樓
電話	02-2776-5889～0
發行字號	局版台業字845號
法律顧問	蕭雄淋律師
總經銷	知遠文化事業有限公司
電話	02-2664-8800
初版	2018年1月
國際書碼	ISBN-13　978-986-328-822-0

本著作物由北京晉江原創網絡科技有限公司授權出版

定價250元

狗屋劃撥帳號：19001626

網址：love.doghouse.com.tw　E-mail：love@doghouse.com.tw